# SES DEUX PAPAS

## ARIEL TACHNA

# SES DEUX
# PAPAS

Ariel Tachna

Publié par
DREAMSPINNER PRESS

5032 Capital Circle SW, Suite 2, PMB# 279, Tallahassee, FL 32305-7886 USA
www.dreamspinnerpress.com

Ses deux papas
Copyright de l'édition française © 2014 Dreamspinner Press.
Titre original : Her Two Dads
© 2010 Ariel Tachna.
Première édition : juin 2010
Traduit de l'anglais par Jade Baiser.

Illustration de la couverture :
© 2010 Mara McKennen.
Les éléments de la couverture ne sont utilisés qu'à des fins d'illustration et toute personne qui y est représentée est un modèle

Édition imprimée en français : 978-1-63477-923-4
Première édition en paper : septembre 2016
Édition e-book en français : 978-1-61372-821-5
Première édition française : avril 2014
v 1.1

Édité aux Etats-Unis d'Amérique.

À ma fille,
qui m'a appris ce que le coup de foudre
voulait dire.

# I

— Puis-je parler à Srikkanth Bhattacharya, s'il vous plaît ?

— C'est moi, répondit Srikkanth, ne reconnaissant pas la voix qui l'appelait.

— M. Bhattacharya, mon nom est Victoria Holmes. Je suis l'une des assistantes sociales de l'hôpital Le Bon Samaritain. Vous êtes identifié comme la personne à contacter en cas d'urgence pour Jill Peters, et vous êtes également le père de son bébé, continua la voix de la femme.

— Oui, c'est exact, acquiesça Srikkanth en repensant à l'arrangement auquel il était parvenu avec son amie, qui permettait à cette dernière de mettre un enfant au monde sans un compagnon pour partager sa vie. Est-ce que tout va bien ?

— Malheureusement, non, poursuivit Mme Holmes. Le bébé est né ce matin, il est en parfaite santé, mais Mme Peters a développé une éclampsie et, malgré nos efforts pour la stabiliser, elle n'a pas survécu à l'accouchement.

Srikkanth ne savait pas quoi dire. Il n'avait pas été amoureux de Jill, mais il l'avait aimée, comme une amie. Son cœur se serra à la pensée de son rire, sa vitalité, son enthousiasme pour la vie… tout cela n'était plus.

— Non, dit-il immédiatement, il doit y avoir une erreur.

L'assistante sociale connaissait les étapes du deuil aussi bien que son propre nom.

— Je suis désolée, M. Bhattacharya. J'aimerais pouvoir vous dire que c'est une erreur, mais Mme Peters ne fait plus partie de ce monde. Il faut maintenant penser au bébé.

— Le bébé va bien ? s'assura Srikkanth, tout en sachant que l'assistante sociale l'avait déjà mentionné.

Il avait l'impression que son cerveau cessait de fonctionner alors qu'il tentait d'accepter ce changement soudain dans sa réalité.

— Elle va bien, le rassura-t-elle. C'est un beau bébé de trois kilos cinquante, mais des décisions doivent être prises. En tant que père du bébé, vous devez venir à l'hôpital afin qu'on puisse vous la remettre.

— Non, ce n'est pas juste, hoqueta Srikkanth, trop troublé par la mort de Jill pour penser clairement à autre chose, comme par exemple à la promesse qu'ils s'étaient faite de ne parler à personne de sa paternité. C'est le bébé de Jill. Je ne suis que le donneur de sperme.

— Je vous demande pardon ? demanda l'assistante sociale.

— Jill et moi ne sommes – n'étions – pas un couple, expliqua lentement Srikkanth, étant toujours choqué par toute cette conversation. C'était une amie proche, et lorsqu'elle a voulu avoir un bébé mais qu'elle n'avait pas de partenaire, je lui ai proposé de l'accompagner à la clinique de fertilité et de lui offrir mon sperme. Elle allait élever le bébé toute seule.

— Je vois, dit lentement Mme Holmes. Est-ce qu'elle a de la famille qui pourrait prendre en charge le bébé ?

— Elle était fille unique, répondit automatiquement Srikkanth. Ses parents sont morts il y a quelques années. Si elle avait de la famille, elle n'en a jamais fait mention.

— Alors peut-être que nous devons envisager d'autres options, suggéra l'assistante sociale d'une voix parfaitement neutre. Si vous êtes effectivement le seul parent de ce bébé et que vous ne voulez pas vous occuper de son éducation vous-même, il va falloir que vous la placiez pour l'adoption, sinon elle deviendra pupille de l'État et devra aller dans des foyers d'accueil jusqu'à ce qu'on puisse lui trouver une famille.

— Je comprends, répondit Srikkanth d'un air hébété, même s'il ne comprenait rien du tout.

Il n'aurait pas dû être amené à prendre ce genre de décision. Il n'avait pas envisagé de voir le bébé, si ce n'est occasionnellement. Jill et lui étaient amis, mais ils ne se voyaient pas tous les jours, ni même toutes les semaines. Personne d'autre ne savait que ce bébé était le sien – elle avait toujours refusé de révéler le nom du père à leurs connaissances mutuelles – donc même s'il les avait rencontrées, il aurait traité le bébé comme n'importe quel autre bébé. Il ne savait pas pourquoi Jill avait donné son nom à l'hôpital. Il pensait qu'elle se serait présentée comme le seul parent de l'enfant.

— Vous ne pouvez pas signer le formulaire de résiliation des droits parentaux avant 48 heures après la naissance du bébé, afin de vous accorder un jour de réflexion, lui expliqua l'assistante sociale. Si vous souhaitez prendre un rendez-vous, nous pouvons nous rencontrer jeudi matin pour discuter de vos options, et avec un peu de chance, accélérer le processus afin que le bébé puisse rentrer à la maison avec une famille dès que possible.

— C'est parfait, répondit automatiquement Srikkanth, sans même regarder son calendrier pour vérifier s'il y avait des réunions de prévues au travail.

Cela devait passer en priorité, ne serait-ce que pour pouvoir s'en débarrasser afin de se concentrer à nouveau sur sa vie.

— À quelle heure ?

— Le bébé est né à 11h41 ce matin, donc légalement, vous ne pouvez pas signer les papiers avant la même heure jeudi, mais vous pouvez venir à 11h00 pour que nous puissions prendre toutes les décisions préliminaires. Étant donné que vous avez fait le choix d'une adoption volontaire, vous avez votre mot à dire dans le placement final du bébé, vous pourrez même sélectionner vousmême la famille et les rencontrer, si vous le souhaitez.

Sélectionner une famille. Comme si c'était un plat dans un menu.

Son estomac se retourna rien que d'y penser.

— Je viendrai à onze heures, acquiesça-t-il, mais je ne me sens pas vraiment qualifié pour prendre des décisions pour son futur. Il n'était pas prévu que je sois impliqué dans tout ça.

— Vous n'avez pas à l'être, lui accorda Mme Holmes. Mais si vous ne vous impliquez pas, le processus sera beaucoup plus long pour elle et pour vous également. Dans le pire des cas, pour une adoption volontaire, vous pouvez faire appel à une agence pour qu'elle s'occupe de son placement. Si vous ne le faites pas, elle deviendra un autre numéro dans un système déjà surchargé. Nous faisons de notre mieux pour ces enfants, mais ce sera loin d'être aussi rapide que si vous acceptez de prendre des décisions en son nom.

— Je vais y penser, promit Srikkanth, ne pouvant pas s'engager plus que ça pour le moment.

— Quand vous arriverez à l'hôpital, demandez la crèche néonatale, lui indiqua Mme Holmes. Mon bureau est au bout du couloir. N'importe quelle infirmière pourra vous renseigner une fois que vous serez à l'étage.

— Merci pour votre appel, dit automatiquement Srikkanth avant de raccrocher et de fixer sans le voir le mur en face de lui.

Un bébé.

Son bébé.

Elle n'était pas censée être son bébé. Elle était le bébé de Jill. Sauf que Jill, la lumineuse, drôle et sociable Jill, n'était plus là pour l'élever.

Il avait un ami qui avait été adopté. Tim avait rencontré sa mère biologique, mais toute son affection allait vers ses vrais parents, les

3

personnes qui l'aimaient et l'avaient élevé. Et ce n'était pas comme si Srikkanth perdrait quelque chose en la laissant partir. Il n'avait jamais prévu de s'impliquer dans sa vie. Cela ne changeait rien.

— Hé, Sri, tu descends pour dîner ?

— Ouais, j'arrive dans une minute, Jaime, répondit distraitement Srikkanth.

Jaime et Nathaniel, ses deux colocataires, avaient déjà commencé leur repas quand Srikkanth finit par les rejoindre.

Comme d'habitude, Nathaniel avait le nez plongé dans son manuel de médecine, se préparant pour le cycle sans fin de cours et d'examens qui étaient propres à l'école de médecine, mais Jaime leva les yeux, surpris par le regard étrange sur le visage de Srikkanth et la manière mécanique avec laquelle il se déplaçait dans la cuisine, prenant une assiette et se servant sans avoir l'air de voir réellement ce qu'il faisait.

— Sri ?

Srikkanth ne leva même pas les yeux, ce qui déclencha un froncement de sourcils chez Jaime.

— Sri ? répéta-t-il.

Toujours pas de réponse.

— Srikkanth !

Srikkanth leva enfin les yeux, une expression si perdue et confuse sur le visage que Jaime ressentit le besoin d'offrir un câlin réconfortant à son ami visiblement désemparé.

— J'ai entendu ton téléphone sonner, dit-il à la place. Tu as reçu de mauvaises nouvelles ?

— Je… ne sais pas vraiment, dit lentement Srikkanth.

Le froncement de sourcils de Jaime s'accentua.

— Qu'est-ce qui se passe ?

— Apparemment, je suis papa, avoua Srikkanth, sa voix traduisant son désarroi.

— Qu'est-ce que tu racontes ? s'exclama Nathaniel, la conversation le détournant de ses études. Je croyais que tu étais gay.

— Je le suis, s'empressa de répondre Srikkanth.

— Alors comment est-ce que tu as pu mettre une fille enceinte ?

— Ce n'est pas ce que tu crois, se défendit Srikkanth. Je me suis rendu avec Jill dans une clinique de fertilité pour l'aider. Ma participation devait s'arrêter là.

— Elle a changé d'avis ? demanda prudemment Jaime.

4

Srikkanth secoua la tête.

— Elle est morte.

— Oh, mon Dieu, Sri, je suis désolé, dit immédiatement Jaime.

Il n'avait pas vraiment bien connu Jill – ce n'était pas comme s'ils s'étaient souvent rencontrés ; Sri, Nathaniel et lui étaient colocataires, mais ils avaient chacun leur vie – mais il avait du mal à imaginer perdre un ami, particulièrement quelqu'un dont il se sentirait assez proche pour être donneur de sperme, comme l'avait fait Srikkanth.

— Hémorragie obstétrique ? demanda aussitôt Nathaniel. Ou bien peut-être une éclampsie. Ou encore une embolie amniotique.

— Nathaniel, l'interrompit brusquement Jaime, on parle d'une personne là, pas d'un cas d'étude. On se fiche de savoir comment elle est morte, mais le fait qu'elle le soit a manifestement bouleversé Sri. Alors si tu n'as rien de constructif à dire, tais-toi, d'accord ?

Il n'était généralement pas aussi gêné par l'obsession de Nathaniel à tout ramener à un aspect médical, mais de temps en temps, son manque de sensibilité faisait que Jaime se demandait comment il pourrait réussir à soigner de véritables patients. Nathaniel n'était pas un mauvais bougre, il était tout simplement déterminé à réussir son école de médecine et à garder sa place de major de promotion, afin d'être en mesure d'obtenir un emploi et de rembourser son prêt étudiant. Dieu merci, Nathaniel se tut après ça.

— Alors, qu'est-ce qui va se passer maintenant ? demanda finalement Jaime.

— Je dois rencontrer l'assistante sociale jeudi pour décider de ce qui va se passer avec le bébé, répondit lentement Srikkanth. Je n'étais pas censé m'occuper de cette partie.

— Tu ne le seras pas, lui assura Nathaniel. Tu y vas, tu signes les papiers, et tu n'auras plus jamais à t'en préoccuper.

— Nathaniel ! gronda Jaime. Ne sois pas aussi insensible.

— Quoi ? demanda Nathaniel avec un haussement d'épaules qui donna envie à Jaime de le frapper. Ce n'est pas comme si Sri avait décidé de l'élever de toute façon. Ça ne change rien.

— Bien sûr que si, le contra Jaime. Il n'avait peut-être pas prévu d'être père, mais il connaissait la mère, et il savait qu'il aurait vu le bébé de temps en temps.

— Je n'ai pas la moindre idée de ce qu'il faut faire avec un bébé, murmura Srikkanth, l'esprit en ébullition. Je ne peux pas la garder. Je n'étais pas censé prendre part à son éducation.

5

— Exactement, acquiesça Nathaniel, jetant un regard noir à Jaime tout en essayant de moduler sa voix pour qu'elle soit encourageante pour Srikkanth. Vas-y jeudi, signe les papiers, et réconforte-toi en te disant que tu as pris la meilleure décision pour elle, et que tu as rendu une famille sans enfant très, très heureuse.

C'était logique, se dit Srikkanth. Il n'aurait pas été régulièrement en contact avec le bébé de toute façon, et s'il participait à la décision, il savait qu'elle serait au moins bien prise en charge. S'il ne prenait pas ses responsabilités, elle finirait dans le système dans Dieu sait quelle situation.

Il pensa à ses parents qui étaient retournés en Inde maintenant que ses grands-parents étaient vieillissants. Ils avaient plus ou moins renoncé à l'idée de lui arranger un mariage. Il ne leur avait pas franchement dit qu'il était gay, mais il ne le leur avait pas vraiment caché non plus. Il n'avait jamais prévu de se marier ou de fonder une famille, mais il savait combien avoir des petits-enfants était important aux yeux de ses parents. Ils lui avaient assez fait la leçon quand il était plus jeune sur son devoir en tant que fils aîné. Sa sœur leur avait donné un petit-fils l'année précédente, ce qui l'avait un peu aidé, mais elle était mariée ; son nom de famille – ainsi que celui du bébé – était différent du leur. Une petite-fille ne serait pas aussi excitante pour eux qu'un petit-fils, mais ce serait quand même un de leurs petits-enfants, un qu'il leur donnerait. Ils seraient contrariés qu'il n'ait pas épousé la mère, mais Jill était morte. Il pourrait leur raconter n'importe quelle histoire, et ils l'accepteraient.

Merde. Il n'était pas sérieusement en train d'envisager cela, si ? Bien sûr, ça lui ferait gagner des points auprès de ses parents, mais cela l'obligerait à s'investir personnellement et financièrement durant des années sans l'aide de personne. Et en plus d'être un engagement, c'était une fille ! Il n'y connaissait rien aux filles, bien qu'il ait une sœur. Il avait évité les filles comme la peste quand il était jeune parce qu'elles n'étaient pas cool. Et une fois qu'il avait compris qu'il était gay, il n'avait plus aucune raison de s'y intéresser. Bien sûr, il avait quelques amies, Jill ayant été la plus proche, mais ça ne le qualifiait pas pour élever une fille.

Nathaniel avait raison. Il devait signer les papiers et ne plus y penser.

Quand il releva les yeux, Nathaniel avait déjà quitté la table.

— Tu vas bien ? demanda Jaime, qui avait fini son repas depuis longtemps mais ne pouvait se résoudre à abandonner Srikkanth à son évident désarroi ; ils étaient meilleurs amis que ça.

— Est-ce que tu irais bien, toi ? rétorqua Srikkanth.

— Non, dit Jaime en secouant la tête. Je serais au téléphone avec ma mère pour la supplier de venir le plus vite possible pour m'aider.

— Tu crois que je devrais la garder.

Ce n'était pas vraiment une question.

Jaime secoua encore une fois la tête, essayant de formuler sa réponse de façon à ce qu'elle soit à la fois sincère et constructive.

— Non, ce n'est pas à moi de prendre cette décision, dit-il après un moment. Si c'était ma fille, oui, je la garderais, parce que ce serait peut-être ma seule chance d'en avoir une, mais ma famille habite ici. J'ai fait beaucoup de baby-sitting. Et j'ai aidé ma mère avec mes plus jeunes frères et sœurs, donc je connais un peu les bébés. L'adoption est préférable à l'avortement mais, même dans ce cas, il est rare de trouver des bébés hispaniques pour l'adoption parce que la grande famille entre en action et quelqu'un prend l'enfant en charge.

— C'est la même chose en Inde, acquiesça Srikkanth, mais je n'ai personne ici. Ils sont tous retournés à Hyderabad.

— Tu pourrais la prendre et rentrer chez toi, proposa Jaime. Je sais qu'ils ont aussi besoin de concepteurs de sites web en Inde.

Srikkanth sourit tristement.

— Si je fais ça, je serai marié au bout d'un mois à une pauvre fille. Je suis gay, Jaime. Il n'y a pas plus de place pour moi en Inde qu'il n'y en a pour toi au Mexique. Ça ne serait juste pour personne : le bébé, la fille que je finirais par épouser, ou moi.

Jaime ne pouvait pas le contredire. Ses parents savaient qu'il était gay, mais il savait aussi qu'il ne devait pas le dire à ses grandsparents qui vivaient au Mexique. Il ne pensait pas que sa grand-mère pourrait survivre à un tel choc. Il n'aimait pas garder ce secret, mais ce n'était pas comme s'ils se voyaient assez souvent pour que ça importe. Non pas qu'il fréquentât sérieusement quelqu'un en ce moment, mais il avait de grands espoirs en ce qui concernait Randy, le mec avec qui il était sorti plusieurs fois au cours du mois précédent. Toutefois, ce n'était pas comme s'il était prêt à présenter un homme à sa famille comme son partenaire pour la vie, en tout cas pas pour l'instant ; ses grands-parents pouvaient continuer à vivre dans une ignorance béate. Cependant, tout cela n'aidait pas Srikkanth. Jaime savait quelle serait sa réponse si c'était lui qui était dans cette situation, mais il ne voulait pas imposer son point de vue à Sri, pas quand ça lui tombait brusquement sur la tête.

— Fais ce que tu penses être le mieux pour tout le monde, finit-il par dire. Quoi que tu décides, je te soutiendrai.

Srikkanth hocha la tête et se dirigea vers les escaliers pour rejoindre sa chambre qui se trouvait à l'étage, regardant la petite pièce spéculativement. La pièce était suffisante pour lui, avec beaucoup d'espace pour un lit, une armoire, un bureau, une chaise, mais il n'y avait guère de place pour tout l'attirail d'un bébé. Il ne savait pas exactement de quoi avait besoin un nouveau-né, mais il savait que ça ne tiendrait pas dans cette pièce. Jaime et Nathaniel avaient chacun leur chambre, mais ils n'avaient pas plus de place que Srikkanth, voire même moins puisqu'il avait hérité de la chambre principale. Peut-être qu'il pourrait installer des affaires dans un coin du salon, sauf que ce ne serait pas juste pour les autres. Le bébé n'était pas leur responsabilité.

*Ce n'est pas non plus la tienne*, lui rappela une petite voix.

Se laissant tomber sur le lit, il regarda le plafond sans le voir, sa colère grandissant lentement à la pensée qu'il s'était laissé entraîner dans tout ça. C'était le bébé de Jill, bon sang ! Oui, il avait accepté de donner son sperme, mais il l'avait fait à condition de rester anonyme, ce qu'elle avait accepté avec empressement. Elle avait dit à tout le monde qu'elle avait utilisé un donneur de sperme. Alors pourquoi elle n'avait pas fait la même chose à l'hôpital ? Si elle l'avait fait, ils ne l'auraient pas contacté et il n'aurait pas à gérer toute cette merde. Il aurait pu continuer sa vie, sans s'en soucier.

*C'est un mensonge*, insista sa conscience. *Tu aurais quand même su que Jill était morte, même si tu l'avais appris par les journaux, et tu te serais demandé ce qui était arrivé au bébé sans aucun moyen de le découvrir. Au moins, de cette façon, tu vas pouvoir t'assurer qu'elle est bien prise en charge.*

Des larmes lui montèrent aux yeux en pensant à Jill qui avait accouché seule, en train de mourir, entourée seulement par le personnel médical, sans que personne ne soit là pour lui tenir la main et lui dire que tout irait bien, même si à la fin ce ne fut pas le cas. Des pensées de la même veine improductive se bousculèrent dans sa tête jusqu'à ce que l'épuisement le fasse finalement sombrer dans le sommeil.

# II

Le jeudi matin, Srikkanth trouva son chemin jusqu'à la crèche néonatale et le bureau de Mme Holmes sans difficulté, mais il se tint devant la porte pendant cinq bonnes minutes, se remémorant les raisons pour lesquelles ce qu'il faisait était ce qu'il y avait de mieux pour l'avenir du bébé. Aucune d'entre elles ne l'aidèrent pour frapper à la porte.

Finalement, tout en se disant qu'il n'aidait personne en retardant l'inévitable, il leva le bras et frappa à la porte.

La femme qui lui ouvrit n'avait pas l'air beaucoup plus vieille que les vingt-huit ans de Srikkanth, mais ses yeux étaient fatigués, suggérant qu'elle avait déjà vu beaucoup trop de choses dans sa vie. Elle lui fit tout de même un sourire.

— Monsieur Bhattacharya ?

— Oui, dit-il en tendant la main. Désolé d'être en retard.

Elle secoua la tête.

— Pas de problème. Entrez, je vais vous expliquer vos options.

Srikkanth acquiesça et la suivit d'un air hébété. On y était. Il pouvait prendre cette décision et continuer sa vie.

L'intérieur du bureau – peint d'un doux gris charbon contrairement au reste de l'hôpital qui était de ce blanc institutionnel – était accueillant, avec un canapé et des fauteuils disposés de façon à fournir un endroit confortable pour parler, et un bureau poussé discrètement contre le mur du fond. Il se détendit tandis qu'il s'enfonçait dans le canapé. Il pouvait le faire.

— Est-ce que je peux vous offrir quelque chose à boire ? proposa Mme Holmes. Du café ? Un verre d'eau ? Un Coca ?

— Vous auriez du thé ? demanda Srikkanth.

— Noir ou à base de plantes ? s'enquit Mme Holmes.

— Noir, avec du lait, si ce n'est pas trop demander.

— Pas du tout, lui assura Mme Holmes. Je vais en chercher dans la salle de repos.

Elle revint quelques minutes plus tard avec une tasse fumante de thé au lait. L'odeur, aussi familière que le parfum de sa mère, apaisa un peu plus sa nervosité.

— Comment allez-vous ? demanda-t-elle en s'asseyant en face de lui.

— C'est tellement irréel, admit Srikkanth. Je m'attends toujours à ce que Jill m'appelle pour me dire que c'est une erreur.

— C'est une réaction tout à fait normale, le rassura l'assistante sociale. Et si vous étiez de vrais amis – ce qui semble évident – c'est une réaction qui mettra plusieurs mois à s'estomper. Malheureusement, nous ne pouvons pas attendre aussi longtemps pour prendre des décisions au sujet du bébé.

— Je sais, acquiesça Srikkanth. Je me sens mal de devoir prendre ces décisions, mais il n'y a personne d'autre. Est-ce qu'on peut revoir mes options encore une fois ? Je sais que vous m'en avez parlé mardi, mais toute cette conversation est un peu floue dans ma tête.

— Bien sûr, répondit Mme Holmes. Pour une adoption volontaire, vous aurez besoin de choisir une agence pour gérer le placement et, à partir de là, vous devrez décider de votre degré d'implication. Les adoptions volontaires peuvent être complètement ouvertes, avec les parents biologiques recevant des nouvelles régulièrement et rendant visite à l'enfant, ou bien complètement fermées, sans aucun contact. La norme se situe habituellement quelque part au milieu.

— Je ne suis pas vraiment prêt pour rencontrer qui que ce soit, dit rapidement Srikkanth. Comme je vous l'ai dit auparavant, je n'avais pas l'intention d'avoir de contact avec le bébé en tant que père. Jill et moi étions amis, donc je l'aurais vue de temps en temps, mais c'est tout.

— C'est votre choix, lui assura Mme Holmes. Les parents adoptifs ont certainement leurs préférences, mais nous optons généralement pour l'option la plus restrictive s'il y a une différence d'opinion sur le degré d'ouverture.

Elle tendit à Srikkanth une liste d'agences.

— La première chose à faire, c'est de choisir une agence.

Srikkanth parcourut la liste et en choisit finalement une.

— Je vais prendre l'Association Catholique, dit-il lentement. Les religieuses font un travail formidable dans ma ville natale.

— Je vais les contacter alors, dit-elle. Pendant que je fais ça, voilà un questionnaire que vous devez remplir pour guider vos choix de placement.

— Ils ne vont pas la donner à la première famille sur la liste ? demanda Srikkanth avec impuissance.

— Plus maintenant, dit Mme Holmes avec un petit rire. Ils veulent que les parents biologiques se sentent aussi à l'aise que possible avec leur décision.

Srikkanth soupira et regarda le questionnaire, remarquant les options pour l'origine ethnique, l'éducation et la taille de la famille. Il secoua la tête.

— Je ne sais pas, d'accord ? dit-il, la frustration grandissant tout autant que son sentiment d'impuissance.

Il élimina toutes les options d'origine ethnique, parce que le bébé était déjà métissé au départ, et même si ça n'avait pas été le cas, l'ethnie était une question de couleur de peau, rien de plus. Il voulait que le bébé ait des parents raisonnablement bien instruits afin qu'ils se soucient de son éducation, mais il savait que ce n'était pas une garantie, dans un sens comme dans l'autre. Les parents de Nathaniel n'avaient pas de diplôme d'études secondaires, mais ils s'étaient assurés que lui en ait un, et l'avaient poussé à réussir audelà de leurs espérances. Ils ne pouvaient pas l'aider à payer ses études de médecine, mais ils l'avaient encouragé à trouver des moyens pour financer son éducation afin qu'il puisse échapper aux fins de mois difficiles comme ils l'avaient fait leur vie entière. Ayant grandi avec une sœur, Srikkanth connaissait la valeur et la frustration d'avoir des frères et sœurs, mais une partie de lui sentait qu'il devait donner l'enfant à un couple qui n'avait pas encore eu la chance d'être parents plutôt qu'à un couple qui l'était déjà ; mais d'un autre côté, une famille qui avait déjà des enfants savait comment prendre soin d'un bébé.

Il détestait l'indécision qu'il ressentait, il détestait toute cette situation. Ce n'était pas à lui de prendre ces décisions, bon sang ! Il voulait se taper la tête contre un mur, mais cela ne lui serait d'aucune aide, alors il se contenta de ne cocher aucune case.

— Est-ce que... est-ce qu'il serait possible que je voie le bébé ? demanda Srikkanth à la hâte, les mots sortant de sa bouche avant qu'il ne soit sûr de vraiment vouloir les prononcer. Cela me paraîtrait plus réel si je pouvais voir pour qui je prends ces décisions.

— C'est votre fille, lui rappela Mme Holmes. Vous avez tous les droits, même s'il vous sera plus difficile de signer les papiers après l'avoir vue.

— Je veux juste la voir, insista Srikkanth. J'ai besoin de voir si elle ressemble à Jill.

Mme Holmes le regarda comme si elle voulait de nouveau le mettre en garde, mais elle ne le fit pas, et lui désigna à la place le couloir de la pouponnière.

— Vous allez devoir vous nettoyer et mettre une blouse d'hôpital sur vos vêtements de ville, expliqua-t-elle. Votre bébé est en bonne santé, mais ils ne sont pas tous aussi chanceux ; l'hôpital est donc relativement strict en matière d'hygiène. Laissez votre veste ici, vous serez plus à l'aise.

Srikkanth hocha la tête en enlevant sa veste et la déposa sur l'accoudoir du canapé, puis il suivit Mme Holmes au bout du couloir, à l'entrée de la pouponnière. Il s'arrêta devant l'évier, frottant ses mains et ses bras jusqu'aux coudes comme indiqué par la pancarte au-dessus du bassin. Mme Holmes lui désigna les blouses d'hôpital suspendues à la porte tandis qu'elle commençait son propre rituel de nettoyage. Srikkanth en mit une par-dessus sa chemise et cravate et attendit qu'elle finisse. Elle le conduisit ensuite dans la pouponnière, vers un lit sur lequel était simplement marqué : 'Peters, fille.'

— Sophie, dit-il immédiatement, incapable d'ignorer la douleur qu'il ressentait de voir que le bébé n'avait pas encore de prénom. Son prénom est censé être Sophie.

— Je mettrai un mot dans son dossier, le rassura-t-elle, mais au bout du compte, ce sont ses parents adoptifs qui choisiront le prénom, bien que nous les encouragions à prendre en considération le souhait des parents biologiques. Souvent, ils utilisent le prénom de naissance comme deuxième prénom.

Srikkanth caressa la peau douce et beige, remarquant combien elle était plus sombre que n'importe lequel des autres bébés dans la salle, qui avaient tous la même coloration que les couvertures blanches qui les enveloppaient. Elle se tortilla sous ses doigts, sa petite main se levant pour les effleurer, tandis que ses cils papillonnaient doucement.

— C'est un adorable bébé, dit l'une des infirmières en s'approchant à côté de Srikkanth. Elle mange comme un cheval et elle ne s'agite jamais.

Srikkanth sourit.

— Elle ressemble à sa mère alors.

— Tenez, dit l'infirmière en prenant le bébé avec une aisance due à des années de pratique. Asseyez-vous là, et vous pourrez la tenir.

Srikkanth sut que c'était une mauvaise idée avant même d'avoir vu le froncement de sourcils sur le visage de Mme Holmes, mais il ne put résister. Juste une fois, se dit-il. Il la tiendrait juste cette fois, puis il retournerait signer les documents pour en finir avec elle. Il prit le siège que l'infirmière lui avait indiqué et essaya de positionner ses bras comme les siens pour qu'ils forment un berceau pour le bébé.

— Tenez bien sa tête et tout se passera bien, lui assura l'infirmière en plaçant doucement le bébé dans ses bras.

Ses yeux s'ouvrirent alors qu'elle passait des mains sûres de l'infirmière à d'autres plus hésitantes, clignant des paupières comme un hibou en regardant Srikkanth.

— Salut, dit-il doucement, se rappelant vaguement sa mère disant à une jeune amie qu'elle devrait tout le temps parler à son bébé comme s'il pouvait la comprendre. Comment vas-tu, Sophie ? Je m'appelle Srikkanth. Je suis un ami de ta maman.

Sa voix se cassa, mais il avala la boule qu'il avait dans la gorge et continua.

— Nous nous connaissions depuis le collège. C'était la seule personne qui ne s'était pas moquée de l'enfant avec le drôle d'accent, et elle se disputait avec quiconque osait dire quoi que ce soit à ce sujet quand elle pouvait les entendre. Elle aimait la cuisine indienne, tu vois, lui confia-t-il, et comme je viens d'Inde, elle s'était dit que devenir mon amie était le meilleur moyen de voler toutes les recettes de ma mère. Elle ne pouvait pas encore cuisiner à ce moment-là. Ma mère l'aimait beaucoup. Chaque fois que Jill nous rendait visite, elle suivait Mā dans la cuisine et la regardait cuisiner. Cela n'avait pas d'importance pour elle que Mā ne suive pas de recette. Ta maman se contentait de regarder et d'apprendre, et puis quand j'allais chez elle la fois suivante, elle avait préparé la recette qu'elle avait apprise de Mā. Elle a été ma première amie aux États-Unis, ma meilleure amie.

Le bébé le regardait avec cette expression sérieuse qu'ont tous les nouveau-nés, celle qui disait qu'ils essayaient de donner un sens à ce nouveau monde étrange sans vraiment y parvenir. Srikkanth se pencha et déposa un tendre baiser sur son front alors qu'il continuait de se rappeler.

— Tout le monde pensait qu'on sortait ensemble, mais Jill n'a jamais fait pression sur moi de cette façon. Je pense qu'elle a su avant moi que j'étais gay, et quand j'ai finalement fait mon comingout, elle m'a soutenu à cent pour cent. On a pris un appartement ensemble à l'université, et je pense que mes parents s'attendaient à ce que j'annonce nos fiançailles. Ils n'étaient pas au courant à propos de moi. Je ne pensais pas qu'ils pourraient comprendre, mais Jill si. On sortait en boîte ensemble et on trouvait toujours mignons les mêmes mecs. Ensuite, on essayait de déterminer s'ils étaient gays ou hétéros afin de décider lequel de nous deux pourrait aller le draguer.

Il rit doucement.

— Je suppose que je ne devrais pas te dire ces choses, mais tu mérites de savoir qui était ta maman, avant que tu ailles dans une autre famille pour qu'un autre papa et une autre maman prennent soin de toi, maintenant que ta maman a disparu. Tu lui ressembles beaucoup, tu sais. Bien sûr, tu as ma couleur de peau, mais la forme de tes yeux et de ta bouche, ils sont exactement comme les siens. Et je parie que tu auras les cheveux bouclés, tout comme elle. Tu vas probablement être brune, parce que ses cheveux roux sont un trait récessif, mais tu auras ses boucles. Il le faut. Tu lui ressembles trop pour ne pas avoir ça aussi.

Il souleva le bébé pour pouvoir frotter sa joue contre son crâne duveteux, remplissant ses narines de l'odeur de lotion et savon pour bébé. Ses yeux s'humidifièrent tandis qu'il la berçait.

— Elle voulait tellement avoir un bébé, chuchota-t-il, mais elle n'arrivait pas à trouver un homme qu'elle aimerait assez pour l'épouser. On plaisantait souvent en disant qu'on aurait été parfaits l'un pour l'autre si je n'avais pas été gay. Alors, un jour, elle en a eu assez d'attendre l'homme idéal et elle a décidé d'avoir un bébé toute seule, et il était logique qu'elle me le demande. Je n'ai pas dit oui tout de suite. En fait, j'étais un peu effrayé par cette idée au début. Je ne savais pas comment être un père, tu comprends, mais elle m'a assuré qu'elle ne me demanderait rien d'autre que de lui procurer le matériel génétique. Elle allait s'occuper de toi toute seule. Elle t'aurait élevée et aimée autant qu'auraient pu le faire deux parents, quatre grands-parents et toute une armada d'oncles et de tantes. Et elle y serait arrivée. Quand elle a appris qu'elle était enceinte, c'était la plus heureuse des femmes. Je ne l'ai jamais vue plus heureuse que lorsqu'elle était enceinte de toi. Elle ne s'est jamais plainte des nausées matinales, ou des vêtements dans lesquels elle ne rentrait plus, ou de ses chevilles qui avaient enflé, ou de quoi que ce soit d'autre. Elle a passé des semaines à choisir une peinture et une frise pour ta chambre, puis elle a enrôlé tous ses amis pour qu'ils l'aident à tout installer. Tout devait être parfait pour son petit ange. À part qu'aujourd'hui, elle n'est plus là pour prendre soin de toi et je ne peux pas la remplacer. Je ne saurais pas comment faire.

Il berça le bébé tout contre lui et pleura la perte de sa meilleure amie contre sa toute petite épaule, de doux sanglots s'échappant de sa gorge. Une petite main tapota son visage, et son cœur s'arrêta, traversé par une soudaine et inattendue vague d'amour qui lui coupa le souffle. Il souleva la tête du nouveau-né et regarda son visage confiant et ouvert, et il sut qu'il était perdu.

— Il est l'heure de manger, dit calmement l'infirmière, en revenant auprès de Srikkanth. Son biberon est prêt. Vous n'avez plus qu'à le lui donner.

— Je ne sais pas comment faire, dit-il pour ce qui lui sembla être la centième fois depuis qu'il avait appris la mort de Jill.

— C'est facile, dit l'infirmière en lui tendant le biberon. Mettez juste la tétine dans sa bouche et assurez-vous qu'il n'y a pas de bulle d'air. Elle fera le reste. Quand elle aura bu à peu près un tiers du biberon, appelez-moi, et je viendrai vous aider pour lui faire faire son rot.

Srikkanth hocha mécaniquement la tête, penchant le biberon et plaçant la tétine contre les lèvres du bébé. Elles s'ouvrirent immédiatement et se mirent à sucer le morceau de plastique avec voracité.

— Tu avais faim, pas vrai, Sophie ? demanda-t-il tandis qu'elle tétait. Je suis désolé, je n'y ai pas pensé. Tu vois, ça veut dire que je ne sais vraiment pas comment faire. Comment est-ce que je suis censé m'occuper de toi si je ne sais même pas quand tu as faim ? Tu seras beaucoup mieux avec des personnes qui s'y connaissent en bébés.

Sophie continua simplement à téter son biberon, ignorant parfaitement la bataille qui faisait rage dans la tête de l'homme qui la tenait. Quand le biberon ne fut plus rempli qu'aux deux tiers, Srikkanth regarda autour de lui, cherchant l'infirmière, qui vint le rejoindre dès qu'elle croisa son regard.

— Sortez doucement le biberon de sa bouche et redressez-la pour la tenir contre votre épaule, lui expliqua l'infirmière. Tapotez-la fermement dans le dos jusqu'à ce qu'elle rote. Si vous faites sortir les bulles d'air régulièrement, elle peut continuer à boire. Si elle les garde, elle finira par régurgiter la moitié de ce qu'elle aura bu.

Srikkanth tapota le dos de Sophie avec hésitation.

— Pas comme ça, dit l'infirmière en riant et en donnant au bébé une tape ferme sur son dos. Du moment que vous soutenez sa tête, vous ne lui ferez pas mal. Allez-y ; vous pouvez la tapoter plus fort que ça.

Toujours peu sûr de lui, Srikkanth fit ce que lui avait dit l'infirmière, tapotant un peu plus fermement jusqu'à ce que Sophie laisse échapper un rot de satisfaction.

— Maintenant, redonnez-lui-en un tiers, faites-la roter, puis laissez-la finir le biberon, dit l'infirmière. Vous vous en sortez très bien. Vous êtes fait pour être père.

Des larmes coulèrent sur les joues de Srikkanth tandis que l'infirmière s'éloignait. Il redonna le biberon à Sophie et regarda son petit visage chiffonné, essayant de réconcilier ses sentiments avec ses intentions. C'était perdu d'avance. Mme Holmes avait raison, se dit-il, mais il ne regrettait pas d'avoir demandé à voir Sophie.

— Je ne peux pas, dit-il en regardant l'assistante sociale qui attendait pas très loin de lui. Je ne peux pas signer les papiers. Je suis désolé.

Mme Holmes hocha la tête.

— C'est votre choix. Vous allez avoir besoin d'un siège auto pour la ramener chez vous.

Srikkanth écarquilla les yeux, mais il avait pris sa décision. Il fallait maintenant qu'il s'y tienne.

— Je vais avoir besoin d'un jour ou deux pour m'organiser. Je n'avais évidemment pas prévu tout ça.

— Elle peut rester ici quelques jours de plus, jusqu'à ce que vous ayez tout ce dont vous avez besoin, le rassura Mme Holmes. Je vous laisse faire connaissance avec votre fille, M. Bhattacharya. C'est une très jolie petite fille.

Srikkanth baissa les yeux sur le bébé.

Sa fille.

Oh mon Dieu, qu'avait-il fait ?

# III

Srikkanth ne vit pas passer le temps alors qu'il était assis là, à bercer Sophie, fredonnant les mêmes berceuses que sa mère lui avait chantées. Il lui donna un deuxième biberon et regarda avec perplexité l'infirmière changer sa couche. Il tendit les bras pour la reprendre, mais son estomac se mit à gargouiller si fort que l'infirmière fronça les sourcils.

— Allez vous chercher quelque chose à manger ainsi que le siège auto. Elle est prête à partir dès que vous voudrez.

— Ça... ça ne sera pas avant un jour ou deux, s'excusa Srikkanth. Je n'avais pas prévu de la prendre, je n'ai donc rien de prêt pour elle.

— Un rapide tour à *Babies Я Us* réglera ce problème, dit l'infirmière en souriant. Prenez un bon siège auto et une poussette, plusieurs biberons, du lait en poudre, des couches, une ou deux couvertures, plusieurs pyjamas, et quelque chose dans quoi elle puisse dormir. Tout le reste peut attendre encore un peu.

Tout le reste. Srikkanth avait l'impression de se noyer, mais il avait pris sa décision, et il comptait bien s'y tenir.

Il devait juste le dire à Jaime et Nathaniel.

— Comment ça s'est passé ? demanda Jaime avec compassion quand Srikkanth arriva à la maison.

— Euh, hésita Srikkanth. Je n'ai pas pu l'abandonner.

— Tu es fou, déclara Nathaniel en se retournant pour se diriger dans sa chambre. Bonne chance. Tu vas en avoir besoin.

— Ne l'écoute pas, lui dit Jaime en regardant Nathaniel avec un air renfrogné. Oui, ça va demander beaucoup de travail, mais je t'aiderai, même si Nathaniel ne le fera pas. J'ai aidé ma mère avec mes petits frères et sœurs. J'en connais un rayon sur les bébés.

— Ils veulent que je la ramène à la maison le plus vite possible, et je n'ai pas la moindre idée de ce dont elle a besoin.

— Je ne connais que le strict nécessaire, mais je sais qu'on peut s'en sortir. Il y a un *Babies Я Us* dans le centre commercial. On trouvera ce dont on a besoin là-bas et, avec un peu de chance, des personnes qui pourront nous conseiller.

Srikkanth regarda Jaime avec une immense gratitude.

— Je ne sais pas comment te remercier.

— En me laissant la gâter, répondit Jaime en souriant. Est-ce que tu lui as trouvé un prénom ?

— Jill voulait l'appeler Sophie, lui confia Srikkanth.

— C'est un très joli prénom. Prends tes clefs. On va prendre ta voiture au cas où quelqu'un déciderait de nous aider à installer le siège auto.

Srikkanth prit ses clefs et son portefeuille, puis suivit Jaime hors de l'appartement.

— Tu crois que ce serait égoïste de ma part de lui donner également un prénom indien ? Mes parents l'accepteraient peut-être plus facilement.

— Je ne crois pas que ce soit égoïste du tout, s'exclama Jaime. Quel qu'ait été ton arrangement initial avec Jill, tu es impliqué maintenant. Tu es son père et tu es celui qui va l'élever. Je crois même que personne ne te reprocherait de mettre Sophie en deuxième prénom.

Srikkanth secoua la tête.

— Les prénoms indiens sont difficiles à prononcer et à épeler pour les gens. Le mettre en deuxième prénom sera suffisant.

— Tu as un prénom en tête ? demanda Jaime.

— Je pensais à Thanaa. Cela signifie 'gratitude', dit Srikkanth d'un air rêveur.

— C'est un prénom tout à fait approprié, acquiesça Jaime tandis qu'ils roulaient en direction du centre commercial.

Il sortit son organiseur et commença à taper.

— Il nous faut des biberons, dit-il à haute voix en faisant une liste. On a aussi besoin d'un berceau et d'une chaise à bascule, d'un siège auto, de couches, de couvertures, de vêtements, de lait en poudre. Quelle sorte de lait en poudre ils lui donnent à l'hôpital ?

— Je n'en ai pas la moindre idée, répondit Srikkanth avec impuissance. On m'a juste donné le biberon.

— Appelle l'assistante sociale, proposa Jaime. Elle peut te le dire, ou se renseigner si elle ne le sait pas.

— Je l'appellerai quand on sera dans le magasin, acquiesça Srikkanth, un sentiment d'irréalité l'envahissant à la pensée de deux gays faisant des courses pour un bébé.

— Elle va également avoir besoin d'un hochet ou deux, oh, et d'un ours en peluche. Il faut absolument qu'elle ait des animaux en peluche, s'exclama Jaime.

Srikkanth gémit, se sentant vraiment hors du coup.

— Tout va bien, Sri, dit Jaime d'un ton apaisant. Fais-moi confiance.

— J'essaye, dit Srikkanth, mais je n'arrête pas de me demander si je ne fais pas une erreur.

— Qu'est-ce que te dit ton cœur ? demanda Jaime très sérieusement.

— Que c'est ma fille et que je l'aime déjà.

— Alors tu ne fais pas une erreur, lui assura Jaime. Enfin, je suis sûr que tu vas en faire beaucoup – tous les parents en font – mais tu ne fais pas d'erreur en la gardant.

Srikkanth laissa cette affirmation faire son chemin. Une fois qu'ils furent garés et rentrés dans le magasin, Srikkanth sentit la panique l'envahir à nouveau en voyant l'incroyable diversité d'accessoires qui s'offrait à lui.

— Détends-toi, dit Jaime avant que Srikkanth ne puisse s'enfuir. Chaque chose en son temps. Commençons par les biberons. Tu ne voudras pas en laver un chaque fois qu'elle aura fini de manger, alors il faut en prendre à peu près dix ou douze.

Srikkanth regarda le rayon de biberons et de tétines, et frissonna.

— Comment est-ce que je suis censé choisir ?

Jaime n'avait pas de réponse, mais une femme avec un bébé dans un porte-bébé arriva à ce moment-là et prit un lot de tétines.

— Excusez-moi, dit-il, attirant son attention. Est-ce que vous pouvez prendre en pitié deux célibataires et nous dire quel genre de biberon vous utilisez ?

La femme eut l'air surpris, mais elle attrapa un emballage et leur tendit.

— Ce sont ceux que j'utilise, les AVENT, dit-elle. Ils sont sans Bisphénol A, vous n'avez donc pas à vous inquiéter que quelque chose se mélange au lait, et en plus ils sont censés réduire les coliques. J'ai d'abord essayé une autre marque, mais mon fils avait des coliques terribles. Changer pour les biberons AVENT l'a vraiment aidé, bien qu'il en ait encore de temps en temps.

— Merci, dit Srikkanth en regardant l'emballage.

— Quel âge a le bébé ? demanda la maman.

— Elle a deux jours, répondit Srikkanth.

— Alors, il vous faut prendre les tétines pour nouveau-nés, leur dit-elle. Les autres risquent de l'étouffer parce que le débit de lait est beaucoup trop rapide.

— Merci encore, dit Jaime en attrapant plusieurs paquets de tétines pour aller avec les biberons ainsi qu'un chauffe-biberon qu'il prit sur la plus haute étagère. Elle n'aura pas besoin d'assiette ou de verre avant encore plusieurs mois, dit-il à Srikkanth. On peut revenir en chercher quand elle aura grandi. Voyons voir, ajouta-t-il en conduisant Srikkanth vers les baignoires. Est-ce que tu veux lui prendre une baignoire ? Ou est-ce que tu comptes la laver dans l'évier ? C'est ce que ma mère a fait jusqu'à ce qu'on soit assez grands pour se tenir assis tout seuls, mais je ne sais pas ce que va en penser Nathaniel.

— Je ferais mieux de prendre une baignoire, soupira Srikkanth. Je pourrai la laisser dans la salle de bain du haut, comme ça elle ne gênera pas Nathaniel.

Jaime hocha la tête.

— Tiens, tu vois celle-là ? Elle t'indique même si l'eau est trop chaude. Il ne faudrait pas l'ébouillanter par accident.

Srikkanth mit la baignoire que lui avait montrée Jaime dans le chariot et continua dans l'allée.

— Est-ce que vous avez besoin d'aide pour trouver quelque chose ? leur demanda une employée venant à leur rencontre.

*Trouver quelque chose ?* pensa Srikkanth. *Il faudrait d'abord savoir ce qu'on cherche.* Heureusement, Jaime répondit pour lui.

— Franchement, on a besoin d'aide pour tout. Srikkanth a découvert aujourd'hui qu'il était père, on a donc besoin de se procurer les choses essentielles immédiatement.

— Et on est plutôt limité par la place, ajouta Srikkanth.

L'employée – le nom sur son badge indiquait Tricia – ne cilla même pas.

— Voilà ce qu'on va faire, suggéra-t-elle. Allons prendre une liste du magasin, et on pourra s'en servir pour être sûrs que vous n'oubliez rien. Il y aura des choses que vous déciderez de ne pas acheter ou de prendre plus tard, mais au moins, ce sera parce que vous aurez choisi de le faire plutôt que parce que vous l'aurez oublié.

— Merci, dit Srikkanth, sa voix laissant transparaître son soulagement.

— Pas de problème, lui assura-t-elle. Je suis là pour ça.

Elle disparut pendant une minute, puis revint avec une pile de papiers.

— D'accord, je vois que vous vous êtes déjà occupés des biberons. Quel âge a le bébé ?

— Elle a deux jours, répondit Srikkanth.

— Alors vous n'avez probablement pas besoin de chaise-haute pour le moment, dit Tricia d'un air pensif, surtout si vous avez un problème de place. À moins que vous n'en vouliez une qui s'abaisse pour avoir un endroit où la poser pendant que vous cuisinez ?

— Je crois qu'on va attendre un peu pour ça, murmura Srikkanth.

— Je la surveillerai quand ce sera ton tour de cuisiner, offrit Jaime.

Srikkanth lui jeta un regard reconnaissant.

— D'accord, passons au matériel de sécurité, proposa Tricia. Siège auto ?

Srikkanth secoua la tête.

— Tout ce que j'ai est dans le chariot. Elle devait vivre avec sa mère, mais Jill vient de mourir.

— Je suis désolée, dit Tricia avec sympathie. Votre meilleure option est de prendre un siège auto qui se transforme en poussette. Le siège auto vous servira pendant un an ou deux, et vous pourrez continuer d'utiliser la poussette après ça. L'autre option est un siège auto convertible et une poussette séparée. Vous devez juste vous assurer que vous choisissez une poussette qui soit suffisamment sûre pour un tout petit bébé sans le siège auto.

— Quel est le mieux ? demanda Srikkanth.

— Chacun a ses qualités, répondit Tricia. Les convertibles sont plus chers, mais vous n'avez besoin de n'en acheter qu'un au lieu de deux ou même trois, y compris un rehausseur pour quand elle aura quatre ans et plus ; mais le kit siège auto/poussette n'est pas mal non plus parce que le siège se détache de sa base et s'intègre dans la poussette, donc vous n'avez pas à retirer constamment le bébé de l'un pour l'installer dans l'autre.

— Qu'est-ce que tu en penses ? demanda Srikkanth à Jaime.

— Je ne m'y connais pas plus que toi, répondit Jaime en lui souriant.

— Je crois que j'aurais peur de la faire tomber ou de ne pas protéger assez sa tête si je devais constamment la retirer de l'un pour l'installer dans l'autre. Je pense que je vais prendre le kit.

— Ils sont par là, leur indiqua Tricia en les conduisant vers un rayon rempli de modèles différents.

— Oh, Seigneur, grogna Srikkanth.

— Pas de panique, le rassurèrent Tricia et Jaime en même temps.

Le rire qui s'en suivit brisa le nœud de tension qui n'avait fait que croître dans l'estomac de Srikkanth.

— À la base, il n'y a que deux sortes de poussettes, expliqua Tricia. Les classiques et les sportives. Si vous aimez courir et que vous voulez amener le bébé avec vous, le modèle sportif est le plus pratique. Sinon, les seules différences sont le tissu et le prix. On ne les vend pas si elles ne répondent pas à tous les critères de sécurité.

— Je ne veux pas trop de froufrous, dit immédiatement Srikkanth.

— Qu'est-ce que tu penses de celle-là ? proposa Jaime. Les pois verts ne font pas trop princesse.

— Ce modèle est très populaire, acquiesça Tricia, et il a des petits plus, comme une cache dans la poignée pour mettre les lingettes, que beaucoup de parents trouvent très utile. *Evenflo* est une marque très appréciée.

— Je pense que je vais prendre celle-là, alors, dit Srikkanth.

— Prends celle que tu veux, le conseilla Jaime. Sophie est ta fille, je ne suis là que pour t'apporter mon soutien moral.

— Non, elle me plaît vraiment, insista Srikkanth. Je me sens juste encore un peu dépassé. C'est tout.

Jaime tapota l'épaule de Srikkanth d'une manière encourageante.

— Finissons-en pour que tu puisses retourner à l'hôpital et faire un câlin à ta fille. Cela aura plus de sens quand tu l'auras de nouveau dans tes bras.

Srikkanth hocha la tête et se retourna vers Tricia.

— Que faut-il ensuite ?

— Il vous faut quelque chose pour transporter tout ce dont elle aura besoin quand vous sortirez avec elle, dit Tricia. Nous avons une nouvelle ligne de sacs à langer pour les papas qui n'est pas féminine, comprenant même des logos d'universités au cas où vous voudriez montrer votre appartenance à l'une d'entre elles.

— Je ne suis pas un si grand fan de l'université de Houston, dit Srikkanth en secouant la tête. Je n'ai besoin que de quelque chose de simple et facile à laver.

— D'accord, acquiesça Tricia. Vous préférez le style sac à dos ou sac de gym ?

— Sac à dos, je crois, décida Srikkanth.

— Très bien, dit Tricia, leur montrant un rayon rempli de sacs. Vous avez le choix entre le *Daddys Matter* et le *Timberland*. Le *Timberland* est un peu moins cher, mais à part ça, ils sont plus ou moins semblables. Vous pouvez les prendre et les regarder, et même les essayer.

Srikkanth essaya les deux, et apprécia le fait que l'on puisse faire passer le sac sur le devant sans avoir besoin de l'enlever. Il le rajouta à la pile de choses qui étaient déjà dans le chariot. Il pourrait garder la poussette et le siège auto dans sa voiture, et la baignoire dans la salle de bain du haut qu'il partageait avec Jaime, ainsi cela ne gênerait pas Nathaniel.

— Elle a besoin d'un endroit où dormir, et le manque de place est un problème. Son lit devra tenir dans ma chambre.

— Vous pouvez opter pour un couffin ou un berceau, dit Tricia à Srikkanth, ce qui prendra beaucoup moins de place qu'un lit d'enfant. Par contre, d'ici six à sept mois, elle sera trop grande pour dormir dedans car elle commencera à rouler sur elle-même et à se redresser. Le problème est que la hauteur du matelas n'est pas ajustable sur la plupart des couffins et berceaux, et quand bien même elle le serait, les bords ne sont pas assez hauts.

— Donc je peux soit acheter quelque chose de petit maintenant et le remplacer dans six mois, soit prendre un lit d'enfant et me débrouiller avec le manque de place, soupira Srikkanth.

— C'est à peu près ça, acquiesça Tricia avec un sourire désabusé. À moins que vous ne préfériez un parc pour enfants. Beaucoup d'entre eux ont deux niveaux pour que vous puissiez les ajuster, et ils se plient et sont faciles à déplacer dans la maison. Ce n'est pas aussi beau qu'un lit, mais ça prend vraiment beaucoup moins de place, et si au bout d'un moment vous voulez quand même un lit, vous pouvez toujours vous servir du parc pour la garder en sécurité dans, disons, la cuisine ou le jardin. En fait, on vient d'en recevoir un tout nouveau de *Graco* qui pourrait être parfait pour vous.

Elle les conduisit dans le rayon correspondant et leur montra un parc qui avait un fond ajustable, une table à langer escamotable, et un petit couffin attaché sur un côté.

— Elle peut utiliser le couffin dès maintenant, et quand elle aura un peu grandi, elle pourra dormir sur le tapis du parc, que ce soit à cette hauteur ou plus bas. Le tapis est bien rembourré, et il est ferme mais pas dur.

— Et il n'y a pas de froufrous, le taquina Jaime.

Srikkanth rougit légèrement.

— Tu sais comment était Jill. Elle n'aimerait pas que j'en fasse une chochotte.

— Non, acquiesça Jaime en redevenant sérieux, elle n'aimerait pas ça. Elle approuverait tout ce que tu pourras choisir.

— D'accord, des couvertures, quelques vêtements, des couches, du lait en poudre, et je pense que vous en aurez assez pour commencer, déclara Tricia.

— Et un ours en peluche, dit Srikkanth en taquinant Jaime à son tour. Ce tonton gâteau insiste pour qu'elle ait un animal en peluche.

Tricia se mit à rire.

— Elle ne le remarquera pas avant d'avoir au moins deux mois. Les lumières et la musique sont plus susceptibles d'attirer son attention. Je vais vous montrer où sont les jouets, et vous pourrez choisir ce que vous voulez.

— J'ai oublié de demander quel lait en poudre elle prend à l'hôpital, se rappela Srikkanth.

— Quel hôpital ? demanda Tricia.

— Le Bon Samaritain.

— Probablement de l'*Enfamil*, alors, dit Tricia. C'est ce qu'ils utilisent à moins qu'il y ait un problème d'allergie, mais vous devriez vous en assurer. Le lait en poudre est une des rares choses que vous ne pouvez changer – pour des raisons évidentes de sécurité.

— Je ferais mieux de les appeler, dit Srikkanth.

— Ou vous pouvez attendre et revenir, suggéra Tricia. Ils vous en donnent habituellement assez pour tenir quelques jours. Comme ça, vous serez sûr.

— D'accord, approuva Srikkanth – il pourrait toujours en prendre au magasin d'alimentation, ou demander à Jaime d'y aller. Donc, couches, couvertures, et vêtements, ajouta-t-il.

— Vous pouvez probablement ne prendre que des pyjamas, puisqu'il fait encore très froid dehors, le conseilla Tricia. Les robes sont mignonnes et tout, mais pas vraiment pratiques quand les températures sont si basses. Dites-vous qu'elle aura besoin d'au moins trois tenues par jour et voyez combien de fois vous voulez faire la lessive.

— Trois ? répéta Srikkanth.

Tricia hocha la tête.

— Entre les régurgitations et les fuites de couches, trois est un minimum pour les premiers mois. Un bavoir aiderait un peu les régurgitations, mais encore une fois, avec le froid qu'il fait, vous ne voulez pas que sa peau se refroidisse ou se gerce à cause de vêtements mouillés.

Srikkanth vacilla un peu.

— D'accord, je suppose que j'ai besoin d'au moins une douzaine de pyjamas. Je peux faire une lessive deux fois par semaine, mais pas plus, avec l'emploi du temps que j'ai.

Il attrapa quatre paquets de trois pyjamas et les ajouta au contenu du chariot. Les couvertures étaient juste à côté, et il en prit quatre également.

— Est-ce que ça suffira ?

— Prenez en deux de plus, l'encouragea Tricia. Elle salira sûrement autant les couvertures que ses vêtements.

Srikkanth suivit son conseil.

— D'accord, les couches sont au fond du magasin, et les jouets sont près des caisses, et je pense qu'après ça, vous aurez tout ce qu'il vous faut.

— Merci encore pour votre aide, répéta Srikkanth. Je ne crois pas qu'on s'en serait sortis sans vous.

— Bonne chance avec le bébé, dit Tricia en souriant, et n'hésitez pas à revenir si vous avez besoin d'autre chose ou même si vous avez juste des questions. Nous faisons tout notre possible pour rendre ce magasin agréable pour les enfants et les familles.

— Et vous y êtes parvenue aujourd'hui, intervint Jaime. Va chercher les couches, Sri. Je vais prendre un ou deux jouets et on se retrouve aux caisses.

Srikkanth poussa le chariot en direction des couches, et en prit un gros sac en se disant qu'il allait beaucoup en utiliser et qu'il serait plus facile de les prendre tant qu'il n'avait pas Sophie avec lui. Il retrouva Jaime près des caisses et secoua la tête devant le nombre de jouets dans les bras de son ami. Des hochets, des animaux en peluches, un jeu de clefs en plastique, et un paquet de tétines.

— Quoi ? demanda Jaime sur la défensive. Tout ce que tu as pris, ce sont des choses pratiques. Je voulais qu'elle ait aussi quelque chose pour s'amuser.

— Tu vas la pourrir jusqu'à la moelle.

— Pas du tout, insista Jaime. Elle sera heureuse et saura qu'elle est aimée, et il n'y a pas de plus grand cadeau que celui-là.

Srikkanth ne pouvait pas le contredire et ne le fit pas. Il se contenta de se mettre dans la file et essaya de ne pas s'évanouir quand la caissière lui annonça le montant de ses achats. Sophie en valait la peine, se rappela-t-il, et il pouvait se le permettre.

Alors qu'ils roulaient en direction de la maison, Jaime mit un autre sujet sur le tapis.

— Est-ce que tu as pensé à la crèche ? Tu préféreras sûrement rester à la maison avec elle pour les deux premiers mois, mais il va bien falloir que tu retournes travailler à un moment donné.

Srikkanth soupira encore une fois.

— Je peux prendre jusqu'à douze semaines avec le FMLA [1]. Je pensais toutes les prendre dès maintenant afin de me donner le temps de m'organiser pour la suite des événements. Je sais qu'il y a beaucoup de crèches très bien par ici, mais une partie de moi n'arrête pas de penser à toutes ces horribles histoires qu'on entend, même si je sais que ce sont des exceptions et non la règle générale.

— Ouais, acquiesça Jaime. *Mamá* n'a plus travaillé jusqu'à ce qu'on soit assez grands pour aller à l'école. Quand mes jeunes frères et sœurs ont surpris tout le monde en naissant quelques années plus tard, une de mes tantes s'est occupée d'eux pendant qu'elle travaillait. Tu as encore un peu de temps pour t'en préoccuper. Ramenons tous ces trucs à la maison et installons-les, pour que Sophie puisse rentrer avec toi dès demain.

---

1 La loi sur le congé familial et médical de 1993 (FMLA) est une loi fédérale américaine qui oblige les employeurs à accorder aux employés la protection de l'emploi et les congés sans solde pour raisons médicales et familiales.

# IV

— RENTRONS TOUT ça et commençons à déballer, dit Jaime quand ils arrivèrent à l'appartement qu'ils partageaient. On verra bien à quelle heure on termine et peut-être que tu pourras ramener Sophie dès ce soir.

Le cœur de Srikkanth rata un battement et son estomac se contracta à cette pensée.

— Je crois que je ferais mieux d'attendre demain, dit-il à Jaime. Il est déjà seize heures, et rien n'est encore prêt, et le temps que j'aille à l'hôpital, il sera tard, et…

— Du calme, Sri. C'est toi qui décides, l'interrompit Jaime. Commençons par amener les affaires à l'intérieur et déballer, et ensuite tu pourras prendre une décision. Et si tu préfères attendre demain, on attendra demain.

— Il faut aussi que je demande mon congé, lui rappela Srikkanth. En fait, c'est ce que je devrais faire en premier, avant même de tout installer. Il faut que j'arrive à joindre le département des ressources humaines avant que leur journée ne se termine.

— Bien pensé, approuva Jaime. Tu n'auras plus la tête à t'occuper de ces formalités une fois que tu auras ramené Sophie à la maison. Tu voudras te concentrer uniquement sur elle pendant un moment. Tu veux que je rentre tout ça pendant que tu t'en occupes ? Je peux même mettre ses vêtements dans la machine à laver. J'ai moi-même quelques trucs qui ont aussi besoin d'être lavés.

— Tu es sûr que ça ne te dérange pas ? vérifia Srikkanth. Je ne veux pas profiter de toi.

— Ça ne me dérange pas du tout, promit Jaime. Il faut que je fasse une machine de toute façon, et les couvertures et pyjamas ne prendront pas trop de place. Bien que je devrais aussi laver le revêtement du berceau. Qu'est-ce que tu en penses ?

— Oui, probablement, dit Srikkanth, pensif. Tu es sûr que ça ne t'embête pas ?

— Va passer ton coup de fil, insista Jaime. Je m'occupe de la lessive.

27

— Merci, dit Srikkanth tandis qu'il se rendait à l'étage pour se poser dans sa chambre et se préparer à batailler avec les ressources humaines.

Il savait que cela allait être difficile d'expliquer la situation dans laquelle il se trouvait, mais il ne s'était pas attendu à ce que la conversation lui prenne plus d'une heure d'explications, de suppliques et d'arguments. La société était tenue de lui donner ce congé – il se souvenait de la loi quand elle était passée – mais apparemment ils n'étaient pas tenus de rendre les choses faciles.

Finalement, ils acceptèrent d'envoyer les papiers à l'hôpital pour qu'ils puissent être remplis. Cependant, il lui faudrait continuer à travailler jusqu'à ce que ce soit fait, ou bien prendre des vacances jusqu'à ce que tout soit en ordre.

— Bien, dit Srikkanth d'une voix cassante. Puisque c'est comme ça, alors je prends des vacances. Je veux simplement ramener ma fille à la maison.

Il résista à l'envie de fracasser le téléphone contre le mur en raccrochant, se rappelant que ce n'était pas de la faute de cette femme si Jill était morte, le laissant dans une situation imprévue. S'il l'avait su avant, s'ils avaient été un couple et qu'il avait eu des mois pour s'y préparer, il aurait pu remplir les papiers en avance, mais rien de tout cela n'avait été prévu.

Prenant une profonde inspiration, il ferma les yeux et se rappela l'image de Sophie dormant dans ses bras. Cela le calma un peu. Prenant une autre profonde inspiration, il ouvrit les yeux et descendit pour voir si Jaime voudrait bien l'aider à monter le parc. Il avait l'impression qu'il allait en avoir besoin.

UNE HEURE plus tard, le lit du bébé assemblé, Srikkanth était assis par terre et s'appuyait contre son matelas en souriant à Jaime.

— On fait une bonne équipe.

— En effet, approuva Jaime en lui retournant son sourire. Maintenant, il ne nous reste plus qu'à voir comment on s'en sortira quand Sophie sera enfin là et que monter un lit sera le cadet de nos soucis. Et ça veut dire qu'il faut aller voir comment fonctionne le siège auto. Elle ne peut pas rentrer à la maison tant qu'on ne l'a pas installé.

Le siège auto fut plus facile à installer que le lit, le système d'attache n'ayant que trois bretelles qui se fixaient rapidement à la voiture de

Srikkanth et deux autres sur lesquelles on devait tirer. Srikkanth fut tenté de retourner à l'hôpital pour voir Sophie même s'il savait qu'il était trop tard pour la ramener avec lui, mais après y avoir réfléchi, il décida de rester à la maison pour finir d'installer et d'organiser les choses. Avec l'aide de Jaime, il vida une étagère pour avoir de la place pour les biberons de Sophie, son sac de couches, et le reste de ses affaires. Quand tout fut prêt pour son arrivée, Jaime descendit regarder la télévision, laissant Srikkanth regarder le lit de bébé et l'étagère en se demandant comment sa vie avait pu prendre un tel tournant.

Il fit glisser ses doigts sur le parc, essayant d'imaginer l'enfant qu'il avait tenu dans ses bras ce matin-là en train de dormir tranquillement dans le couffin, mais n'y arriva pas. Il se dirigea vers l'étagère et prit l'un des hochets que Jaime avait achetés. Il le secoua, essayant d'imaginer la petite main de Sophie l'attraper et le secouer, son rire emplissant la pièce tandis qu'elle jouait. Il ne connaissait pas grand-chose aux bébés, mais il savait que cela n'arriverait pas tout de suite. Cependant, ce ne serait pas très long, juste quelques mois, avant qu'elle ne prenne conscience du monde qui l'entoure, joue avec ses jouets et serre son ours en peluche dans ses bras. Srikkanth prit ce dernier sur l'étagère et frotta le doux velours contre sa joue. Des larmes lui montèrent aux yeux en pensant à Jill et Sophie, et à toutes les choses qu'il allait vivre avec Sophie et que Jill ne connaîtrait jamais. Il tenta de replacer l'ours en peluche sur l'étagère, mais il ne put s'y résoudre. Tout en se disant qu'il était un idiot sentimental, il emporta le jouet en peluche jusqu'à son lit, le tenant serré contre lui en s'asseyant tandis qu'il essayait encore une fois d'analyser tout ce qui était arrivé dans sa vie ces trois derniers jours. Il savait qu'il ne pourrait pas vraiment faire son deuil, et il se doutait que ce soir était le dernier moment de calme et de paix qu'il pourrait avoir avant un bon moment. Il avait regardé les infirmières à l'hôpital dans la matinée. Elles ne s'asseyaient jamais parce qu'il y avait toujours un bébé qui avait besoin de quelque chose : un biberon, une couche propre, une autre couverture. Bien sûr, elles s'occupaient de plus d'un enfant à la fois, mais elles savaient ce qu'elles faisaient. Srikkanth, quant à lui, n'en avait pas la moindre idée.

S'installant sur le lit, il fixa le plafond, l'ours toujours serré contre sa poitrine. Il voulait s'en prendre au sort qui l'avait privé de sa meilleure amie et avait pris la mère de Sophie avant que Jill ait eu une chance de tenir dans ses bras le bébé dont elle avait rêvé depuis si longtemps. Il se promit silencieusement que pas un jour ne passerait sans qu'il rappelle à Sophie combien sa mère l'aimait et l'avait désirée. Il la prendrait dans ses bras, et la bercerait, et l'aimerait, et lui donnerait autant d'affection que deux parents, même s'il n'était qu'un homme. Sa fille grandirait avec tellement d'amour qu'elle ne ressentirait pas le manque de sa mère.

LE MATIN suivant, Srikkanth était à l'hôpital dès que les visites furent autorisées. L'infirmière qu'il avait vue la veille était là. Elle sourit et lui indiqua la chaise à bascule du doigt avant de lui apporter Sophie.

— Elle n'a pas vraiment dormi cette nuit, lui expliqua l'infirmière. Je pense que vous lui avez manqué.

Srikkanth secoua automatiquement la tête pour la contredire.

— Elle ne me connaît même pas. Comment est-ce que je pourrais lui manquer ?

— Vous avez passé des heures avec elle hier, lui rappela l'infirmière. Elle n'a que trois jours. Elle vous connaît mieux que quiconque.

Srikkanth n'arrivait pas à décider si c'était rassurant ou effrayant, mais il pouvait comprendre la logique de tout cela.

— Je ne sais pas ce que je suis en train de faire, admit-il à l'infirmière.

— Comme la plupart des parents, répondit la femme avec un sourire indulgent. Ils bénéficient de l'aide de la famille et d'amis qui ont plus d'expérience qu'eux, et ils font des erreurs, mais la vie continue.

— C'est juste que je ne veux pas faire quoi que ce soit qui puisse la blesser, expliqua Srikkanth. Mes parents sont en Inde, et je partage un appartement avec deux célibataires. Aucun de nous ne connaît quoi que ce soit en matière de bébés.

Si l'infirmière fut surprise par les révélations de Srikkanth, elle n'en montra rien tandis qu'elle replaçait la couverture sur la poitrine de Sophie.

— Restez avec elle ici aujourd'hui, suggéra-t-elle. Je vous apprendrai tout ce que je sais tant que je serai de garde. Je termine à quatorze heures, et on passera tout en revue à ce moment-là, quand je pourrai vous accorder toute mon attention.

— Merci, dit-il, incapable d'exprimer avec des mots toute la gratitude qu'il ressentait.

Se rappelant l'éducation qu'il avait reçue étant enfant, il ramena ses mains l'une contre l'autre, les aplatissant autant qu'il le pouvait avec Sophie dans ses bras, et baissa la tête cérémonieusement.

— Je vous en prie, dit l'infirmière, visiblement touchée par le geste. Elle a mangé il y a environ une heure. Vous me direz quand elle sera prête à manger à nouveau. Ce n'est pas un bébé qui fait beaucoup de bruit. Quand elle commencera à se tortiller, ça voudra dire qu'elle a faim.

— Je vais la surveiller, promit Srikkanth en baissant les yeux sur son visage calme.

Il devrait lui être facile, quand on la voyait aussi immobile, de savoir quand elle aurait faim.

Il regarda les infirmières s'agiter dans la pouponnière, essayant de comprendre quelle était la routine pour chacun des bébés – routine qu'il devrait apprendre – et celle pour les bébés malades – chose dont il devrait s'inquiéter. Il les regarda prendre la température et changer les couches, tester leurs réflexes et leur donner le biberon. Tout à coup, une odeur nauséabonde émana du bébé qu'il tenait dans ses bras, et il eut sa première leçon sur le changement de couche.

L'infirmière rit en voyant l'expression de dégoût sur son visage alors qu'il prenait la couche sale et nettoyait Sophie. Srikkanth voulait être contrarié par tout le processus, mais cela lui fut difficile quand, dans une couche propre, Sophie soupira de contentement et tourna sa tête contre son torse comme si elle voulait s'assurer qu'il était toujours là.

— Vous pouvez dire tout ce que vous voulez, lui dit l'infirmière en souriant, c'est bien votre fille maintenant. Je travaille dans cette pouponnière depuis vingt ans, et je peux toujours dire à quel moment ils se rendent comptent de qui sont leurs parents.

— Vraiment ? demanda Srikkanth, se sentant ridicule d'avoir besoin d'être rassuré.

L'infirmière sourit et hocha la tête.

— C'est clair comme de l'eau de roche pour moi, promit-elle. Donnez-moi une heure et je ferai le point afin que vous puissiez la ramener chez vous.

Srikkanth sourit à Sophie.

— Est-ce que tu es prête à rentrer, *betti* ? Jaime et moi avons tout installé pour toi la nuit dernière. Ton lit, ta baignoire, tes jouets. Il ne manque plus que toi.

Comme prévu, une heure après que Srikkanth fut arrivé, Sophie commença à s'agiter dans ses bras.

— Je pense qu'elle a faim, dit-il à l'infirmière.

31

— Il y a un biberon tout prêt dans le placard sous l'évier, répondit-elle. Ouvrez-le et mettez-le dans la cruche chaude pendant trois minutes. À la maison, vous pourrez utiliser un chauffe-biberon, comme ça vous n'aurez pas à garder une cruche chaude toute la journée.

— On en a acheté un l'autre jour, mais je n'ai toujours pas compris pourquoi je ne pouvais pas utiliser le four à micro-ondes, dit Srikkanth, en plaçant Sophie avec précaution dans son lit pour qu'il puisse préparer le biberon comme on le lui avait expliqué.

— Ne faites surtout pas ça, s'exclama l'infirmière. Tout d'abord, l'eau ne chauffe pas toujours uniformément et elle risquerait de se brûler la bouche. Et puis les radiations peuvent détruire les protéines et l'empêcher d'avoir toute la nutrition dont elle a besoin.

Srikkanth se dit qu'il devrait penser à remercier Jaime pour lui avoir fait acheter le chauffe-biberon tandis qu'il attendait impatiemment que la cruche chaude réchauffe le lait. Il remarqua aussi la marque du lait en poudre : *Enfamil*, comme Tricia l'avait deviné. Il ne voulait pas s'arrêter sur le chemin du retour avec Sophie, mais il était sûr que Jaime accepterait de faire un saut au magasin ou bien de garder Sophie tandis qu'il irait lui-même en chercher.

Srikkanth fut content de lui quand il se rappela de faire faire son rot à Sophie durant son repas. Elle claqua ses lèvres comiquement quand elle eut fini, avant de se réinstaller dans les bras de Srikkanth d'où elle n'avait jamais eu l'intention de bouger.

Quand l'infirmière eut fini son tour de garde, Srikkanth n'avait plus l'impression qu'il allait la faire tomber toutes les deux minutes.

— Vous semblez plus à l'aise, observa-t-elle en s'asseyant près de lui.

— Ça commence à me sembler plus naturel, acquiesça-t-il, même si je suis sûr que j'ai encore beaucoup à apprendre.

— Il y a toujours plus à apprendre, dit-elle en riant, mais la plupart des choses viennent avec l'expérience. Nous avons déjà parlé de ses repas, et vous avez changé sa couche plusieurs fois, donc vous pouvez gérer ça. Comme vous la nourrissez au biberon, elle n'aura pas ce contact peau contre peau que les bébés ont quand leur mère les allaite. Il faut que vous y pensiez de temps en temps. Ça les calme beaucoup. À part ça, la chose la plus importante à laquelle vous devez toujours faire attention, c'est de bien soutenir sa tête. Si le bain est un petit peu chaud ou un petit peu froid, elle n'aimera pas ça, mais ça ne lui fera pas de mal. Endommager son cou peut la tuer si c'est assez grave.

Srikkanth vacilla, la rapprochant de lui dans un geste protecteur.

— Qu'est-ce que vous pouvez me dire à propos des bains ? demanda-t-il puisque l'infirmière avait abordé le sujet.

— Pas tous les jours, conseilla l'infirmière, sauf si elle est particulièrement sale. Le plus important est de maintenir ses mains et ses fesses propres. Elle va rapidement mettre ses mains à la bouche, et il ne faudrait pas qu'elle ait les fesses irritées à cause de la couche, parce que ça fait mal et elle serait grognon.

— Comment éviter cela ? demanda Srikkanth.

— Changez souvent sa couche, surtout si elle est sale, et utilisez une crème protectrice ; Desitin, Aquafor ou Dr. Smith, conseilla l'infirmière. Il va vous falloir trouver un bon pédiatre aussi. On va devoir lui faire des vaccins et vous devrez l'amener régulièrement pour des visites de contrôle.

L'inquiétude de Srikkanth dut se voir sur son visage, parce que l'infirmière tapota son bras pour le réconforter.

— Je vais vous donner la liste des pédiatres qui travaillent avec l'hôpital. Voyez s'il y en a un dans votre secteur. Il faudra qu'elle passe une visite dans deux semaines. Elle n'a montré aucun signe de problème depuis sa naissance, mais c'est mieux d'avoir un pédiatre attitré qui puisse la voir le plus tôt possible pour avoir une base de départ. Est-ce que quelque chose vous tracasse ?

— Il fait vraiment froid dehors, observa Srikkanth. Je ne veux pas qu'elle soit malade.

— Mettez-lui une couche de vêtement de plus que ce que vous portez, suggéra l'infirmière. Et ça inclut la couverture. Il ne faut pas non plus qu'elle ait trop chaud. Donc, si vous portez une chemise et un sweatshirt, elle devrait porter une chemise, un sweatshirt, et sa couverture.

— Je ne lui ai pratiquement acheté que des pyjamas, admit Srikkanth en recommençant à s'inquiéter.

— C'est parfait, le rassura immédiatement l'infirmière. Si vous, vous avez besoin de deux couches de vêtements, rajoutez simplement deux couvertures sur son pyjama pour avoir les trois couches. Ou bien montez un petit peu le chauffage dans l'appartement pour qu'elle soit à l'aise avec juste une couche de vêtements.

— Quand puis-je commencer à la sortir ? demanda Srikkanth, ne voulant pas toujours demander à Jaime de la garder chaque fois qu'il devrait aller faire des courses.

— Les docteurs recommandent de ne pas le faire avant six semaines, lui dit l'infirmière, mais je ne connais personne qui ait attendu aussi longtemps. Sachez juste que plus elle aura de gens autour d'elle, plus elle sera exposée aux microbes, gardez donc cela à l'esprit quand vous essayez de décider si vous devez l'emmener quelque part. Une fois qu'on lui aura administré ses premiers vaccins, elle sera moins vulnérable. Si des gens viennent la voir, assurez-vous qu'ils se lavent les mains avant de la prendre dans leurs bras, et s'ils sont malades, ne les laissez pas l'approcher.

Srikkanth hocha la tête, ne mentionnant pas que, ses parents étant de retour en Inde, personne ne viendrait les voir. Il avait beaucoup d'amis, mais la plupart d'entre eux ne seraient pas intéressés par un bébé, et vu les circonstances, ses collègues n'étaient pas encore au courant.

— Bon, je crois que je suis prêt à la ramener avec moi, dit-il.

— Prenez un rendez-vous avec un pédiatre le plus tôt possible, lui rappela l'infirmière. C'est une relation qui vous servira quand vous aurez des questions.

— Merci, dit Srikkanth en se levant maladroitement tandis qu'il jonglait avec le trésor encore peu familier qu'il tenait dans ses bras. Pour tout, ajouta-t-il.

— Je vous en prie, répondit l'infirmière en souriant. Une des joies de mon travail est de voir des bébés en pleine santé rentrer chez eux avec des parents aimants. Vous vous en sortirez très bien. Ce dont elle a le plus besoin pour l'instant, c'est de votre amour et de votre attention, tout le reste suivra.

En baissant les yeux sur le visage endormi de Sophie, Srikkanth se dit qu'il n'aurait pas de mal à lui donner cela.

# V

GARANT SA voiture dans l'allée devant son immeuble, Srikkanth prit une grande inspiration avant de sortir et d'ouvrir la portière arrière. Il vérifia que Sophie était bien couverte avant de lever le siège de son socle et de la transporter à l'intérieur. Personne n'était encore à la maison, et il la monta à l'étage, posant le siège par terre et s'attaquant à la difficile tâche de l'en sortir. Elle se tortilla un petit peu tandis qu'il la libérait en bataillant pour soutenir sa tête. Il se répéta que ça serait de plus en plus facile et qu'elle apprendrait bientôt à tenir sa tête, mais il avait toujours peur de lui faire mal. Quand elle fut installée dans ses bras sans qu'elle ait ouvert les yeux, il se dit qu'il ne l'avait pas autant embêtée que ça.

Son estomac grogna de faim, interrompant ses pensées. Il batailla un moment pour décider s'il devait essayer de l'amener avec lui pendant qu'il se faisait à manger, mais il n'était pas sûr qu'il saurait s'occuper à la fois d'elle et de sa nourriture, et le couffin était là. Il l'installa donc à l'intérieur avec précaution, la recouvrit d'une couverture légère et se glissa hors de la chambre pour prendre son déjeuner. Il resta en bas juste assez longtemps pour réchauffer un repas surgelé, mais il n'avait mangé que la moitié quand il ressentit le besoin d'aller voir Sophie. Il monta son assiette et la posa sur ses genoux pour manger, ses yeux fixés sur Sophie pendant tout ce temps. Cela importait peu qu'elle ne bouge pas un cil. Il avait juste besoin de la regarder.

Il finit de manger et resta assis là, l'assiette oubliée, à la regarder dormir, jusqu'à ce qu'il somnole lui-même, faisant tomber l'assiette sur le sol. Le bruit les fit tous les deux sursauter et Sophie laissa un gémissement mécontent s'échapper de ses lèvres. Srikkanth sauta sur ses pieds pour la calmer, et elle le fit une fois qu'elle fut dans ses bras, mais elle resta un peu plus agitée que d'habitude. Jetant un coup d'œil à l'horloge, Srikkanth se rendit compte qu'il était presque l'heure pour elle de manger de toute façon. Il attrapa donc un des biberons déjà prêts que l'hôpital lui avait donnés et l'amena en bas, ainsi que Sophie, pour chauffer son repas. Elle se tortilla avec impatience tandis qu'ils attendaient que le chauffe-biberon fasse son travail. Il se rappela qu'il devait envoyer un message à Jaime pour qu'il s'arrête prendre du lait en poudre, mais il fallait qu'il attende d'avoir fini de nourrir Sophie parce qu'il n'avait aucune main de libre pour attraper son téléphone.

Une fois que le biberon fut dans sa bouche, elle se calma, contente de téter la tétine et de remplir son petit ventre. Srikkanth soupira de soulagement, toujours aussi nerveux quant à son habileté à prendre soin d'elle. *Un jour à la fois*, se rappela-t-il.

Il était tellement accaparé par son inquiétude qu'il oublia de la faire roter avant qu'elle n'ait fini son biberon. S'excusant avec profusion, il la souleva pour la mettre sur son épaule, tapotant son dos pour faire sortir les bulles d'air. Elle eut un énorme renvoi, suivi par un flot de lait chaud qui coula dans le dos de Srikkanth.

— Tu as oublié de la faire roter ? demanda Nathaniel, qui passait le pas de la porte juste à ce moment-là. Tu devrais vraiment faire attention. Ce n'est pas bon pour sa digestion de recracher autant.

La culpabilité assaillit Srikkanth tandis qu'il s'imaginait en train d'expliquer au pédiatre pourquoi il avait laissé Sophie recracher autant de son biberon. Son estomac se contracta, mais Sophie ne semblait pas en avoir pâti, sa tête se reposant avec contentement sur son épaule.

— Allez, donne-la-moi une minute pendant que tu vas changer de chemise, dit impatiemment Nathaniel. Tu pues.

Srikkanth donna Sophie à son colocataire, surpris de l'entendre soudain pleurer.

— Vas-y, le pressa Nathaniel. Je peux tenir un bébé qui pleure le temps qu'il faut pour que tu changes de vêtements. Mais fais vite, je dois étudier.

Cela résumait parfaitement la vie de Nathaniel. Cependant ce dernier n'avait en rien été obligé de proposer son aide, et Srikkanth devait vraiment changer sa chemise. Elle était froide et collante, et Nathaniel avait raison à propos de l'odeur. Il l'enleva et la jeta vaguement en direction du panier de linge sale, puis sortit un tee-shirt à manches longues, se disant que ce serait plus facile à laver si Sophie devait encore régurgiter son lait sur lui, et que ce ne serait pas une grande perte s'il devait rester des tâches. Par contre, il ne pouvait pas se permettre de ruiner toutes les chemises qu'il mettait pour travailler.

Se dépêchant de redescendre, Srikkanth arracha pratiquement Sophie des bras de Nathaniel quand il vit de quelle façon désinvolte il la tenait en dépit de ses pleurs qui n'avaient pas cessé. Elle cligna des yeux une ou deux fois quand il commença à la bercer, puis finit par se calmer, ce qui apaisa quelque peu les inquiétudes de Srikkanth. Il ne savait peut-être pas comment il arrivait à faire ça, mais au moins, elle semblait l'aimer.

Nathaniel accepta ses remerciements avec un hochement de tête distrait et disparut dans sa chambre pour étudier. Srikkanth baissa les yeux sur Sophie.

— Alors, qu'est-ce que je suis supposé faire de toi pendant que je fais le dîner ? médita-t-il. Jaime n'est pas encore là pour pouvoir te surveiller, et je ne peux pas juste te poser sur le sol.

Prononcer le nom de Jaime lui rappela qu'il devait lui envoyer un message. Il sortit donc son portable de sa poche et envoya son texto avant de se demander à nouveau quoi faire de Sophie pendant qu'il cuisinait. Peut-être qu'il aurait dû acheter cette chaise-haute inclinable après tout. Il se dit qu'il pourrait utiliser le siège auto. Ce n'était pas aussi stable par terre que ça l'était sur son socle dans la voiture, mais elle ne bougeait pas beaucoup, et s'il l'attachait, elle ne risquerait rien le temps qu'il cuisine.

En tout cas, il l'espérait.

D'habitude, Srikkanth aimait cuisiner, mais cette fois, il était distrait, ressentant le besoin de jeter un coup d'œil sur Sophie toutes les deux minutes pour s'assurer qu'elle était en sécurité et heureuse dans son siège auto. Il espéra que le repas serait mangeable, puisqu'il avait trop cuit les oignons et presque brûlé le mélange d'épices qu'il avait utilisé pour faire le poulet au curry de sa mère.


JAIME SOURIT en voyant le message sur son téléphone. Srikkanth avait apparemment ramené Sophie à la maison, et il lui envoyait déjà un message pour lui demander son aide. Jaime n'avait pas pris sa pause aujourd'hui, il avait été tellement occupé au magasin qu'il avait eu besoin de tout son personnel. Il ne s'en plaignait pas, mais il ne pouvait pas demander à ses employés de sauter leur pause, ce qui voulait dire qu'il avait dû sauter la sienne. Jetant un coup d'œil à l'horloge, il décida qu'il allait prendre sa pause et son déjeuner maintenant et partir quarante-cinq minutes plus tôt. Il avait déjà deux assistants managers qui travaillaient, et ils pouvaient lui envoyer un message s'ils avaient besoin de lui. Il ouvrit son portable, composa le numéro de Srikkanth et attendit qu'il réponde.

— Allô ?

La voix de Srikkanth était tellement distraite que Jaime ne put s'empêcher de sourire encore une fois.

— Je n'ai pas réveillé Sophie, j'espère ? demanda-t-il.

— Non, répondit Srikkanth. Elle dort dans son siège auto pendant que j'essaye de faire à dîner.

— Bien. Tu as une minute, ou je vais ruiner ton dîner en te distrayant ?

— On aura déjà de la chance si le repas est mangeable ce soir, renifla Srikkanth. Je n'arrive pas à me concentrer sur autre chose qu'elle.

Jaime se mit à rire. Srikkanth avait l'air adorablement troublé, bien loin de sa sérénité habituelle.

— C'est tout à fait normal, rassura-t-il son ami. Je m'apprête à partir du boulot et je vais m'arrêter au magasin pour prendre les trucs que tu m'as demandé. Tu as besoin d'autre chose ?

— Je crois qu'on a pris tout ce dont on avait besoin pour elle hier, à part le lait en poudre, répondit Srikkanth.

— Je ne t'ai pas demandé si elle avait besoin de quelque chose, lui rappela Jaime. Je t'ai demandé si toi tu avais besoin de quelque chose.

— Une bouteille de vodka ? répondit Srikkanth avec sarcasme. Un trou dans la tête ?

Jaime gloussa.

— Arrête de te faire autant de souci et profite d'elle. Dis-moi à quoi elle ressemble.

Tandis qu'il attendait que Srikkanth réponde, il enfila son manteau et fit un signe d'au revoir à son assistante. La femme lui renvoya son geste, et Jaime mit son travail derrière lui pour la journée.

— Elle ressemble à Jill, répondit immédiatement Srikkanth.

— Il est impossible qu'elle ressemble à Jill, rétorqua Jaime en pensant à la jeune femme rousse et à la peau claire qu'il avait vue aux côtés de Srikkanth plusieurs fois. Tu es trop foncé pour qu'elle ait la couleur de peau de Jill.

— Elle a ma couleur, acquiesça Srikkanth, tandis que Jaime fouillait dans ses poches pour trouver ses clefs en essayant de ne pas faire tomber son portable. Cheveux sombres, yeux sombres, bien que sa peau ne soit pas aussi foncée que la mienne, en tout cas pas pour l'instant.

— Eh bien, elle est un mélange de vous deux, dit Jaime en montant dans sa voiture et en sortant du parking. Il est donc logique qu'elle soit un peu plus claire que toi. Elle risque de s'assombrir en grandissant. Je me souviens que ma mère disait parfois que la pigmentation des bébés n'apparaissait complètement qu'après quelques mois.

— À part sa couleur de peau, elle ressemble à Jill, continua Srikkanth, la voix tendre. Elle a les mêmes yeux et la même bouche, et je pense qu'elle aura aussi les cheveux bouclés.

— Je suis sûr qu'elle est aussi belle que sa mère, dit Jaime, tout en se disant qu'elle pourrait être également aussi belle que son père.

Srikkanth lui avait tapé dans l'œil dès qu'il avait répondu à son annonce de colocation, mais ils s'étaient mis d'accord dès le départ sur le fait qu'un bon colocataire était plus difficile à trouver qu'un bon coup. Ils avaient donc décidé que tant qu'ils seraient colocataires, leur relation ne dépasserait pas le stade de l'amitié. Cela avait très bien fonctionné. Durant ces trois dernières années de colocation, leur amitié avait tenu le choc, et cela malgré le fait qu'ils aient chacun connu plusieurs hommes et qu'ils aient accueilli un troisième colocataire à deux reprises. Il trouvait qu'ils s'en sortaient plutôt bien et se demandait si l'arrivée de Sophie allait changer les choses.

— Je l'espère, murmura Srikkanth, bien que ça risque de rendre ses années de lycée intéressantes.

— N'imagine pas le pire, lui conseilla Jaime. Tu as encore quelques années avant de t'inquiéter à ce sujet. Laisse-la d'abord entrer à la maternelle avant de penser au lycée, d'accord ?

— Bon sang !

— Qu'est-ce qu'il y a ? demanda immédiatement Jaime, espérant qu'il ne soit rien arrivé à Sophie.

— Le dîner est foutu, soupira Srikkanth.

Jaime sourit.

— Ne t'inquiète pas pour ça. Je m'arrêterai prendre du chinois sur le chemin. Je suis arrivé au magasin, je vais aller chercher le lait en poudre. Appelle et passe la commande. Je la prendrai au passage.

Srikkanth soupira une nouvelle fois.

— D'accord. Je vais voir ce que veut Nathaniel. Et toi ? Tu veux du poulet aux noix de cajou, comme d'habitude ?

— C'est parfait, dit Jaime, amusé de voir combien ils se connaissaient bien après trois ans.

— D'accord, je vais les appeler. Garde le reçu pour que je puisse te rembourser, dit Srikkanth.

Jaime commença à protester, mais Srikkanth avait déjà raccroché.

— Fais attention, Bhattacharya, murmura Jaime dans le téléphone tandis qu'il se garait et rentrait dans le magasin. Il va falloir que tu commences à me laisser t'aider, même si je dois t'attacher.

Il attrapa le lait en poudre que lui avait indiqué Srikkanth dans son message, ne sachant pas exactement combien il devait en prendre. Sa mère avait allaité ses frères et sœurs, ce n'était donc pas une chose à laquelle il était habitué. Il pouvait changer une couche les yeux fermés, mais il devrait tout apprendre au sujet des biberons en même temps que Srikkanth. Ça ne le dérangeait pas.

L'employée à la petite fenêtre des livraisons du restaurant chinois le reconnut et lui donna sa commande avant même qu'il ait pu lui dire bonjour. Jaime paya et remercia la jeune femme comme toujours, mais au lieu de s'attarder et de discuter comme il avait l'habitude de le faire, il retourna à sa voiture et roula jusqu'à leur résidence sans s'arrêter. Leur maison faisait partie d'une résidence de trente logements, tous datant de moins de dix ans. Elles étaient toutes quasiment identiques. C'était très différent de la vieille maison dans laquelle il avait grandi, ses parents l'ayant achetée pour une bouchée de pain tellement elle était en mauvais état. Ils avaient passé des années à la retaper, et il y avait toujours un projet en construction. Cela avait été un super endroit où grandir, toute la famille réparant un mur ou peignant une pièce jusqu'à ce que ses parents aient la plus belle maison du quartier. Jaime n'avait pas de famille ou de groupe d'amis qui pouvait venir chez lui et travailler avec lui, alors cette maison était un bon compromis. Elle n'était même pas vraiment à lui, puisqu'il la louait à Srikkanth, mais il n'avait pas besoin de plus pour l'instant, et ça lui permettait d'économiser pour sa retraite et pour un premier versement quand il voudrait acheter quelque chose, plus tard. Il lui arrivait de rêver qu'il pourrait trouver quelqu'un avec qui partager ses rêves, mais il n'avait jusqu'à présent pas rencontré de personne envers qui il éprouvait des sentiments assez forts. Certainement pas assez forts pour abandonner sa situation actuelle, qu'il considérait presque idéale, si on ne prenait pas en compte le fait qu'il n'avait pas de partenaire à long terme dans sa vie. Il n'était pas encore prêt à laisser tomber Randy, son petit ami actuel, mais ce dernier ne lui avait donné aucune indication sur le fait qu'il serait intéressé par une relation plus sérieuse.

Jonglant avec les sacs pour tout apporter en un seul voyage, Jaime tapa doucement à la porte plutôt que de sonner. Il se rappelait que sa mère demandait à son père de débrancher la sonnette d'entrée quand, à chaque fois qu'elle arrivait enfin à endormir sa pénible sœur, quelqu'un sonnait à la porte. Heureusement, Srikkanth l'entendit et lui ouvrit quelques secondes plus tard.

— Merci, dit Srikkanth avant même que Jaime ait passé la porte. Nathaniel est sorti de sa chambre en demandant ce qu'était cette horrible odeur après que j'ai brûlé le dîner. Je lui ai dit que tu rapportais du chinois, mais ça n'a pas eu l'air de l'enchanter.

— Ne t'en fais pas pour lui, l'apaisa Jaime en lui donnant le sac de lait en poudre. J'ai vraiment l'impression qu'il se plaint pour avoir quelque chose à dire. Il ira mieux quand il aura mangé quelque chose.

— J'espère que tu as raison.

— Allons, ne t'inquiète pas pour lui. Je veux voir Sophie, insista Jaime, souhaitant arrêter de parler de leur colocataire parfois difficile.

— Elle dort dans la cuisine, répondit Srikkanth, ouvrant la voie à travers le salon vers la cuisine où se trouvait Sophie, comme il l'avait dit, endormie dans son siège auto.

— Tu sais, le taquina Jaime, tu aurais pu la mettre soit dans sa poussette, puisqu'elle a un siège inclinable, soit dans le couffin de son parc. Il se détache, tu t'en souviens ?

— Avec le mal qu'on a eu à l'installer, je crois que je vais le laisser où il est, dit Srikkanth avec un petit rire. Elle est très bien dans son siège auto.

Jaime laissa tomber, mais il se rappela les sièges qu'ils avaient vus à *Babies Я Us*, ceux avec les lumières et la musique qui énerveraient probablement Nathaniel mais amuseraient Sophie, ce qui était beaucoup plus important que l'attitude de Nathaniel. Peut-être qu'il irait lui en acheter un la semaine prochaine. En attendant, il verrait ce qu'il pourrait faire pour la gâter encore plus.

Elle choisit ce moment pour s'agiter.

— Va préparer un biberon, dit-il à Srikkanth. Je vais essayer de la distraire en attendant.

— Peut-être que je devrais la prendre, commença Srikkanth. Elle n'a pas très bien réagi quand je l'ai mise dans les bras de Nathaniel.

Jaime l'ignora, soulevant Sophie de son siège et la prenant dans ses bras avec l'aisance de l'habitude. Oui, cela faisait quelques années, mais il n'avait pas oublié comment tenir un bébé. Tenir un bébé, tout comme faire du vélo, n'était tout simplement pas quelque chose qui s'oubliait. Ses yeux s'ouvrirent et elle le regarda, et il la berça tandis que Srikkanth bataillait avec la boîte de lait en poudre. Il voyait bien qu'elle était un peu désorientée de voir quelqu'un d'autre la porter, mais il continua à la bercer et à lui parler, et elle se calma dans ses bras tandis qu'ils attendaient que Srikkanth fasse chauffer le biberon.

— Bonjour, trésor, murmura-t-il. Tu as été une gentille fille avec ton papa aujourd'hui ? On est très heureux de t'avoir ici, lui et moi, même si Nathaniel est un vieux ronchon qui ne sait pas apprécier une bonne chose quand il en voit une.

Le chauffe-biberon fit son travail, réchauffant rapidement le lait. Jaime fut tenté de demander s'il pouvait lui donner le biberon, mais il se dit qu'il était encore un peu trop tôt pour ça et la rendit à son père, la regardant en souriant alors qu'elle mangeait avec avidité.

— La bouffe est arrivée ? dit la voix de Nathaniel, interrompant le moment de paix.

— C'est sur la table, dit doucement Jaime, ses yeux ne quittant pas Srikkanth et Sophie. Tu peux l'amener dans ta chambre pour ne pas qu'on te dérange dans tes révisions.

Nathaniel haussa les épaules tandis qu'il fouillait dans le sac pour en sortir son repas, mais il n'ajouta rien, disparaissant dans sa chambre alors que Srikkanth faisait faire son rot à Sophie avant de lui donner le reste de son biberon.

— Je ne crois pas qu'il l'aime beaucoup, commenta doucement Srikkanth quand la porte de Nathaniel se referma.

— Je ne crois pas qu'il aime quoi que ce soit qui l'empêche d'étudier, plaisanta Jaime. Il me jette toujours un regard noir quand j'ai de la compagnie.

— Ça fait bien longtemps que je n'ai pas fréquenté quelqu'un que j'aie eu envie d'inviter, répondit Srikkanth. Je suppose que c'est pour cette raison que je n'ai pas eu le plaisir d'observer son regard noir, mais il paye son loyer dans les temps, aide dans la maison et il n'est pas bordélique. Je dirais qu'on s'en tire bien.

— Oh, absolument, acquiesça Jaime, en pensant au prédécesseur de Nathaniel, qui laissait des assiettes et du linge sales et d'autres choses peu ragoûtantes dans les parties communes de la maison. Tiens, donne-la-moi un moment pour que tu puisses manger ton repas avant qu'il ne soit froid.

— Et ton repas à toi ? demanda Srikkanth.

— J'ai perfectionné l'art de réchauffer d'une seule main depuis longtemps, répondit Jaime en tendant les bras vers Sophie. Bon, alors, tu vas partager ?

Srikkanth hésita un instant avant d'accepter.

— Je suppose que c'est bon. Cela n'a pas eu l'air de l'embêter quand tu l'as prise dans tes bras. Elle a crié à en perdre haleine quand je l'ai donnée à Nathaniel.

Jaime installa Sophie au creux de son bras.

— Et pourquoi tu as fait ça ?

— Parce qu'elle avait régurgité sur ma chemise, expliqua Srikkanth, en sortant les boîtes du sac et en les posant sur la table. Il a proposé de la prendre pendant que j'allais me changer.

— C'était gentil de sa part, approuva Jaime. Alors, ça ne lui a pas plu ? demanda-t-il en désignant Sophie.

— Pas du tout.

— Eh bien, je suis heureux qu'elle m'apprécie, dit Jaime en se penchant et en embrassant doucement son front, sentant son cœur se gonfler dans sa poitrine.

# VI

SRIKKANTH ÉTAIT au bout du rouleau. Après le dîner, il avait amené Sophie à l'étage pour dormir. Elle s'était blottie dans son couffin et s'était endormie tout de suite. Maintenant, une heure plus tard, elle criait sans raison apparente. Elle avait refusé un biberon, sa couche était propre, et il avait vérifié que ses vêtements ne la pinçaient pas. Il avait marché avec elle dans les bras, avait fredonné pour elle, l'avait bercée autant qu'il le pouvait – il avait fait tout ce à quoi il avait pu penser, et elle criait toujours. Alors il recommença, sans succès. Quand il fut prêt à admettre sa défaite, Jaime apparut dans l'embrasure de sa porte.

— Donne-la-moi, dit Jaime. Va courir ou faire autre chose, fais une pause.

— Mais…

— Ma sœur avait des coliques, et quand elle était comme ça, tout ce qu'on pouvait faire c'était la prendre chacun notre tour pour ne pas la jeter contre le mur, insista Jaime. Elle va continuer à crier que tu sois là ou pas. Fais une pause, et tu pourras essayer encore une fois de la calmer quand tu reviendras.

Srikkanth hésita un moment, mais sa frustration atteignait un niveau dangereux. Courir un peu lui ferait du bien et pourrait restaurer sa patience. Il l'espérait en tout cas. Avec un soupir et un baiser sur le front de Sophie, il la passa à Jaime, et les cris du bébé redoublèrent de volume. Il allait la reprendre, mais Jaime secoua la tête.

— Je vais la prendre pendant quinze ou vingt minutes. Va courir.

Très vite, avant que Jaime ne puisse changer d'avis, Srikkanth mit ses chaussures de course et descendit. Nathaniel l'intercepta avant qu'il atteigne la porte.

— Je t'avais dit que c'était une mauvaise idée, lui dit-il sur un ton mordant. Comment est-ce que je suis supposé étudier quand elle crie comme ça ?

— Je ne sais pas, dit Srikkanth, courant vers la porte avant que son colocataire ait pu dire autre chose.

Il voulait faire confiance à Jaime et croire qu'aimer Sophie serait suffisant pour palier son ignorance et son inexpérience, mais la négativité de Nathaniel était plus réelle. Plus facile à croire. Il ne pouvait apparemment pas prendre soin de Sophie, sinon elle ne serait pas là-haut en train de crier à pleins poumons. C'était un bébé. Elle n'était pas assez âgée pour crier juste pour l'embêter. Si elle était si fâchée, c'est que quelque chose n'allait pas. Ses pieds battaient le trottoir dans un rythme régulier tandis qu'il essayait de s'éclaircir les idées et de tout oublier sauf la joie que lui procurait la course à pied. Mais ses pensées, contrairement aux cris de Sophie, ne pouvaient pas être mises de côté aussi facilement.

L'infirmière de l'hôpital avait dit que c'était un bébé heureux, mais pour sa première nuit avec lui, elle était déjà inconsolable. Il ne pensait pas avoir fait quoi que ce soit pour la contrarier, mais il n'avait aucun moyen de savoir ce qu'elle avait. Il se mit à comparer la façon dont elle agissait maintenant à la façon dont elle avait agi à l'hôpital. Il ne l'avait certainement pas vue s'agiter de cette manière à la pouponnière. Peut-être que les infirmières lui manquaient ? Elles avaient passé plus de temps avec elle que lui.

Il ne pouvait cependant pas la ramener à l'hôpital. Il s'était engagé à s'en occuper, et il devait s'y tenir. Il souhaitait juste savoir comment. Il se dit qu'il pourrait appeler sa mère, mais ça voudrait dire qu'il devrait expliquer la situation, pourquoi il ne leur en avait pas parlé plus tôt, et tout le reste. Il savait qu'il devrait le leur dire un jour ou l'autre, parce qu'il ne pouvait pas vraiment cacher sa fille à ses parents toute sa vie, mais il avait besoin de quelques jours pour s'habituer au fait qu'il était père avant de tout expliquer à ses parents.

Se sentant coupable d'avoir laissé Jaime gérer son problème, Srikkanth raccourcit son circuit habituel, se contentant de faire le tour de la résidence au lieu de prendre sa route habituelle autour du quartier. Quand il fut de retour devant chez lui, il marqua une pause devant la porte, rassemblant son courage pour affronter à nouveau les cris de Sophie. Cependant, quand il ouvrit la porte, il n'entendit que le silence.

Il fronça les sourcils et monta les escaliers, se demandant où Jaime avait emmené Sophie. Mais quand il atteignit sa chambre, Jaime était assis sur le lit, Sophie dans ses bras. Il leva un doigt à ses lèvres et fit signe à Srikkanth de redescendre. Se levant avec précaution, il posa doucement Sophie dans son couffin et se glissa hors de la pièce, fermant la porte derrière lui.

— Elle s'est endormie à peu près cinq minutes après que tu es parti, chuchota Jaime. Je pense qu'elle était épuisée.

— Ou alors elle te préfère à moi, dit amèrement Srikkanth.

Jaime secoua immédiatement la tête.

— Ne dis jamais une chose pareille, insista-t-il, conduisant Srikkanth dans sa chambre pour qu'ils puissent parler sans déranger Sophie. Les bébés ont des coliques. Certains en ont de plus violentes que d'autres, mais ça arrive. Tu ne peux rien faire d'autre que ce que j'ai fait ; la prendre dans tes bras jusqu'à ce qu'elle s'épuise et s'endorme. Cela ne rendra pas moins difficile le fait de l'entendre crier, mais tu n'as rien fait de mal. Je te le jure.

— Je me sens si inutile, se plaignit Srikkanth, tout en sachant que ça le faisait paraître geignard. Elle n'était pas comme ça à l'hôpital. Les infirmières m'ont dit que c'était un bébé calme.

— Sri, elle n'a que trois jours, lui rappela Jaime. Elle n'est pas assez vieille pour que l'on puisse faire ce genre de généralisation. Et même si elle est vraiment calme, la personnalité des bébés change quand ils grandissent, exactement comme le reste des gens. Elle est sûrement tracassée par le fait de passer sa première nuit ici, mais ça ne veut pas dire que tu aies fait quelque chose de mal. Peu importe ce que tu aurais pu décider pour elle, elle aurait de toute façon dû quitter l'hôpital et s'adapter à un nouvel environnement. Tu as fait le bon choix. Ce ne sera pas toujours facile, mais tu feras en sorte que ça fonctionne.

— Tu es si sûr de toi, s'émerveilla Srikkanth.

Jaime haussa les épaules, ne sachant pas comment exprimer ce qu'il ressentait.

— Les bébés doivent vivre avec leurs parents, dit-il après un moment. Je sais que l'adoption est une bonne chose, et je ne veux certainement pas que des enfants grandissent dans un environnement abusif, mais ce n'est pas le cas ici. Tu as les moyens de t'occuper d'elle, et je sais que tu l'aimes déjà. À côté de ça, tout le reste n'est que détail. Tous les parents font des erreurs, surtout si c'est leur premier enfant, parce qu'ils ne savent pas ce qu'ils font. La plupart des erreurs ne sont dues qu'à l'ignorance et elles ne sont pas graves.

— Et celles qui le sont ? demanda Srikkanth.

Jaime haussa les épaules.

— Celles qui sont graves sont souvent dues à de la négligence, si ce n'est pire. Tu as beau être moins expérimenté que la plupart des parents, tu ne seras jamais négligent. Si tu t'inquiètes au sujet de quelque chose, viens m'en parler. Si je ne suis pas en mesure de t'aider, j'appellerai ma mère. Elle a réponse à tout et elle habite moins loin que la tienne.

— A-t-elle un remède pour calmer les coliques ? demanda Srikkanth avec un petit rire. Comme je me suis spectaculairement planté aujourd'hui.

— Je ne sais pas si elle en a un. Voyons ce qu'on peut trouver par nous-mêmes, et si ça ne donne rien, je l'appellerai, proposa Jaime.

Srikkanth hocha la tête. Il ne lui était pas venu à l'idée de faire des recherches sur Internet, parce qu'il n'avait pas su ce qui n'allait pas, mais maintenant qu'il pouvait nommer le problème, il pouvait trouver quoi faire à ce sujet. Mais son ordinateur était dans sa chambre, et il ne voulait pas risquer de réveiller Sophie avant qu'il sache ce qu'il devait faire pour l'aider.

— Est-ce que je peux utiliser ton ordinateur ?

— Bien sûr ! Allez viens. Voyons ce qu'on peut trouver.

Ils allumèrent l'ordinateur portable de Jaime et commencèrent leurs recherches. Une heure plus tard, ils avaient une listes d'options à essayer : la bercer, la surprendre dans ses pleurs en mettant en marche l'aspirateur, la promener pour changer de décor et d'autres encore. Quand ils terminèrent leurs recherches, Sophie se réveilla. Srikkanth se prépara pour une autre scène, mais elle se calma dès qu'il lui donna le biberon. Quand elle eut fini, elle s'installa confortablement dans ses bras, le regardant avec des yeux de hibou. Srikkanth leva les yeux au ciel.

— Qu'est-ce que ça veut dire ? plaisanta-t-il.

— Elle t'a testé, dit Jaime en souriant. Elle voulait voir si tu savais quoi faire avec elle.

— Je pense qu'on aurait tous pu s'en passer, dit Srikkanth avec humour. En particulier Nathaniel.

— Est-ce qu'il a dit quelque chose ? demanda sèchement Jaime.

— Ouais, il m'a aboyé dessus quand je suis sorti.

— Je sais ce que tu devrais faire avec Nathaniel, dit Jaime avec une moue de dégoût. Ignore-le. Tu sais comment il est, et si tu n'avais pas été inquiet à propos de Sophie, tu n'aurais pas fait attention à ce qu'il disait.

— Je sais, répondit Srikkanth, mais j'étais inquiet à propos de Sophie, et il vit ici. Lorsqu'il a emménagé avec nous, nous savions qu'il recherchait un endroit tranquille. C'est pour ça que tu as déménagé dans la chambre du haut – pour qu'il puisse avoir celle du bas et se trouver le plus loin possible du bruit.

— Quel nom est inscrit sur l'acte de propriété ? demanda Jaime. Le tien, pas le sien. Il va devoir s'en accommoder ou s'en aller.

Ce n'était pas aussi simple. Srikkanth avait besoin des loyers de ses colocataires pour payer son emprunt pour la maison, en particulier maintenant qu'il allait avoir plus de dépenses pour prendre soin du bébé. Il lui faudrait chercher un endroit plus petit si Nathaniel et Jaime déménageaient. Il n'allait cependant pas s'en inquiéter ce soir. Il avait déjà assez de soucis avec Sophie et la façon dont elle allait passer la nuit.

LES JOURNÉES se firent routinières pour Srikkanth, dormant quand Sophie dormait, lui donnant un biberon toutes les deux heures, mangeant un morceau sur le pouce quand il le pouvait. Mais à sa grande surprise, son travail ne lui manquait pas ; la fascination qu'il avait pour Sophie remplissait ses journées. Les suggestions pour gérer les coliques semblaient mieux fonctionner la journée que la nuit. Jaime continua à être son roc, s'occupant seul de Sophie durant une demi-heure ou plus chaque soir afin que Srikkanth puisse aller courir.

Pour sa part, Jaime adorait le temps qu'il passait avec Sophie, commençant même à chercher des excuses pour passer plus de temps avec elle et Srikkanth. Quand elle n'avait pas de coliques, c'était un bébé agréable, sa personnalité s'affirmant de jour en jour. Il avait horreur de l'entendre pleurer, plus parce qu'il savait que ça contrariait Srikkanth que parce que ça le contrariait lui-même. Il en connaissait suffisamment sur les bébés pour savoir qu'elle n'avait rien de grave et que ça passerait, alors il se contentait de la bercer ou de se promener dans la maison jusqu'à ce qu'elle se calme ou que Srikkanth revienne de son footing. Il était également devenu très doué pour ignorer les regards noirs de Nathaniel et détourner ses commentaires avant qu'ils ne puissent contrarier un peu plus Srikkanth.

À peu près trois semaines après que Sophie fut revenue de l'hôpital, Jaime monta à l'étage comme d'habitude pour prendre Sophie afin que Srikkanth puisse aller courir. Ce qu'il vit lui coupa le souffle et fit battre son cœur plus vite. Srikkanth était assis sur son lit, nu jusqu'à la taille, avec Sophie, vêtue seulement d'une couche, contre son torse. La peau de Srikkanth était sombre contre celle plus claire de Sophie.

— Tu la gâtes trop, dit Jaime en essayant de garder une voix égale.

Il avait déjà vu Srikkanth torse nu, mais en de rares occasions et toujours pendant qu'il se changeait, pas simplement assis de cette manière. Cependant, Srikkanth ne semblait pas avoir l'intention de remettre ses vêtements pour l'instant, et cela faisait toutes sortes de choses à la libido de

Jaime. Il se rappela qu'il avait plus ou moins un petit ami, mais ce n'était pas comme s'il s'agissait d'une attraction soudaine. Il n'y avait pas de mal à reconnaître qu'un autre homme puisse être attirant si on ne faisait rien d'autre que regarder, pas vrai ?

— L'infirmière de l'hôpital a dit que je devrais la tenir comme ça, répondit calmement Srikkanth. Elle a dit que nourrir les bébés au biberon les privaient du contact peau contre peau qu'ils avaient quand on les allaitait, et qu'ils en avaient donc besoin à d'autres moments pour les aider à créer un lien, dit-il en envoyant à Jaime un sourire béat qui alla droit à son sexe. Je ne sais pas si ça lui fait du bien, mais ça m'en fait assurément à moi. Elle est si douce et lisse.

Tout en fixant le torse de Srikkanth, Jaime se dit qu'elle n'était pas la seule à avoir une peau douce.

La sonnette de l'entrée retentit, suivie rapidement par Nathaniel qui appelait Jaime.

— Ton rencard est arrivé.

— Merde, marmonna Jaime, oubliant pendant un moment que Sophie était dans la pièce. Mercredi, désolé, Sri. Il va falloir que je fasse à nouveau attention à ce que je dis. J'avais oublié que je devais sortir avec Randy ce soir. Je vais voir s'il veut bien attendre un peu pour que tu puisses tout de même aller courir.

— Ne t'en fais pas pour ça, répondit Srikkanth en se penchant et en embrassant la joue de Sophie. Tout va bien se passer ce soir. Vas-y et profite de ton rendez-vous. On sera là quand tu rentreras.

Jaime hocha la tête, sortant lentement de la chambre et souhaitant qu'il n'ait pas à le faire. Quand ils avaient fixé ce rendezvous, Sophie ne faisait pas encore partie de sa vie et il avait attendu avec impatience de voir les Beecake au pub local. Mais maintenant, il ne voulait rien d'autre que rester à la maison et passer une heure sans interruption avec Sophie. Il ne pouvait rien y faire. Randy était là, et ils avaient déjà acheté les billets et réservé leur table pour dîner au club. Il devrait juste amadouer Srikkanth pour qu'il le laisse passer un peu plus de temps avec elle au cours des prochains jours. On était vendredi. Peut-être qu'il pourrait même la voler pour quelques heures demain, puisqu'il ne travaillait pas.

— J'arrive dans une minute, cria-t-il à Randy. Je ne suis pas tout à fait prêt.

Il enfila rapidement une tenue plus appropriée pour une sortie que le jean et le sweatshirt qu'il portait, se disant pendant tout ce temps qu'il préférerait rester à la maison. Avant de descendre rejoindre Randy, il jeta un dernier coup d'œil dans la chambre de Srikkanth pour le voir encore une fois avec Sophie afin de l'aider à tenir toute la soirée. Si ce n'était pas pathétique, il ne savait pas ce que c'était.

Comme il le suspectait, Randy était assis, attendant impatiemment sur le canapé du salon.

— Qu'est-ce qui t'a pris si longtemps ? aboya-t-il.

— J'aidais Srikkanth avec quelque chose, répondit Jaime, ne voulant pas vraiment expliquer toute la situation avec Sophie.

Elle était trop spéciale pour la partager, et de toute façon, il avait l'intuition que Randy ne l'apprécierait pas plus que ne le faisait Nathaniel.

Randy souffla en signe de contrariété, mais Jaime l'ignora. Il avait attendu de pouvoir voir Billy Boyd et son groupe en concert depuis qu'il avait entendu dire qu'ils passaient en ville, et il refusait de laisser son 'rencard' gâcher cela, même s'il avait déjà décidé qu'il refuserait tout autre rendez-vous si jamais Randy le lui proposait. Peut-être – et Jaime espéra qu'il ne prenait pas ses désirs pour des réalités – que Randy serait assez agacé par son retard et son manque général de communication pour ne pas lui proposer un autre rendez-vous. Mais si ce n'était pas le cas, Jaime avait déjà l'excuse parfaite. Il dirait simplement à Randy qu'il devait garder Sophie.


QUAND LE concert se termina quatre heures plus tard, Jaime devait admettre qu'il ne regrettait pas d'y être allé. Le pub avait tenu ses promesses concernant le nombre réduit de places – seulement cent cinquante personnes – et la table que Randy et lui avait réservée était à seulement dix mètres de la scène. Pendant qu'ils attendaient que les portes s'ouvrent, Billy Boyd était venu signer des autographes et parler avec ses fans. Une fois qu'ils furent entrés et que le groupe eut commencé à jouer, la soirée avait été encore meilleure. Billy Boyd avait parlé à la foule comme s'ils étaient des amis proches, échangeant même des plaisanteries avec un groupe de femmes assises à quelques tables de lui qui avaient fait mourir de rire Jaime. La musique avait été fantastique, et Jaime avait apprécié chaque minute du concert.

Si seulement le reste de la soirée avait pu être tout aussi agréable. Randy avait été odieux, sauf pendant que le groupe jouait. Jaime ne savait pas s'il ne l'avait jamais remarqué auparavant, ou si Randy avait juste été insupportable ce soir-là. Il savait qu'il était moins patient que d'habitude lorsque quelque chose le tenait éloigné de la maison. Ces deux dernières semaines, il s'était surpris à regarder l'horloge au travail, ayant l'impression que la dernière heure s'étirait indéfiniment. Ses pensées étaient envahies par Sophie et son désir de rentrer le plus tôt possible pour la voir. C'était pareil ce soir : se dire qu'elle était allée se coucher sans qu'il puisse l'embrasser suffit presque à lui faire refuser l'invitation de Randy à prendre un dernier verre après le concert. Un coup d'œil rapide à sa montre lui indiqua que l'heure du coucher de Sophie était déjà dépassée, mais elle se réveillerait dans la nuit pour son biberon. Si Srikkanth était encore réveillé quand il rentrerait, il lui proposerait de s'en occuper, et s'il ne l'était pas, Jaime pourrait toujours se glisser dans la pièce pour lui voler un baiser quand elle se réveillerait.

Alors que Randy se trouvait au bar pour récupérer leurs boissons, Jaime pensa de nouveau à Srikkanth au moment où il tenait Sophie dans ses bras avant qu'il ne parte. Il ne pouvait pas s'empêcher de penser que Srikkanth aurait apprécié le concert et probablement aussi le répit, même si Sophie avait été plus facile à gérer ces derniers jours. Peut-être qu'il pouvait proposer de s'en occuper un peu plus longtemps pour que Srikkanth puisse aller au cinéma ou à un rendez-vous. Alors même que cette pensée lui traversait l'esprit, il sut qu'il ne souhaitait pas vraiment que Srikkanth ait un rendez-vous, se sentant un peu hypocrite considérant l'endroit où il se trouvait lui-même à cet instant. Il devait prendre en compte l'accord qu'ils avaient passé de ne pas s'impliquer l'un avec l'autre, mais beaucoup de choses avaient changé ces dernières semaines. Il ignora les allusions de Randy lui suggérant qu'ils devraient aller chez lui et refusa un autre rendez-vous malgré l'insistance de ce dernier. Jaime ne savait pas pourquoi Randy insistait tellement. Ce n'était pas comme s'ils avaient été proches ou avaient eu l'intention de le devenir. Comme Randy ne lâchait pas l'affaire, Jaime finit pas s'énerver.

— Écoute, on s'est bien amusés, mais il n'y a rien de sérieux entre nous. La situation a changé et je ne serai plus aussi disponible à partir de maintenant.

— On pourrait quand même passer le temps que tu as de libre ensemble, dit Randy avec espoir.

— Merci, mais non merci, dit Jaime en secouant la tête.

Cela mit un point final à leur conversation. Jaime paya sa part de l'addition et insista pour prendre un taxi pour rentrer chez lui. Il voulait juste s'éloigner de Randy et être à la maison avec Srikkanth et Sophie.

51

# VII

— JE PENSAIS acheter une chaise à bascule, dit Srikkanth à Jaime alors qu'il préparait le dîner quelques jours plus tard.

Sophie était réveillée, et Jaime avait proposé de s'en occuper pendant que Srikkanth cuisinait. Sophie n'avait pas l'air de s'en plaindre, assise sur les genoux de Jaime pendant que Srikkanth s'affairait dans la cuisine. Ils étaient tombés dans une routine avant même le rendez-vous de Jaime, mais depuis cette nuit où Jaime était rentré dans sa chambre pour lui souhaiter bonne nuit alors qu'il donnait le biberon à Sophie, Jaime n'avait pratiquement pas quitté Sophie sauf pour manger et aller travailler. Sophie commençait à le reconnaître, lui tendant les bras de la même façon qu'elle le faisait pour Srikkanth. Ce dernier avait hésité entre jalousie et soulagement jusqu'à ce qu'il se rappelle que la plupart des bébés grandissaient – et étaient aimés – avec deux parents, sans que l'affection qu'ils éprouvaient pour l'un n'affecte celle qu'ils éprouvaient pour l'autre. Une fois qu'il se l'était rentré dans la tête, il arrêta de s'inquiéter d'accepter l'aide de Jaime. En plus, il ne savait pas comment il aurait fait sans son aide.

— C'est une bonne idée, approuva Jaime. Je ne sais pas si elle tiendra dans ta chambre, par contre.

— Ouais, il faudrait que je l'installe dans le salon, ce qui me mettra – nous mettra – encore plus en conflit avec Nathaniel.

— Tu connais déjà mon opinion là-dessus, dit Jaime, ses lèvres se retroussant à la pensée de tous les commentaires négatifs proférés par leur troisième colocataire au cours des dernières semaines. Sophie ne bougera pas d'ici, alors soit il s'en accommode, soit il déménage.

Srikkanth ne pouvait pas le contredire, mais cela le mettrait dans le pétrin pour le remboursement de son emprunt. Il devrait alors trouver un autre locataire, ce qui pourrait s'avérer difficile maintenant qu'il y avait un bébé dans la maison en plus de deux hommes gays. Il ne pouvait pas se permettre d'aggraver les choses.

— Quand est-ce qu'on mange ? cria Nathaniel depuis sa chambre.

— Dans environ vingt minutes, cria Srikkanth en retour, se basant sur la minuterie du riz.

Nathaniel ne répondit pas, mais un moment plus tard, ils entendirent l'eau de la douche couler. Jaime leva les yeux au ciel et se retint de mentionner *encore une fois* combien Nathaniel lui tapait sur les nerfs. Srikkanth le savait déjà, et se plaindre ne changerait pas grand-chose, à part apporter de la négativité. Sa mère lui avait répété à plusieurs reprises quand il était jeune qu'il devait avoir une attitude positive et ne pas rajouter de négativité dans ce monde. *Si tu n'as rien de gentil à dire, ne dit rien du tout,* était encore aujourd'hui son adage préféré. Il n'était pas vraiment convaincu qu'elle avait raison, mais il avait retenu la leçon. Il lui était difficile d'être verbalement négatif, à part dans des circonstances extrêmes.

Au moment où le riz fut prêt, Nathaniel entra dans la cuisine.

— Je déménage à la fin du mois, annonça-t-il. J'ai trouvé un appartement où j'ai l'assurance d'avoir du calme. Je n'arrive pas à étudier avec le bruit que fait le bébé.

Srikkanth hocha silencieusement la tête, sachant que cela n'avait été qu'une question de temps. Il fit mentalement quelques calculs, essayant de prévoir pendant combien de temps il serait en mesure de se passer du loyer de Nathaniel avant d'être financièrement en difficulté. Il se dit qu'il pourrait encore s'en sortir pendant deux mois avant d'avoir absolument besoin d'un autre colocataire.

— Merci de me prévenir si tôt, finit-il par dire. Plus tôt je commence à chercher quelqu'un d'autre, mieux c'est.

Nathaniel acquiesça en se servant une pleine assiette de riz au curry avant de retourner dans sa chambre.

— Tu veux vraiment t'embarrasser d'un nouveau locataire maintenant que tu as Sophie ? demanda Jaime dès que la porte se referma derrière Nathaniel.

— Peu importe ce que je veux, répondit Srikkanth. Il faut que je rembourse mon prêt immobilier, et je dois percevoir le loyer d'une troisième personne si je veux espérer y arriver.

— Est-ce que tu pourrais payer la moitié de son loyer ? demanda Jaime.

Srikkanth calcula rapidement.

— Oui, mais ça ne serait pas juste envers toi. Tu as emménagé en sachant que tu ne paierais que cinq cent dollars par mois pour la location.

Jaime haussa les épaules.

— Je peux me le permettre, et on pourrait se servir de la chambre supplémentaire pour Sophie. Elle va grandir très vite. De cette façon, tu retrouveras aussi un peu d'intimité.

Srikkanth secoua la tête et regarda Jaime avec perplexité.

— Pourquoi ferais-tu ça ?

— Parce que personne ne devrait élever un enfant tout seul, répondit Jaime comme si c'était la réponse la plus logique du monde.

— J'apprécie l'offre, dit lentement Srikkanth, mais je me sentirais mieux si j'essayais au moins de trouver quelqu'un pour remplacer Nathaniel. Je mettrai une annonce demain, et je verrai bien ce qui arrivera.

— Fais-moi savoir quand tu auras des rendez-vous, lui demanda Jaime. J'aimerais rencontrer la personne qui pourrait emménager avec nous.

— Bien sûr ! s'exclama Srikkanth. Il ne serait pas juste pour toi que quelqu'un emménage sans ton approbation. Quoique l'on décide de faire, on le décidera à deux.

Jaime laissa tomber le sujet alors que Srikkanth prenait une assiette pour lui et la posait sur la table où il pouvait l'atteindre. Baissant les yeux sur Sophie, Jaime sourit et embrassa encore une fois son front avant de prendre sa fourchette.

Alors qu'il commençait à manger, Jaime essaya d'imaginer une troisième personne à leur table. Il était facile d'y imaginer Sophie dans quelques années, mais la pensée de la partager avec un troisième adulte ne lui convenait pas. Il se dit qu'il était ridicule, mais sa tête ne semblait pas avoir de contrôle sur son cœur en ce qui concernait ce sujet. Il pouvait l'accepter et avancer, ou se battre et perdre. Il se dit qu'il ferait mieux de l'accepter et de faire en sorte que cela ne devienne pas une situation intenable. Il doutait que Srikkanth ait beaucoup de réponses à son annonce, puisque les locataires éventuels devraient partager l'appartement avec deux hommes et un bébé, mais Jaime décida de chercher un argument pour refuser quiconque serait sérieusement intéressé. Sophie avait besoin de son propre espace, tout comme Srikkanth, et pour cela il fallait garder la chambre de Nathaniel inoccupée.

— Tu fais une drôle de grimace, commenta Srikkanth. Est-ce que tout va bien ?

Jaime se força à sourire.

— J'étais juste en train de penser au tracas que ce serait de trouver un autre colocataire. Tu es sûr que ce soit nécessaire ? Est-ce qu'il ne serait pas plus facile que je m'installe en bas pour que tu transformes ma chambre en chambre d'enfant ? Elle pourrait avoir son propre lit, et tu pourrais y mettre cette chaise à bascule dont tu parlais tout à l'heure. Et elle aurait aussi de la place pour ses jouets.

Srikkanth devait admettre que c'était tentant, mais cela ne semblait pas juste envers Jaime. Il allait voir comment se dérouleraient les rendez-vous, et ensuite il aviserait.

L'ODEUR DE cigarette collait à la première personne qu'ils rencontrèrent. Comme Srikkanth avait signalé dans son annonce qu'il s'agissait de partager la maison avec deux hommes et un bébé, il avait manqué de place pour spécifier qu'ils n'accepteraient pas les fumeurs. Il grimaça en le sentant. Même à l'autre bout de la pièce, il vit le nez de Jaime se plisser et le petit visage de Sophie se contracter lorsque l'odeur les atteignit. Srikkanth continua l'entretien comme si de rien n'était, mais il savait que c'était un non catégorique.

— Vous êtes fumeur, apparemment, finit-il par demander.

— Je fume de temps en temps, répondit l'homme en haussant les épaules.

— Avec un bébé dans l'appartement, on ne peut pas prendre un fumeur, dit Srikkanth.

— Oh, ce n'est pas un problème, déclara le locataire en puissance. Je peux toujours sortir. Vous avez un patio, pas vrai ? Ça me convient très bien.

Srikkanth ne savait pas quoi penser de cela, mais il continua l'interview. La seule fois où il avait accepté immédiatement un locataire, il avait s'agit de Jaime, et bien que cela se soit incroyablement bien passé, il voulait désormais discuter chaque décision avec son ami, particulièrement parce que ce dernier savait très bien quels étaient les besoins de Sophie.

— Hors de question, dit Jaime dès que l'homme eut refermé la porte derrière lui en sortant. S'il fume assez pour sentir autant, il exposera Sophie aux toxines. Le tabagisme passif, même si ce n'est que par rapport à l'odeur de ses vêtements, n'est pas bon pour elle.

— Je n'étais pas sûr, acquiesça Srikkanth. Je veux dire, ce n'est pas agréable de se trouver près de lui, même si ce n'est pas nocif.

— Pour chacun de nous.

Jaime serra Sophie contre lui d'un geste protecteur, heureux de ne pas avoir à persuader Srikkanth de ne pas prendre cet homme pour locataire.

Srikkanth hocha la tête.

— Je l'appellerai plus tard et lui dirai de continuer à chercher. Je n'ai qu'une autre personne intéressée. Elle vient à la fin de la semaine pour nous rencontrer.

— Elle ? répéta Jaime.

Il ne savait pas vraiment comment il se sentait à l'idée d'ajouter une femme à leur petit cocon masculin. Sophie ne comptait pas. Pas quand elle n'avait que trois semaines, en tout cas.

Srikkanth haussa les épaules.

— Je n'ai pas vu de problème à la rencontrer. Nos locataires ont toujours été des hommes, mais ce n'est pas un critère obligatoire. Personnellement, je fonctionne plus à l'affinité.

Jaime essaya d'y penser objectivement, mais tout ce qui lui venait à l'esprit était une femme s'incrustant, découvrant Sophie, et décidant de s'en occuper, laissant Jaime et peut-être même Srikkanth à la traîne.

— Ça ne coûte rien de la rencontrer, dit-il, incapable de montrer de l'enthousiasme.


Si Jaime n'avait pas prévu de rejeter toutes les personnes qui se présenteraient, il suspecta qu'il se serait bien entendu avec Julie, la femme qui était venue les rencontrer vendredi. Elle était polie, elle avait de bonnes références, un travail stable, et pouvait emménager tout de suite. Le seul problème, c'était qu'elle n'avait besoin d'un endroit que pour six mois, pendant qu'elle travaillait sur un projet. Une fois qu'elle aurait fini, elle déménagerait. Avant l'arrivée de Sophie, cela n'aurait pas posé de problèmes particuliers à Jaime et Srikkanth. Cela leur aurait donné le temps de trouver un colocataire de longue durée, mais Jaime ne voulait pas d'un colocataire, de longue durée ou pas. Quand la femme fut partie, il se tourna vers Srikkanth.

— Je n'aime pas l'idée de quelqu'un emménage juste pour quelques mois, dit-il. Sophie a besoin de plus de stabilité que ça. Elle va s'attacher à Julie, et quand elle partira, elle ne comprendra pas pourquoi. Si on doit avoir quelqu'un qui emménage avec nous, il faut que ce soit quelqu'un qui prévoit de rester.

— Pour combien de temps ? demanda Srikkanth avec inquiétude. On ne peut pas demander à quelqu'un de nous garantir qu'il va rester avec nous jusqu'à ce que Sophie soit grande.

— Non, bien sûr que non, acquiesça Jaime. Mais on ne veut pas non plus que des personnes viennent et partent sans arrêt. À son âge, elle a besoin de s'attacher pour plus que quelques mois. C'est incroyablement important pour les bébés d'avoir ce genre de stabilité.

— D'accord, concéda Srikkanth. Je dirai à Julie que nous ne sommes pas intéressés.


ILS REÇURENT un appel environ une semaine plus tard de quelqu'un qui était intéressé par leur annonce. Jaime grimaça derrière ses mains quand Srikkanth lui en parla, se demandant quelle excuse il pourrait bien trouver pour rejeter celui-là. Il accepta l'heure de rendez-vous que lui donna Srikkanth et passa le reste de la semaine à comploter pour convaincre Srikkanth de ne laisser personne emménager avec eux. Jamais.

Le troisième candidat avait l'air de quelqu'un de parfaitement raisonnable, travaillant de nuit à l'hôpital Le Bon Samaritain. Jaime voyait bien que Srikkanth avait envie de l'accepter, et encore une fois, s'ils n'avaient été que tous les deux, Jaime aurait probablement accepté lui-aussi. Cependant, il voulait que la pièce vacante soit aménagée pour Sophie, donc, après que l'homme fut parti, il se tourna vers Srikkanth avec un regard déçu.

— Je sais que Sophie ne fait pas encore ses nuits, commença-t-il, mais elle a besoin d'apprendre la différence entre le jour et la nuit, et avoir un colocataire dont l'emploi du temps est en décalé risque de la perturber. Tu n'as pas envie qu'elle reste éveillée toute la nuit, en particulier lorsque tu reprendras le travail.

Srikkanth fronça les sourcils.

— Tu en es sûr ? Je l'aimais bien celui-là.

— Moi aussi, lui assura Jaime, mais nous devons penser à ce qui est le mieux pour Sophie. Tu veux que je l'appelle pour lui expliquer ?

En fin de compte, Srikkanth avait appelé, se disant que c'était sa responsabilité puisque c'était lui qui avait posté l'annonce. Il laissa cette dernière expirer à la fin de la semaine, cédant à l'insistance de Jaime d'utiliser la pièce supplémentaire pour Sophie. Ils ne pouvaient rien y mettre avant que Nathaniel n'ait déménagé, mais Jaime convainquit Srikkanth d'aller faire des achats pour elle, arguant qu'ils pouvaient tout mettre dans une unité de stockage en attendant que la chambre soit libre.

Comme chaque fois que Sophie était concernée, Srikkanth se laissa persuader. Ils retournèrent à *Babies Я Us* à la recherche du lit et de la chaise à bascule parfaits. Cette dernière fut facile à trouver. Srikkanth adorait les fauteuils à bascule, et la seule question qui se posait était celle de la couleur du bois et du tissu.

— Allons voir les lits, comme ça tu pourras les assortir, suggéra Jaime. Après tout, il y a plus de modèles de lits que de chaises à bascule.

Srikkanth acquiesça et Jaime l'amena voir une sélection de lits et de parures de lits. Il grimaça devant les premières qu'ils virent, pleines de froufrous et de rubans de princesse.

— Tu ne vas pas devenir une chochotte, pas vrai ? demanda-t-il à Sophie, endormie dans sa poussette. Je ne saurais pas quoi faire de toi si c'était le cas.

— Il y a plein d'autres options, lui rappela Jaime. On n'est pas obligés de choisir quelque chose juste parce que c'est une fille. On peut prendre ce qu'on veut pour elle. Même si ce n'est pas typiquement conçu pour une fille.

— Ouais, mais je n'aime pas particulièrement non plus les bateaux, les trains et les trucs pour les garçons, dit Srikkanth.

— Ils ont aussi des choses neutres, tu sais. Regarde celui-là, dit-il en désignant à Srikkanth une parure dont le tour de lit avait quatre panneaux représentant différents animaux en peluches. Il ne fait pas fille du tout.

Srikkanth le regarda pendant un moment, caressant le tissu doux de la couverture.

— Il est joli, acquiesça-t-il.

— Et il est en solde, lui fit remarquer Jaime. Moitié-prix, avec presque deux fois plus de pièces que les autres produits.

— D'accord, d'accord, dit Srikkanth en riant. Tu m'as convaincu. Maintenant, il ne nous reste plus qu'à trouver un lit d'enfant.

Jaime sourit et suivit Srikkanth vers le rayon de meubles du magasin.

— Prends quelque chose que tu peux convertir et qu'elle pourra utiliser plus tard, pas juste tant qu'elle est bébé, lui conseilla Jaime. Sinon, tu devras encore lui acheter de nouveaux meubles dans quelques années.

— C'est logique, approuva Srikkanth en marchant lentement le long du rayon.

Il finit par s'arrêter devant un lit couleur cerise foncée. Examinant les côtés qui se transformaient en tête et pied de lit pour devenir un lit deux places, il décida que cela ne ferait pas tache dans la chambre d'une adolescente, ou même dans celle d'une femme adulte.

— Il y a même une commode et une armoire coordonnées. Il ne nous reste plus qu'à trouver une chaise à bascule et un repose-pied couleur cerise, et on aura tout ce qu'il nous faut.

— Tu vois, le taquina Jaime. Je t'avais dit que Sophie avait besoin de sa propre chambre. Tu pourras toujours te servir du parc quand elle dormira en bas ou quand tu voudras l'empêcher de crapahuter partout lorsqu'elle est réveillée.

— Puisqu'on va avoir plus de place, on pourrait aussi chercher une petite balancelle pour elle, dit Srikkanth rêveusement en regardant les choix qui s'offraient à lui.

— On a besoin d'une chaise-haute avant, le contredit Jaime. Elle peut dormir en bas dans le parc, mais on ne peut pas la nourrir dedans, et je ne suis pas sûr que ça rentre dans la cuisine. On a besoin d'un endroit où la poser pendant qu'on cuisine.

Srikkanth gloussa.

— Je ne sais pas pourquoi tu dis ça. Je la prends dans mes bras pendant que je cuisine de toute façon. Elle n'aura pas besoin de chaise-haute avant qu'elle n'ait six mois. Je pense qu'on peut attendre encore un peu pour ça. Si tu penses qu'une balancelle prendrait trop de place, on peut prendre une chaise inclinable, comme celles à côté des balancelles.

— C'est votre fille ? demanda Tricia, la femme qui les avait tant aidés la première fois qu'ils étaient venus à *Babies Я Us*, en regardant dans la poussette.

— Oui, c'est Sophie, dit Srikkanth en rabaissant la capote de la poussette pour que Tricia puisse mieux voir Sophie.

Comme si elle avait compris qu'on parlait d'elle, Sophie ouvrit les yeux. Elle cligna une ou deux fois des yeux avant de les fixer sur Srikkanth.

— Elle est très belle, dit Tricia en souriant à Sophie. Est-ce que vous avez décidé que vous aviez besoin de plus de choses pour elle ?

— Notre colocataire a décidé de déménager, ce qui veut dire que nous avons maintenant une pièce rien que pour elle, expliqua Jaime. On était en train de regarder des meubles pour aménager sa chambre.

— Et on essayait de se décider entre une balancelle ou un petit siège, ajouta Srikkanth. Vous auriez quelques conseils à nous donner ?

— Les transats sont généralement moins chers que les balancelles, ils prennent moins de place et ils ont souvent plus de lumières, musiques et jouets pour occuper l'enfant pendant qu'il est réveillé ou pour l'aider à s'endormir grâce aux vibrations, répondit Tricia. Je connais des gens qui ont les deux ou qui préfèrent vraiment la balancelle, mais la plupart du temps, les transats sont suffisants. J'avais une amie dont le bébé avait besoin du balancement pour s'endormir mais, en général, la plupart des personnes les trouvent plus ou moins interchangeables.

— Même avec Nathaniel qui déménage, le manque de place est toujours à prendre en considération, pensa tout haut Srikkanth. Je pense qu'on ferait mieux de prendre un transat.

— Mon préféré est celui avec l'aquarium, confia Tricia. Vous pouvez le mettre en marche ou l'arrêter, ou choisir l'option qui actionne les lumières et la musique à chacun de ses mouvements. C'est parfait pour encourager les enfants à commencer à bouger leurs jambes. Venez, je vais vous montrez où il est.

Tricia les mena jusqu'aux transats et leur montra celui qu'elle leur recommandait. L'assise était d'un bleu vibrant et décorée avec des scènes de la vie sous-marine. Un poisson et un hippocampe pendaient de la barre de l'aquarium.

— Ça m'a l'air parfait, dit Srikkanth. On devrait vous faire appeler dès qu'on arrive plutôt que d'essayer de choisir quoi que ce soit par nous-mêmes.

— Je suis là pour vous aider si c'est plus facile pour vous, dit Tricia en riant, mais n'importe qui dans le magasin peut en faire autant. Laissez-moi vous aider à porter tout ça aux caisses et à votre voiture.

Ils mirent tout à l'arrière du pick-up que Jaime avait emprunté à un ami pour pouvoir ramener tous leurs achats à la maison. Juste avant que Tricia ne retourne dans le magasin, elle leur fit un grand sourire.

— Je suis ravie de vous avoir vus tous ensemble, en famille.

Srikkanth et Jaime la regardèrent tous les deux dans un silence choqué. Une famille ?

# VIII

UNE SEMAINE avant que Nathaniel ne déménage, Jaime avait déjà empaqueté toutes ses affaires et était prêt à prendre la chambre du bas. Il commença à descendre ses cartons dès que Nathaniel commença à déménager les siens. Srikkanth regardait tout ça avec un sourire perplexe, étonné de voir combien Jaime était déterminé à accélérer l'installation de la chambre de Sophie. Quand Srikkanth commença à préparer le dîner, la future chambre de Sophie était vide, n'attendant plus qu'on y installe les meubles.

— Pas ce soir, insista Srikkanth après leur repas, alors que Jaime s'apprêtait à se rendre à l'unité de stockage dans laquelle ils avaient déposé les meubles de Sophie. On fera tout ça demain. Ça prend trop de temps pour le faire maintenant.

— Tu es sûr ? demanda Jaime. Ça ne me dérange pas de veiller un peu tard pour qu'elle ait sa chambre ce soir.

— Elle dormira avant même qu'on ait terminé, et je ne veux pas avoir à la réveiller pour la déplacer, soutint Srikkanth. On s'en occupera demain. Tu as pris une autre journée, pas vrai ?

Jaime hocha la tête.

— J'ai réussi à obtenir deux jours de congé cette semaine. Je savais qu'il y aurait beaucoup à faire. Prépare-la pour la nuit alors, pendant que je fais la vaisselle. Je suppose que ça va être une tâche quotidienne maintenant qu'on n'est plus que tous les deux.

— On peut encore chercher un troisième locataire, offrit Srikkanth.

— Je n'étais pas en train de me plaindre, répondit rapidement Jaime. C'était juste une constatation.

Il se pencha pour embrasser Sophie qui était dans les bras de Srikkanth.

— Bonne nuit, mon ange.

Jaime prit son temps pour faire la vaisselle. Avec tous les biberons de Sophie, il était plus simple de les mettre au lavevaisselle et de laver à la main le peu d'assiettes qu'ils utilisaient. Il remplit le lave-vaisselle et le mit en marche avant de s'occuper de la vaisselle de leur dîner. Il n'y avait pas de raison de se dépêcher pendant que Srikkanth s'occupait du bébé.

Srikkanth finit par endormir Sophie et revint dans la cuisine.

— J'étais en train de penser… commença Jaime.

— C'est toujours dangereux, le coupa Srikkanth.

Jaime se renfrogna.

— Je suis dans la chambre du haut depuis trois ans. Je pense qu'on devrait repeindre les murs avant d'y installer Sophie. Ils sont blancs, alors je crois qu'une couche suffira, peut-être un vert pâle comme son édredon. On peut faire ça le matin, puis tout installer dans l'après-midi pendant que ça sèche. Il faudra vérifier l'odeur, mais même si elle ne peut pas y dormir demain soir, la chambre sera prête pour qu'elle s'y installe le lendemain.

Srikkanth se mit à rire.

— Et après, tu vas dire qu'il faut tapisser.

— Pas de tapisserie, promit Jaime, bien que j'aie vu une jolie petite frise avec des animaux qui irait très bien avec ses draps.

— Non, répondit Srikkanth avec emphase. Pas de tapisserie, pas de frise. On peut peindre la pièce – tu as probablement raison, elle a besoin d'être rafraîchie – mais c'est suffisant pour l'instant. Quand elle sera un peu plus grande, elle pourra décider si elle veut autre chose.

— D'accord, très bien, acquiesça Jaime avec un soupir comique. Est-ce qu'on peut au moins se mettre d'accord sur la couleur de la peinture ?

— J'aime bien le jaune de sa couverture, dit Srikkanth. On peut aller l'acheter demain matin, et on aura fini de peindre vers midi. S'il y a besoin d'une deuxième couche, on peut la faire demain soir, et installer Sophie dans sa chambre dimanche.

— Ça me semble être un bon plan, répondit Jaime en se levant et en se dirigeant vers le salon, suivi par Srikkanth.

Il s'affala sur le canapé et fixa sans le voir l'écran de télévision.

— Fatigué ? demanda Jaime.

— Ouais, admit Srikkanth.

— Tu as besoin de te détendre, décida Jaime. Regardons un film. Et si tu t'endors au milieu, ce n'est pas grave.

— Si, ça l'est, rétorqua Srikkanth. Si je m'endors ici, je n'entendrais pas Sophie.

En regardant le visage épuisé de Srikkanth, Jaime se dit qu'il ferait en sorte qu'il ne se lève pas de la nuit. Il allait s'occuper lui-même des biberons.

— Alors c'est moi qui dormirai en haut, et tu pourras dormir toute la nuit, proposa-t-il.

— Je ne peux pas…

— Si tu peux, l'interrompit Jaime. Alors, qu'est-ce que tu veux regarder ? On a des thrillers fantastiques, des comédies stupides, ou des films de guerre.

— Une comédie stupide, dit Srikkanth. Sans hésitation. Je n'ai pas assez de cellules grises restantes pour regarder quelque chose de plus compliqué que Jim Carrey ou Robin Williams.

— Robin Williams alors, déclara Jaime. Je ne regarderai pas Jim Carrey, même pour toi. À moins que ce soit dans *The Truman Show*. Peut-être.

Srikkanth gloussa.

— Sophistiqué. Contente-toi de mettre un film. Je serai endormi d'ici dix minutes de toute façon.

Jaime sortit *Une nuit au Musée* et l'inséra dans le lecteur DVD ; Comme prévu, Srikkanth s'endormit presque dès le début du film.

Jaime s'adossa contre l'accoudoir du canapé, ses jambes étendues atteignant presque le côté de Srikkanth, et s'émerveilla de tous les changements qui étaient survenus dans sa vie durant ces deux derniers mois. Les vendredis soirs qu'ils passaient à l'extérieur, avec ou sans rencard, semblaient avoir eu lieu des siècles auparavant, même s'il savait que cela ne remontait qu'à quelques semaines. Il pouvait encore sortir. Srikkanth ne lui avait jamais demandé de rester à la maison les soirs où il n'avait pas à travailler le lendemain, mais Jaime trouvait que les soirées en boîte de nuit avaient soudain perdu tout leur attrait. Il était exactement à l'endroit il voulait être : à la maison, en train de regarder Srikkanth dormir.

Et si ce n'était pas une putain de prise de conscience, il ne savait pas ce que c'était. Quand ils étaient devenus colocataires, ils avaient fait le pacte de ne jamais sortir ensemble, ou avec un possible troisième colocataire, pour ne pas subir de drames sentimentaux dans leur foyer. Et ce pacte n'avait pas été difficile à respecter à ce moment-là. Bien sûr, Srikkanth était séduisant, mais il y avait plein d'autres hommes séduisants en dehors de celui avec lequel il vivait. Cela avait été facile, pendant trois ans, de prétendre qu'il n'était pas attiré par Sri. Il aurait pu continuer comme ça pour toujours si Sophie n'était pas entrée dans leur vie. Il pouvait prétendre ne pas remarquer Sri, mais il lui était impossible de prétendre quoi que ce soit quand il s'agissait de Sophie.

LE JOUR suivant, ils allèrent acheter de la peinture, la couverture de Sophie en mains, et trouvèrent un vendeur qui les aida à trouver la couleur correspondante. Il leur vendit également des pinceaux, des brosses, des rouleaux, tout ce dont ils auraient besoin d'après lui pour peindre la chambre de leur bébé.

Une fois de plus, la référence à 'leur bébé' prit Srikkanth au dépourvu, mais il ne voulait pas embarrasser Jaime en disant quelque chose devant l'employé, et ramener ça sur le tapis plus tard pourrait paraître bizarre, même entre amis. Il décida qu'il était plus facile de faire comme s'il n'avait rien entendu. Après tout, cela n'avait pas d'importance si Tricia ou le personnel du magasin de peinture pensaient qu'ils étaient ensemble. Ça lui était souvent arrivé avec Jill, même avant qu'elle ne soit enceinte. Une fois sa grossesse visible, c'était arrivé encore plus fréquemment. Ils en avaient ri plus d'une fois. Sauf que Srikkanth n'avait pas envie de rire cette fois, réalisa-t-il après qu'ils eurent payé leurs achats et se dirigeaient vers leur maison. Il voulait que ce soit vrai. Cependant, cela ne risquait pas d'arriver, alors il mit cette pensée de côté et se concentra sur sa conduite. La dernière chose qu'il voulait, c'était de provoquer un accident qui blesserait Jaime et Sophie à cause des pensées qu'il avait au sujet de Jaime.

Sophie gazouilla et bougea son petit pied dans son transat pendant que Jaime et Srikkanth peignaient sa chambre. Ils rirent tout en travaillant, bougeant en rythme sur la musique, se taquinant l'un l'autre et chatouillant Sophie. Srikkanth parvenait même croire qu'ils étaient une famille dans de tels moments. Il savait que Jaime ne pensait pas à eux en ces termes. Son ami avait toujours évité de s'engager, préférant ne pas faire de promesse qu'il ne pouvait pas tenir. Srikkanth respectait cette attitude franche, et il n'avait jamais espéré de Jaime plus que ce qu'il avait déjà. Un meilleur ami et de l'aide avec le bébé étaient déjà beaucoup. En demander plus serait de l'avidité.

Ils travaillaient depuis une heure et avaient presque fini la chambre, quand Sophie commença à s'agiter.

— Je peux m'en occuper, si tu veux, offrit Jaime. J'ai fini les murs. Tout ce qu'il reste, ce sont les bordures.

— Merci, dit Srikkanth, en essayant de ne pas trembler alors qu'il peignait les plinthes. Laisse le rouleau, je le laverai quand j'aurai fini ici. Je ne pense pas qu'il y aura besoin d'une deuxième couche.

— Je crois que tu as raison, approuva Jaime en essuyant ses mains sur un vieux chiffon pour ne pas mettre de peinture sur les vêtements de Sophie.

Baissant les yeux, il réalisa qu'il avait des taches de peinture sur son sweatshirt. Il l'enleva et le jeta par terre avant de prendre Sophie dans ses bras, lui parlant doucement tandis qu'il quittait la pièce.

— Merde, murmura Srikkanth dans sa barbe alors qu'il regardait Jaime et Sophie disparaître dans les escaliers. Reprendstoi, Bhattacharya, se morigéna-t-il. Tu n'intéresses pas Jaime.

Cette auto-réprimande ne rendit pas Jaime moins attirant, à en croire la réaction indéniable de son corps à la vue de ce dos doré. Il changea de position afin que son jean ne le serre pas autant.

— Les bons colocataires sont plus difficiles à trouver qu'un bon coup, se rappela-t-il fermement. Ne gâche pas la meilleure chose qui te soit arrivée en ajoutant le sexe dans l'équation. Ça n'en vaut pas la peine.

Au rez-de-chaussée, Jaime venait de préparer le biberon de Sophie et était en train de le mettre dans le chauffe-biberon tout en la berçant pour la faire patienter.

— *Hush, little baby, don't say a word, Papa's gonna buy you a mockingbird* [2] Est-ce de cette manière que tu vas appeler Sri ? demanda-t-il à Sophie. Est-ce que ce sera « papa », ou est-ce que les enfants indiens appellent leur père complètement différemment ?

Évidemment, Sophie ne répondit pas, mais elle arrêta de pleurer, ce qui était beaucoup plus important pour Jaime que n'importe quelle réponse. Il pourrait toujours le demander à Srikkanth plus tard. Il n'avait pas entendu Sri faire une quelconque référence à la façon dont Sophie devrait l'appeler. Il faudrait qu'il lui rappelle de le faire pour qu'elle sache comment le nommer. Le chauffe-biberon émit un petit sifflement, signalant que le biberon était prêt, et Jaime laissa tout tomber, s'assit à table et la berça pendant qu'elle mangeait. Quand elle eut fini, il lui fit doucement faire son rot et sourit alors que les yeux de Sophie commençaient à se fermer. *And if that mockingbird don't sing, Papa's gonna buy you a diamond ring* [3].

Il la monta à l'étage pour la coucher dans son parc où elle dormirait pour quelques heures pendant qu'ils monteraient son lit et aéreraient sa chambre. Fermant la porte derrière lui une fois qu'elle fut bien installée, il retourna dans la chambre rejoindre Srikkanth.

---

2 Berceuse : *Chut petit bébé, ne dis pas un mot, papa va t'acheter un oiseau moqueur.*

3 *Et si cet oiseau moqueur ne chante pas, papa t'achètera une bague en diamant.*

— Je sais qu'il fait froid dehors, mais nous devrions vraiment ouvrir les fenêtres pour éliminer les émanations de peinture avant que Sophie ne dorme dans cette pièce, remarqua-t-il.

— Tu vas mourir de froid si on ouvre la fenêtre et que tu n'as rien sur le dos, le taquina Srikkanth.

Jaime gloussa.

— Je ne comptais pas me promener à moitié nu toute la journée. À moins que ce soit ce que tu veux.

C'était en effet ce qu'il voulait, mais Srikkanth n'allait pas le dire à Jaime.

— Va t'habiller, j'ouvrirai les fenêtres. De toute manière, nous allons sûrement transpirer à tout porter et monter.

Jaime hocha la tête.

— Laisse-moi enfiler un sweatshirt propre, et je te retrouve en bas. On peut commencer par laver les pinceaux, puis on montera les meubles.

— Entendu.

Jaime se rendit au rez-de-chaussée dans sa nouvelle chambre, méditant sur le fait que Srikkanth avait remarqué qu'il était torse nu et qu'il s'en souciait suffisamment pour en avoir parlé, même en plaisantant. Il savait ce qu'il voulait que ça signifie, mais il savait également que ce n'était pas très réaliste. Ils avaient été très clairs sur les limites qu'ils ne pouvaient pas franchir. Mais un homme pouvait espérer, pas vrai ? Passant un sweatshirt par-dessus sa tête, il se rendit dans la cuisine pour aider Sri à nettoyer.


— BON SANG, que cette armoire est lourde, grogna Jaime tandis qu'ils manœuvraient le meuble dans les escaliers.

— C'est du bois de cerisier, lui rappela Srikkanth, la voix tendue sous l'effort alors qu'ils poussaient et tiraient sur la boîte en essayant de la monter dans la chambre de Sophie. On aurait peutêtre dû choisir un meuble bon marché.

Avec une dernière poussée, ils atteignirent le couloir de l'étage.

— Si on avait fait ça, on aurait dû tout remplacer dans deux ans. Et c'est le plus gros meuble. Le reste devrait être plus facile.

Srikkanth n'en était pas si sûr, mais ils verraient bien comment ça allait se passer. Il saisit son couteau et ouvrit le carton afin de pouvoir poser les différentes pièces constituant l'armoire dans un coin de la chambre de Sophie. Ils firent un autre voyage pour monter la commode doublée d'une table à langer. Puis ils apportèrent le lit au cours de leur dernier voyage, étalant tous les morceaux afin qu'ils puissent le monter.

— Ça va être une de ces constructions dont on ne voit jamais la fin, pas vrai ? râla Jaime.

— Ça se pourrait bien, répondit Srikkanth en haussant les épaules, mais Sophie sera beaucoup plus à l'aise ici que dans son petit couffin. Je n'arrive pas à croire qu'elle soit déjà presque trop grande pour lui. Elle n'a que deux mois.

— Les bébés grandissent très vite, dit Jaime. Et elle mange bien, il n'y a donc pas de raison pour qu'elle ne grandisse pas. J'ai lu quelque part que la plupart des bébés font le double de leur poids quand ils atteignent six mois.

Srikkanth secoua la tête.

— Il va falloir lui acheter de nouveaux vêtements dans pas longtemps.

— Voyons d'abord si ceux qu'elle a déjà résistent jusqu'à ce que le temps se réchauffe un peu plus. De cette façon, nous pourrons acheter des vêtements de printemps et d'été dans la taille au-dessus. Ils dureront plus longtemps comme ça.

— C'est logique.

Ils étalèrent les instructions sur le sol et commencèrent à assembler le lit, attachant les rails latéraux à la tête et au pied de lit avec de longues vis, puis positionnant le sommier au plus haut niveau afin qu'ils puissent l'atteindre facilement tout en soutenant la tête de Sophie. Enfin, ils finirent de monter le lit et mirent les draps sur le matelas.

— Je pense que tout est prêt, déclara Jaime. Maintenant, il faut juste qu'elle se réveille afin qu'on puisse lui montrer sa nouvelle chambre.

Comme si elle avait un sixième sens, Sophie commença à s'agiter dans l'autre pièce. Les deux hommes allèrent en riant dans la chambre de Srikkanth.

— À toi l'honneur, déclara Jaime. C'est ta fille.

— Viens ici, Sophie, dit Srikkanth avec un sourire, en la prenant dans ses bras. Tu veux voir la chambre qu'oncle Jaime et moi avons aménagé pour toi ?

— Comment est-ce qu'elle va t'appeler ? l'interrompit Jaime.

— Papa, dit Srikkanth, ses yeux devenant larmoyants à la pensée de cette bénédiction inattendue.

— Alors il faut que tu dises « papa » lorsque tu parles de toi, afin qu'elle sache qui tu es, suggéra Jaime. C'est de cette façon que les bébés apprennent les noms.

— Tu veux voir la chambre qu'oncle Jaime et papa ont aménagé pour toi ? répéta Srikkanth, l'appellation sonnant bizarrement à ses oreilles, mais il s'y habituerait.

Tôt ou tard.

Srikkanth l'emmena dans la chambre, Jaime se plaçant derrière lui, ne voulant pas empiéter sur ce moment entre père et fille. Mais Srikkanth ne lui permit pas de rester longtemps à l'écart, lui faisant signe d'entrer dans la chambre.

— Qu'est-ce que tu en penses, *betti* ? demanda-t-il. Tu aimes ? Oncle Jaime a choisi les draps et les couettes. Ils vont te garder bien au chaud pour le reste de l'hiver, et ensuite, nous t'achèterons quelque chose de plus léger pour l'été.

— Mais c'est ton papa qui a choisi les meubles, lui dit Jaime. Il voulait quelque chose de beau pour toi. Quelque chose que tu pourras garder quand tu grandiras. Ne grandis pas trop vite quand même, petite fille. Laisse-nous profiter un peu plus longtemps de toi, d'accord ?

Sophie gazouilla, sa petite main se tendant pour toucher les deux visages familiers. Ils se penchèrent en même temps et leurs têtes se cognèrent.

— Désolé, s'excusa Jaime en se redressant et en évitant le regard de Srikkanth pour cacher son embarras et son désir.

— Ne t'inquiète pas pour ça, dit Srikkanth d'une voix rauque. Je vais simplement avoir une petite bosse.

La chambre étant installée, ils descendirent pour préparer le repas. Jaime jeta un coup d'œil dans le réfrigérateur et grogna.

— Chinois ?

— Pourquoi pas, dit Srikkanth en riant. Je suis prêt à n'importe quoi pour éviter de cuisiner et de faire la vaisselle ce soir.

Jaime se mit à rire et passa commande avant de se changer encore une fois, pour éviter de faire peur à quelqu'un en allant chercher leur repas.

Après le dîner, Srikkanth installa Sophie dans son nouveau lit, traînant sur le pas de la porte même après qu'elle se fut endormie.

— Descends, appela Jaime. On peut terminer le film que tu as raté hier soir. L'écoute-bébé est branché. On pourra l'entendre si elle se réveille.

— D'accord, finit par consentir Srikkanth, bien qu'il trouvât difficile de s'éloigner de la porte.

Sa petite fille était en train de grandir.

Cependant, une fois qu'il fut installé, le film réussit à capter son attention et il le regarda jusqu'à la fin. Sophie se réveilla alors que le générique de fin commençait à défiler sur l'écran.

— Parfaite synchronisation, dit Jaime en riant. Va la chercher. Je vais aller préparer le biberon.

Srikkanth monta dans la chambre, prit Sophie dans ses bras et la berça dans la nouvelle chaise à bascule.

— C'est beaucoup plus agréable que d'être à l'étroit dans la chambre de papa, n'est-ce pas, Sophie ? Oncle Jaime va t'amener ton biberon. Tu vas pouvoir remplir ton petit ventre, puis retourner te coucher dans ton grand lit confortable.

— Et voilà, dit doucement Jaime dans l'embrasure de la porte.

Srikkanth tendit la main. Jaime lui apporta le biberon, puis les laissa tous les deux à nouveau seuls.

Srikkanth donna le biberon à Sophie et se balança doucement pendant qu'elle buvait. Le mouvement répétitif le calmait autant que sa fille, et il s'endormit rapidement en la tenant.

Lorsque Srikkanth ne revint pas en bas, ne serait-ce que pour dire bonne nuit comme il le faisait d'habitude, Jaime se rendit à l'étage. Le spectacle qui s'offrit à ses yeux le mit presque à genoux, le désir de faire partie de ce tableau le submergeant. Srikkanth était assis dans la chaise à bascule, sa tête contre l'appui-tête, les pieds sur le pouf. Sophie dans ses bras, endormie, le biberon oublié dans la main de Srikkanth. Jaime hésita sur ce qu'il devait faire. Il pourrait essayer de la mettre dans son lit, mais cela risquait de les réveiller tous les deux. Il pourrait réveiller Srikkanth pour qu'il mette Sophie dans son lit, mais ce dernier était apparemment épuisé. Se glissant dans la chambre de Srikkanth, Jaime tira la lourde couette du lit et la transporta dans la chambre de Sophie pour la poser sur eux deux, en s'assurant que le visage de Sophie soit complètement dégagé.

— Dors bien, lui dit-il en se penchant pour embrasser doucement le front de Sophie.

Se sentant audacieux, il posa ses lèvres sur le front de Srikkanth, respirant au passage une bouffée de son parfum.

Il les laissa dormir mais était résolu à trouver une meilleure solution que laisser Srikkanth passer de prochaines nuits assis dans la chaise à bascule. Cela irait pour ce soir, mais s'il le faisait souvent, il finirait certainement par souffrir de crampes au cou.

# IX

— QUELQUE CHOSE ne va pas avec Sophie, dit Srikkanth dès que Jaime rentra du travail. Elle a passé toute la journée à pleurer et elle se frotte sans arrêt l'oreille.

— Est-ce qu'elle a de la fièvre ? demanda Jaime en s'approchant de Srikkanth pour poser une main sur le front de Sophie. Elle est un peu chaude.

— Elle a été comme ça toute la journée, dit Srikkanth.

— Je crois qu'il faut l'amener chez le docteur, dit Jaime. Elle n'est visiblement pas bien. Tu veux que j'appelle le médecin pour prendre rendez-vous ?

— Tu ne voudrais pas plutôt la prendre un peu ? demanda Srikkanth en sachant qu'il avait l'air pitoyable, mais il était trop fatigué d'avoir entendu Sophie pleurer toute la journée pour que cela le dérange. Je m'occupe d'appeler le docteur.

— Bien sûr, acquiesça Jaime en prenant Sophie des bras de Srikkanth et en la berçant contre lui. Ça va aller, *mi hija*, chantonnat-il, papa va t'emmener chez le docteur, et on va arranger tout ça. Calme-toi et patiente encore un tout petit peu.

Srikkanth revint dans la pièce quelques minutes plus tard.

— Ils ont un créneau dans une heure, dit-il à Jaime. Ils ont dit que ça ressemblait à une infection de l'oreille.

— Au moins, ils peuvent la voir aujourd'hui, dit Jaime en berçant doucement Sophie. Pourquoi est-ce que tu n'irais pas prendre une douche, manger un morceau et te détendre ? Je peux m'en occuper jusqu'à ce qu'il soit l'heure d'y aller.

Srikkanth lui en fut vraiment reconnaissant. Se forçant à afficher un petit sourire fatigué, il se dirigea vers le rez-de-chaussée pour manger. Il avait passé une journée horrible, ne sachant pas quoi faire pour aider Sophie, effrayé qu'elle soit malade, mais pas certain que ce soit encore des coliques. C'est vrai qu'elle n'en avait pas eues depuis un moment, mais ça ne voulait pas dire qu'elle n'en aurait plus jamais. Il avait été tenté plusieurs fois de prendre le téléphone et d'appeler Jaime, mais cela aurait été comme admettre la défaite.

Ou admettre d'autres sentiments qu'il avait développés pour son ami. Il avait plus peur d'admettre cela que de reconnaître qu'il avait besoin d'aide. Après tout, tout le monde avait besoin d'aide, et tous deux avaient déjà su que Srikkanth n'avait aucune idée de ce qu'il faisait quand il s'agissait de Sophie. Heureusement, Srikkanth s'était amélioré. Désormais, il savait comment gérer la routine journalière, mais ses pleurs aujourd'hui n'avaient jamais fait partie de leur routine. Il n'avait jamais été aussi heureux de voir quelqu'un que quand Jaime était finalement arrivé.

Srikkanth se dirigea vers la douche en poussant un soupir. Il avait besoin d'eau chaude pour l'aider à se détendre. Peut-être même qu'il se masturberait tant qu'il y était. Il ne se rappelait pas la dernière fois qu'il avait joui. C'était certainement avant que Sophie ne vienne au monde. Il ne pouvait décemment pas se masturber quand elle dormait dans la même chambre que lui, et toutes ses douches avaient été rapides, ne sachant pas combien de temps elle dormirait et ne voulant pas qu'elle se réveille et pleure pendant qu'il était sous la douche. Maintenant, sachant qu'elle était en sécurité dans les bras de Jaime, même si elle était contrariée, il pouvait se détendre et se laisser aller. Ainsi, il serait plus à même d'affronter ce que le docteur lui dirait.

Il se déshabilla et se plaça sous le jet chaud, laissant l'eau apaiser sa fatigue. Il prit son temps pour se laver les cheveux et les sentit lui effleurer les épaules, ce qui lui rappela qu'il ne se les était pas coupés depuis la naissance de Sophie. Il allait bientôt devoir reprendre le travail. Peut-être qu'il devrait demander à Jaime s'il pouvait garder Sophie une heure ou deux un soir afin qu'il puisse aller chez le coiffeur.

Penser à Jaime lui rappela l'autre mission qu'il s'était donnée pour cette douche. S'appuyant contre le mur carrelé, il ferma les yeux et repensa à l'image sexy de son colocataire, comme il l'avait vu la veille, torse nu et en sueur. Dans son fantasme, Jaime ne se dirigeait pas vers Sophie mais vers lui, d'un air décidé. Srikkanth frissonna en dépit de la chaleur de l'eau, imaginant les traits élégants de Jaime se transformer sous le désir. Seigneur, il voulait vraiment voir ça.

Sa main descendit le long de son abdomen pour finir sur son sexe. L'entourant de son poing, il commença à se masturber lentement, laissant la tension monter, imaginant Jaime avec lui dans la douche ; imaginant la main de Jaime sur son sexe et le sexe de Jaime dans sa main. Il frissonna sous la montée de désir qui l'envahit à cette pensée. Il ne s'était jamais autorisé à faire ça. Il avait toujours refusé de violer leur accord, même en pensée, mais il ne pouvait pas s'en empêcher maintenant. Il avait besoin de se soulager, et aucun des hommes avec qui il avait couché, aucun des mannequins qu'il avait regardés de temps en temps, ne pouvait l'aider pour l'instant. Ses pensées n'étaient occupées que par un homme : Jaime.

Comme si sa prise de conscience avait déclenché quelque chose en lui, la main de Srikkanth accéléra, montant et descendant le long de son sexe sensible, le poussant de plus en plus vers l'orgasme. Il porta son autre main à sa bouche, mordant dans sa paume pour étouffer le cri qu'il poussa alors qu'il jouissait, espérant que le bruit de l'eau avait également couvert les sons. Son sexe frémit dans sa main, sa semence se répandant sur le carrelage de la douche. Se sentant coupable d'avoir fantasmé sur Jaime alors que ce dernier était en train de s'occuper de Sophie, Srikkanth finit de se laver et coupa l'eau. Tout en se séchant, il essaya de regagner un peu de contenance, ne voulant pas que Jaime se doute de ce qu'il avait fait sous la douche. Même s'il ne pouvait pas deviner que Srikkanth avait fantasmé sur lui, il ne s'occupait pas du bébé pour que son colocataire se soulage sous la douche. Il avait accepté de le faire pour que Srikkanth puisse se préparer pour aller chez le docteur.

Enfin prêt, Srikkanth retourna dans la chambre de Sophie. Cette dernière était installée dans les bras de Jaime, émettant de faibles gémissements au lieu des cris qu'elle avait poussés jusque-là. C'était une maigre consolation.

— On y va ? demanda Srikkanth. Il y a une petite trotte d'ici jusque chez le médecin.

— Tu veux que je vienne avec toi ? demanda Jaime avec surprise.

— S'il te plaît, dit Srikkanth. J'ai peur d'oublier la moitié de ce que dira le docteur, et je ne veux pas me tromper dans ses instructions. Je veux que Sophie guérisse aussi vite que possible.

— D'accord, acquiesça Jaime avec un sourire ravi.

Ils passèrent tout le trajet en voiture à essayer d'apaiser Sophie sans y parvenir. Heureusement, ils n'eurent pas à attendre longtemps dans la salle d'attente, l'infirmière les appelant pour les faire entrer dans la salle d'examen presque immédiatement.

— Quel est le problème ? demanda l'infirmière.

— Sophie est grognon. Elle est chaude, comme si elle avait de la fièvre. Elle n'a pas mangé de la journée, et pas beaucoup dormi non plus, expliqua Srikkanth.

— Elle frotte également beaucoup son oreille, ajouta Jaime.

— Et quand tout cela a-t-il commencé ? se renseigna l'infirmière.

— Ce matin, répondit Srikkanth.

— Après mon départ pour le travail, ajouta Jaime. Elle n'était pas grognon la nuit dernière ni tôt ce matin.

— Mais elle l'est devenue peu de temps après, continua Srikkanth. Cela a donc dû commencer un peu après neuf heures.

— Laissez-moi prendre sa température, dit l'infirmière. On va commencer avec ça, puis le docteur prendra le relais.

L'infirmière s'approcha avec le thermomètre, le pressant contre l'oreille de Sophie tandis qu'elle prenait la température du bébé, la faisant crier à nouveau.

— Trente-huit, déclara l'infirmière après un moment, et son oreille est bien sensible. La plupart des bébés ne font pas attention au thermomètre à moins qu'ils aient une otite. Découvrez le haut de son corps afin que le docteur puisse également examiner sa poitrine, pour s'assurer qu'elle n'a rien d'autre. Il sera avec vous dans un moment. Vous avez là un très beau bébé, messieurs. Vous l'avez adoptée ?

— Non, c'est ma fille, répondit Srikkanth, une fois encore pris de court par l'hypothèse que Jaime et lui puissent être en couple. Sa mère est morte pendant l'accouchement.

— Oh, je suis désolée, s'excusa l'infirmière. On voit tellement de couples qui adoptent des enfants ces derniers temps que j'ai naturellement pensé…

— Ce n'est pas grave, la rassura Srikkanth. Vous n'êtes pas la première à nous faire cette réflexion. Nous allons attendre le médecin.

En rougissant, l'infirmière les laissa seuls.

— C'est la troisième personne en trois semaines, gloussa Jaime, choisissant d'en rire plutôt que de s'attarder sur le fait qu'il aimerait bien que l'infirmière ait raison.

Avant que Srikkanth ne puisse décider comment répondre, le docteur frappa à la porte et entra.

— M. Bhattacharya, comment allez-vous ?

Sophie choisit ce moment pour émettre un autre gémissement.

— Ça pourrait aller mieux, admit Srikkanth. Sophie est malade.

— C'est ce que j'ai entendu dire, répondit le docteur. Voyons ce qui ne va pas.

Jaime recula pour faire de la place au médecin, qui écouta consciencieusement le cœur et les poumons du bébé.

— Ses poumons ont l'air clairs. C'est bien. Est-ce qu'elle a eu un rhume ou est-ce que ses bronches vous ont semblé encombrées ?

— Pas vraiment, répondit Srikkanth. J'ai bien dû essuyer son nez une ou deux fois, mais j'ai pensé que c'était parce qu'elle avait beaucoup pleuré. Elle ne s'est pratiquement pas arrêtée de la journée.

— Laissez-moi vérifier ses oreilles, dit le docteur. C'est probablement ce qui cause tout cela. Tenez-la pour ne pas qu'elle gigote.

Srikkanth resserra son étreinte tandis que le médecin s'approchait avec l'otoscope.

Comme prévu, Sophie commença à crier à peu près au moment où l'outil toucha son oreille. Le médecin était apparemment habitué à entendre des cris, prenant son temps pour examiner soigneusement son oreille.

— Ce n'est pas aussi méchant que ça en a l'air, les rassura le médecin en reculant d'un pas. Elle a bien une infection dans cette oreille. Laissez-moi vérifier l'autre pour voir comment elle va, et puis je vous donnerai une ordonnance pour de l'Amoxicilline afin de dégager ses bronches.

— Est-ce que vous avez besoin de vérifier son autre oreille alors que vous connaissez déjà les médicaments dont elle a besoin ? demanda Srikkanth, ne sachant pas s'il pourrait encore supporter de l'entendre crier.

— C'est mieux de le savoir pour son dossier, expliqua le docteur. Si elle a une infection dans une oreille, ou l'autre, ou les deux, cela peut changer le traitement sur le long terme. Je sais que c'est dur. Peut-être que votre partenaire peut la tenir cette fois. Cela vous empêchera de vous sentir aussi coupable de me laisser l'examiner.

Et voilà, ça recommençait. Encore un qui supposait que Jaime et lui étaient un couple. Cependant, la suggestion était logique, alors il remit Sophie à Jaime. Le médecin attendit que Sophie soit bien installée dans les bras de Jaime avant de vérifier son autre oreille.

— Celle-là est claire, dit-il. C'est une bonne chose. Cela signifie que nous avons découvert l'infection dès son commencement. Elle a quand même besoin d'une cure d'antibiotiques, mais j'espère qu'elle va se rétablir rapidement et ne sera plus aussi grognon d'ici à ce qu'elle se rétablisse, expliqua-t-il en s'asseyant à son bureau et en sortant son carnet d'ordonnances. Quel âge a-t-elle maintenant ?

— Deux mois et demi, répondit Srikkanth.

Le docteur hocha la tête et écrivit la prescription.

— Elle peut prendre une demi-goutte de Tylenol pour enfant ou de Motrin toutes les six heures. Si ce n'est pas assez, vous pouvez alterner les deux toutes les trois heures, du moment qu'il y a six heures entre deux prises du même médicament. Le plus difficile pour les bébés de cet âge avec une infection de l'oreille, c'est la douleur. Les antibiotiques peuvent prendre jusqu'à trente-six heures pour faire effet, et vous ne voulez de toute évidence pas l'entendre crier pendant tout ce temps. Les analgésiques aideront également à faire baisser la fièvre, et ça devrait aussi l'aider à retrouver son appétit. Si elle ne va pas mieux dans quarante-huit heures, rappelez-nous. Si jamais la fièvre monte jusqu'à trente-huit cinq, ramenez-la ici ou rendez-vous aux urgences si nous sommes fermés. Rien de tout cela ne devrait arriver, mais je préfère prévenir que guérir.

Srikkanth avait l'impression que toutes ces informations s'emmêlaient dans sa tête.

— Ne t'inquiète pas, lui dit doucement Jaime. J'ai tout retenu. Allons acheter ses médicaments pour qu'elle commence à se sentir mieux.

— Merci, dit Srikkanth au médecin. Nous vous sommes vraiment reconnaissants de nous avoir reçus si vite.

— Nous avons toujours de la place pour des urgences, lui assura le docteur. Il n'y a rien de pire qu'avoir un bébé malade et personne pour l'examiner. Quand mes enfants avaient l'âge de Sophie, peu de médecins prenaient cela en compte, et je me rappelle avoir conduit ma fille aux urgences pour quelque chose qui aurait pu être soigné par son docteur, sauf que nous n'avions pas pu obtenir de rendez-vous. J'ai juré de ne jamais faire ça à mes patients quand j'aurai mon propre cabinet.

— Nous vous en sommes reconnaissants, dit Jaime en rendant Sophie à Srikkanth et en récupérant son manteau.

Ils déposèrent leur ordonnance à la pharmacie et partirent à la recherche des analgésiques que le docteur avait recommandés. Le temps qu'ils les trouvent et prennent d'autres petites choses dont avait besoin Sophie, leur ordonnance était prête.

De retour chez eux, ils donnèrent ses médicaments à Sophie et attendirent anxieusement que le Tylenol fasse effet pour qu'elle puisse se reposer. Ils surent exactement le moment où ils firent effet, parce que Sophie s'endormit presque instantanément.

— Je vais la mettre au lit, dit Srikkanth, sa voix trahissant sa fatigue.

76

— Pourquoi est-ce que tu ne t'allongerais pas un peu toi aussi ? suggéra Jaime. Je vais avoir besoin d'au moins une demiheure pour préparer le dîner.

— Ça ne te dérange pas ? demanda Srikkanth.

— Bien sûr que non, insista Jaime. Vas-y.

Srikkanth porta Sophie à l'étage et l'installa dans son lit, puis il s'écroula sur le lit d'appoint qui était apparu dans la chambre deux jours après qu'ils l'eurent terminée. « *Tu risques d'avoir un perpétuel mal de dos si tu continues à dormir dans la chaise à bascule* », l'avait taquiné Jaime en guise d'explication.

Srikkanth avait été touché par le geste, bien qu'il ne l'utilise que très rarement pour ne pas que Sophie s'habitue à ce qu'il dorme dans la même chambre qu'elle. Après tout, quel était le but de lui avoir fait une chambre, s'il continuait à dormir avec elle ?

Cela dit, pour l'instant, à cause de l'inquiétude causée par son otite, le lit d'appoint était un vrai cadeau du ciel. Il pouvait se reposer tout en étant à ses côtés si jamais elle avait besoin de lui. Deux secondes plus tard, il était lui aussi profondément endormi.

Au rez-de-chaussée, Jaime prit son temps pour préparer le dîner puisqu'il n'entendait plus de bruits de pas. Srikkanth était visiblement fatigué et Jaime ne voulait pas le réveiller trop tôt. Ses pensées s'entrechoquaient pendant que ses mains coupaient automatiquement les champignons pour réaliser la crème aux champignons dont sa mère lui avait donnée la recette. Chaque fois que Srikkanth et lui se rendaient quelque part avec Sophie, les gens supposaient qu'ils étaient une famille. C'était quelque chose qu'il voulait vraiment, mais il savait que Srikkanth voulait s'en tenir à leur accord initial. Il ne lui avait jamais laissé croire autre chose sauf que leur façon de vivre les faisait paraître tel un couple aux yeux du monde. Il se tournait vers Jaime lorsqu'il avait besoin d'aide et de conseils au sujet de Sophie. Ils partageaient une maison, les corvées et la charge financière. Ils vivaient comme un couple, mais ils n'avaient pas cette proximité et ce confort que l'on trouvait dans une relation amoureuse.

Il trouvait Srikkanth séduisant. Il l'aimait bien. Il adorait Sophie. C'étaient de bonnes bases sur lesquelles fonder une relation. Peut-être qu'il aborderait le sujet après dîner.

Une demi-heure plus tard, la soupe était prête. Il la laissa sur le feu pour ne pas qu'elle refroidisse et partit chercher Srikkanth. Il frappa doucement à la porte de la chambre de Srikkanth, mais il n'obtint pas de réponse. Fronçant les sourcils, il ouvrit la porte et regarda à l'intérieur, mais le lit était vide. Secouant la tête, il se dirigea vers l'autre porte et trouva Srikkanth endormi sur le lit d'appoint.

— Tu vas lui donner de mauvaises habitudes, murmura-t-il en s'approchant de Srikkanth.

Il s'assit sur le bord du lit, et sa main secoua doucement l'épaule de son ami.

— Sri, chuchota-t-il en se penchant pour ne pas réveiller Sophie.

Les yeux noirs s'ouvrirent, lumineux dans l'obscurité presque totale, vulnérables, démunis, un peu effrayés, mais soulagés quand il le reconnut. Jaime ne put résister à toutes ces émotions. Il baissa un peu plus la tête et posa ses lèvres sur celles de Srikkanth, convaincu qu'il finirait les fesses sur le plancher de la chambre, mais Srikkanth ne s'éloigna pas. Ses yeux se refermèrent doucement tandis que ses lèvres remuaient avec une aisance alanguie sous celles de Jaime, accueillant le baiser, accueillant Jaime. Un léger soupir s'échappa des lèvres de Srikkanth, effleurant la bouche de Jaime. Ce dernier leva la tête un instant, attendant que les yeux de Srikkanth s'ouvrent à nouveau. Quand ils s'ouvrirent, il leva un sourcil en une question silencieuse. La réponse de Srikkanth fut tout aussi silencieuse, mais absolument sans équivoque, alors qu'il attirait Jaime vers lui pour un autre baiser, plus long, plus intense, leurs nez se cognant sous l'angle maladroit de leur position.

— Laisse-moi m'asseoir, chuchota Srikkanth.

Jaime se recula, laissant un peu de place à Srikkanth. Sophie bougea un peu dans son lit, et Jaime attrapa la main de Srikkanth pour l'entraîner dans le couloir.

— Descendons pour ne pas déranger le bébé.

Srikkanth le suivit docilement, encore trop surpris par le baiser et trop endormi pour analyser ce qui venait juste de se passer. Quand ils atteignirent la cuisine et que Jaime le poussa vers la table, Srikkanth s'arrêta et pivota pour faire face à son colocataire.

— Est-ce que c'est par rapport à Sophie ?

— Bien sûr que non, dit Jaime, offensé que Srikkanth puisse penser une chose pareille. En effet, j'adore Sophie, parce c'est un adorable bébé, mais je n'ai pas besoin de te séduire pour faire partie de sa vie. Ce que j'ai fait, c'est uniquement pour toi et moi.

— Désolé, s'excusa Srikkanth. Il y a trop de choses qui arrivent ces derniers temps. Tout se mélange dans ma tête et je ne sais pas ce que je fais la moitié du temps. L'autre moitié, je la passe à dormir.

— Ne sois pas effrayé, dit Jaime en riant. Je sais qu'élever un enfant peut être déstabilisant, mais tu n'as pas besoin de le faire tout seul. Laisse-moi t'aider.

— Tu en fais déjà beaucoup, protesta Srikkanth.

Jaime secoua la tête.

— Laisse-moi m'occuper de toi.

Srikkanth ne sut pas quoi dire. Le désir d'avoir un vrai partenaire, pas simplement quelqu'un qui l'aide à s'occuper de Sophie mais sur lequel il puisse aussi s'appuyer, était indéniablement très fort.

— Allez, Sri, insista Jaime. Quel mal y a-t-il à cela ?

Srikkanth pouvait penser à tout un tas de raisons de ne pas le faire, toutes celles pour lesquelles ils avaient décidé dès le départ de ne pas s'impliquer romantiquement l'un avec l'autre, mais tout cela s'effaçait devant la façon dont Jaime regardait Sophie chaque fois qu'il la tenait dans ses bras, ou dont il regardait Srikkanth en ce moment même.

— D'accord, faisons un essai.

Avec un grand sourire, se sentant à cet instant l'homme le plus heureux du monde, Jaime s'approcha de Srikkanth et le prit dans ses bras. Ses lèvres rencontrèrent encore une fois celles de Srikkanth, essayant de faire passer dans ce baiser toute la tendresse et l'affection qu'il ressentait pour lui. Srikkanth fit de même, pour finalement poser son front sur celui de Jaime dans un silence confortable.

# X

Deux jours avant que Srikkanth ne doive reprendre le travail, le téléphone sonna. Srikkanth ne reconnut pas le numéro mais il répondit quand même.

— Allô ?

— Bonjour, je sais que ça fait un moment, mais je viens juste de voir votre annonce pour une chambre à louer. Je me demandais si elle était toujours disponible ?

La question fit sourire Srikkanth alors même qu'il expliquait que la chambre était déjà occupée. Jaime le rejoignit alors qu'il raccrochait. Il tendit un bras vers lui pour l'accueillir, se tournant pour enfouir son visage dans le cou de Jaime. La chambre vide avait été remplie à la perfection.

— Qui c'était ? demanda Jaime avec curiosité.

— Quelqu'un qui voulait louer notre chambre vacante si elle était toujours disponible, répondit Srikkanth. Je lui ai dit qu'elle était désormais occupée, ajouta-t-il en inclinant la tête pour un baiser. Je ne lui ai pas dit que j'avais trouvé la solution parfaite.

— Parfaite ? le taquina Jaime.

— Absolument, insista Srikkanth. J'ai une fille que j'adore, un colocataire qui l'aime autant que moi et un homme dans ma vie qui prend autant soin de moi qu'il prend soin d'elle. Qu'est-ce qui n'est pas parfait dans tout ça ?

— Eh bien, si tu le vois de cette façon, approuva Jaime en se penchant un peu plus pour embrasser Srikkanth plus profondément.

Leurs langues s'étaient à peine effleurées que Sophie se mit à crier dans la chambre d'à côté.

— Elle a faim, s'excusa Srikkanth.

— Je vais la chercher, offrit Jaime. Tu l'as eue toute la journée.

— Ouais, mais je dois retourner au travail dans deux jours. Je veux profiter de tout le temps que je peux avoir avec elle, répondit Srikkanth en se rendant dans l'autre chambre et en ramenant Sophie tandis que Jaime préparait son biberon.

— Est-ce que tu sais s'ils vont accepter que tu travailles de chez toi ? demanda Jaime une fois que Sophie fut installée.

— Ils ont donné leur accord aujourd'hui, mais seulement pour quatre jours par semaine. Je dois quand même y aller tous les lundis, expliqua Srikkanth. Je ne sais pas comment je vais faire ces jours-là.

— J'ai une solution, déclara Jaime. Je suis le directeur de mon magasin. Je vais simplement prendre les dimanches et lundis au lieu des samedis et dimanches. Nous aurons encore un jour de congé en commun, et je pourrais m'occuper de Sophie le lundi pendant que tu seras au travail.

— Ça ne te dérange pas ? demanda Srikkanth, très reconnaissant de l'offre de Jaime.

— Pas du tout, répondit Jaime. Ça n'a pas vraiment d'importance pour moi, du moment qu'on passe un peu de temps ensemble. Puis cela me permettra de passer plus de temps avec Sophie. Et la chose la plus importante, c'est que cela t'aide.

— Je ne suis pas certain de te mériter, dit Srikkanth, mais je suis heureux que tu sois là. Je ne pourrais jamais assez te remercier.

Jaime conclut la conversation par un baiser. Il n'était pas intéressé par la gratitude de Srikkanth, seulement par son cœur. Srikkanth tenait Sophie entre eux, ce qui rendit impossible d'approfondir le baiser, mais Jaime se rendit compte qu'il s'en moquait. Elle faisait autant partie de l'équation qu'eux-mêmes. Sans elle, Jaime n'aurait jamais franchi les limites qu'il s'était imposées.

— J'ai déjà fait le planning de la semaine prochaine, mais je vais voir si je peux échanger mes jours avec quelqu'un. Dans le pire des cas, je prendrai un jour de congé. Je n'en ai jamais demandé, offrit Jaime.

— Je sais que tu ne veux pas l'entendre, mais merci, répéta Srikkanth. Je ne pourrais pas m'en sortir sans toi.

— Si, tu le pourrais, insista Jaime. Tu gérerais simplement les problèmes d'une manière différente. Cela dit, je suis ravi de pouvoir t'apporter mon aide. Tu sais combien j'aime être avec toi et Sophie.

Srikkanth ne savait pas quelle déclaration lui plaisait le plus. Il serait perdu sans l'aide de Jaime avec Sophie, mais il avait appris à trouver tout aussi importante l'affection que lui portait Jaime. Tenir Sophie dans ses bras le ravissait d'une manière qu'il n'avait jamais connue auparavant, mais elle ne pouvait pas assouvir son besoin de compagnie. Jaime se chargeait de tenir ce rôle, le faisant d'une manière encore plus parfaite que ce que

Srikkanth aurait pu imaginer, et tout ce qu'ils avaient fait jusqu'à présent était échanger des baisers.

Beaucoup de baisers. Des baisers lents et tendres, des baisers durs et passionnés. Des baisers chauds et puissants avec beaucoup de langue qui avaient duré pendant ce qui semblait être des heures. Des baisers doux et sucrés, finis avant même qu'ils ne commencent. Srikkanth ne se rappelait pas avoir été jamais embrassé de la manière dont Jaime l'embrassait, et c'était une chose vraiment merveilleuse.


ARRACHANT SA cravate, Srikkanth se précipita sur le trottoir de la maison. Le travail n'avait pas été trop dur, mais neuf heures loin de Sophie étaient huit heures et demie de trop. Il savait bien que Sophie ne l'oublierait pas dans ce laps de temps ou qu'elle ne le détesterait pas de l'avoir laissée avec Jaime, mais les crampes dans son estomac et la sensation de vide dans son cœur n'avaient rien à voir avec la rationalité et tout à voir avec le manque de sa fille.

Jaime ouvrit la porte dès que Srikkanth posa le pied sur le perron, portant Sophie. Avant que Srikkanth ne puisse même ouvrir la bouche, Jaime lui avait mis Sophie dans les bras. Elle gazouilla avec plaisir, et tout le stress de la journée disparut alors que ses petits bras s'enroulaient autour de son cou. Il prit une profonde inspiration, respirant l'odeur de lotion pour bébés, de talc, et tout simplement l'odeur de Sophie.

— Comment savais-tu que j'en avais besoin ?

Jaime sourit et se pencha pour lui donner un baiser rapide.

— Parce que j'ai hâte de rentrer à la maison et de la voir tous les jours moi aussi, expliqua Jaime. Rentre à l'intérieur et détends-toi. Le dîner sera prêt dans environ une demi-heure.

— Tu me chouchoutes trop, protesta Srikkanth. C'était à mon tour de cuisiner.

— Et alors ? demanda Jaime. Tu étais au travail pendant toute la journée pendant que j'étais ici. Tu peux cuisiner demain et le jour suivant si tu veux, mais ça ne me dérange pas de cuisiner.

Srikkanth embrassa encore une fois Jaime, enleva ses chaussures devant la porte, puis porta Sophie dans le salon et s'assit sur le canapé.

— Comment vas-tu, *betti* ? As-tu passé une bonne journée avec Jaime ?

Elle ne répondit pas, bien sûr, mais elle gigota sur les genoux de Srikkanth, agitant ses bras avec enthousiasme et suivant de ses yeux brillants ses moindres mouvements.

— Après le dîner, nous devrions emmener Sophie faire une promenade, suggéra Jaime. Il fait jour plus tard et il ne fait plus aussi froid. Ça nous ferait du bien à tous.

— C'est une bonne idée, répliqua Srikkanth. Je vais me changer et prendre sa veste pour qu'on puisse y aller dès qu'on aura terminé de manger.

Une heure plus tard, après que le dîner ait été fini et la vaisselle rangé dans le lavevaisselle, ils installèrent Sophie dans sa poussette et sortirent faire un tour. La soirée était fraîche, mais pas froide, alors ils s'arrêtèrent dans le parc au bout de la rue, sortant Sophie de sa poussette afin qu'elle puisse regarder autour d'elle plus aisément.

— C'est une histoire à raconter à nos petits-enfants, plaisanta Jaime. Notre premier rendez-vous fut une promenade dans le parc avec Sophie comme chaperon.

— Je profite trop de ta générosité, se lamenta Srikkanth.

— Je me rappelle te l'avoir répété plusieurs fois : je me trouve exactement à l'endroit où je veux être. Je suis heureux d'être assis sur un banc du parc à la mi-avril avec toi et Sophie. Personne ne me force à être ici.

— Tu mérites que l'on te courtise, insista Srikkanth. Tu mérites mieux que des moments volés pendant lesquels Sophie ne requiert pas toute mon attention.

— Non, je mérite une vraie famille, répliqua Jaime, et c'est ce que nous construisons, un baiser à la fois, lentement et tendrement.

— Est-ce vraiment la façon dont tu nous vois ? demanda Srikkanth, son estomac se nouant.

— Nous sommes assis dans un parc avec un bébé, un sac à langer et tout le reste, dit Jaime en riant. Comment est-ce que tu appelles ça ?

Srikkanth se mit aussi à rire.

— D'accord, tu marques un point. Il commence à faire peu froid. Reprenons la marche.

Jaime prit Sophie et la remit dans sa poussette, en s'assurant que les couvertures la recouvraient bien. Elle gazouilla joyeusement, et un magnifique sourire se dessina sur le visage de Jaime.

— Comment pourrait-elle être encore plus mignonne ?

— Je ne sais pas, répondit Srikkanth avec un sourire qui s'élargit encore lorsque Jaime posa une main sur la poignée de la poussette.

SRIKKANTH SOUPIRA et s'étira sur le canapé, repassant dans sa tête les détails de la journée. Il avait l'impression qu'il était mieux installé que lorsqu'il travaillait au bureau ; là-bas, le fauteuil n'était pas aussi confortable et le bureau n'était pas tout à fait à la bonne hauteur. Non seulement il était préférable pour Sophie qu'il travaille à la maison, mais c'était également mieux pour lui.

— Tu as mal au dos ? demanda Jaime depuis le fauteuil d'à côté.

— Ouais, répondit Srikkanth. Mon dos est tout noué.

— Allonge-toi, lui ordonna Jaime. Sur le ventre afin que je puisse travailler ton dos.

Haussant un sourcil, Srikkanth lui obéit, s'étendant à plat ventre. Jaime se leva et s'assit près de lui.

— Ce serait plus facile si je te chevauchais, dit-il. Ça ne te dérange pas ?

— Tu veux juste m'avoir sous toi, plaisanta Srikkanth.

Jaime renifla.

— Si c'était tout ce que je voulais, je me serais glissé dans ton lit il y a des semaines de ça.

— Pourquoi tu ne l'as pas fait ? rétorqua Srikkanth.

— Parce que je veux plus que ça, lui rappela Jaime, les mains sur les épaules de Srikkanth alors qu'il continuait à parler. Je veux tout. Toi, Sophie, moi, une famille. Pour cela, je dois prendre mon temps et faire les choses correctement afin que cela fonctionne, plutôt que me précipiter dans ton lit et que tout parte en vrille plus tard.

Lorsque Srikkanth ne répondit pas, Jaime reporta son attention sur les muscles crispés des épaules de son colocataire. Il n'était pas inquiet de l'absence de réponse. Srikkanth avait déjà répondu de façon beaucoup plus agréable…

Les yeux de Srikkanth se fermèrent tandis que Jaime travaillait son dos, massant fermement le haut et le bas de sa colonne vertébrale, en se concentrant sur ses épaules et le point entre ses omoplates. Il ne put étouffer un petit gémissement quand il sentit un des nœuds se delier sous la pression constante.

— Ça fait du bien ? demanda Jaime.

84

— Seigneur, oui, répondit Srikkanth. Je ne m'étais pas rendu compte que j'étais aussi tendu.

— C'était ton premier jour de travail, ton retour au bureau après un long moment, ton premier jour loin de Sophie. Si tu n'avais pas été tendu, cela m'aurait surpris, dit Jaime.

— Ouais, et mon bureau au travail est terriblement inconfortable, acquiesça Srikkanth. Je suis content de travailler principalement à la maison, et pas seulement parce que je peux passer plus de temps avec Sophie.

— Tu pourrais demander une autre chaise, dit Jaime en riant. Rien ne t'oblige à rester misérable.

Srikkanth haussa les épaules sous les mains qui le massaient.

— Il n'y a plus de raisons de le faire maintenant que je suis à la maison la plupart du temps. Ils ne vont pas vouloir dépenser de l'argent pour un bureau qui est à peine utilisé.

— Tu vas être à la maison quatre jours par semaine mais ce ne sera pas toujours le cas. Sophie finira par entrer à l'école maternelle.

— Qui sait où on sera à ce moment-là ? Si ça se trouve, je ne travaillerais même plus pour la même société. On doit juste attendre et voir ce qui arrive.

Jaime secoua la tête.

— Très bien. Alors les lundis soirs, dès que Sophie sera couchée, la première chose à laquelle tu auras droit sera un massage afin d'éviter que tu ne sois courbaturé le jour suivant.

Srikkanth trouvait cela formidable. Avoir l'opportunité de se détendre tout en sentant les mains de Jaime sur lui. Il commençait à avoir autant besoin de ce contact que du sourire de Sophie.

Les mains de Jaime finirent par s'immobiliser.

— Tu devrais aller en haut et te reposer, murmura-t-il dans l'oreille de Srikkanth. Tu es épuisé.

Srikkanth sortit de son demi-sommeil et leva la tête.

— Pourquoi est-ce que tu ne viendrais pas avec moi ? murmura-t-il en regardant Jaime dans les yeux. Mon lit est assez grand pour nous deux.

— Tu es sûr, Sri ? demanda Jaime. C'est une étape importante, et je ne veux pas précipiter les choses.

— Pour être honnête, je suis probablement trop fatigué pour faire autre chose que dormir ce soir, admit Srikkanth, mais j'aimerais le faire avec tes bras autour de mon corps et ta chaleur près de moi.

— Alors ce sera avec plaisir, répondit Jaime en glissant du canapé pour s'agenouiller et donner un baiser profond à Srikkanth. Je vais me préparer et je te rejoins là-haut. D'accord ?

— C'est parfait, dit Srikkanth en souriant.

L'anticipation résonnant nerveusement en lui, Srikkanth se précipita à l'étage et dans la salle de bain, prenant quelques minutes pour se brosser les dents et se laver le visage et la poitrine afin de se rafraîchir un peu. Il envisagea de prendre une douche rapide, mais il ne voulait pas perdre de temps ou paraître trop avide alors qu'il avait déjà dit à Jaime qu'il était trop fatigué pour plus d'intimité. Son corps avait d'autres idées, mais il ne voulait pas faire pression sur Jaime. En plus, il voulait vraiment sentir la chaleur de quelqu'un à côté de lui pour la nuit.

Enfilant un pantalon en flanelle et un peignoir, Srikkanth entra dans la chambre pour se retrouver face au spectacle le plus tentant qu'il avait vu depuis longtemps. Jaime était couché dans son lit, torse nu, un sourire accueillant sur son visage.

— Comment ça se fait que tu n'aies pas froid ? demanda Srikkanth, frissonnant malgré son peignoir.

— Parce que je pense à toi, répondit Jaime avec un sourire espiègle. Viens te coucher et je vais t'aider à te réchauffer.

Srikkanth jeta son peignoir, sa peau le picotant dans la chambre froide, et grimpa dans le lit à côté de Jaime, sursautant sous la chaleur qui émanait du corps de l'autre homme.

— Tu es un vrai chauffage central !

— Je t'ai dit que j'allais te réchauffer, répondit Jaime en souriant.

Srikkanth se blottit plus près de lui, profitant de la chaleur d'un corps à côté du sien et de la sensation d'une peau contre la sienne. Le bras de Jaime l'enferma dans une étreinte chaleureuse, provoquant un profond soupir qui remonta de la poitrine de Srikkanth.

— Fatigué ? demanda Jaime.

— Un peu, mais je suis surtout heureux d'être ici avec toi.

Jaime sourit dans les cheveux de Srikkanth.

— Je suis content d'être ici, moi aussi.

Ses mains caressèrent doucement le dos de Srikkanth en une imitation du massage qu'il lui avait fait un peu plus tôt.

Srikkanth ronronna pour montrer son plaisir, et le son fut trop tentant pour Jaime. Il inclina la tête de Srikkanth afin que leurs bouches puissent se rencontrer tandis qu'il continuait à le caresser, espérant récolter plus de petits sons encourageants. Srikkanth ne le déçut pas, ses lèvres s'entrouvrant dans un abandon avide, cédant le contrôle du baiser à l'habile maîtrise de Jaime. Quand ses mains rencontrèrent le tissu, Jaime réfléchit pendant un moment pour savoir s'il devait les glisser en dessous, mais il décida qu'il était plus sage de ne pas le faire et de garder leurs pantalons.

Srikkanth se rapprocha en peu plus, alignant complètement leurs corps, tandis qu'il commençait sa propre exploration. Jaime était chaud – brûlant – de partout ; son dos sous les doigts de Srikkanth ainsi que son torse plaqué contre le sien. Sri laissa ses mains vagabonder, imitant les caresses de Jaime, se délectant de la manière dont Jaime bougeait contre lui, la situation plus intime que tous les baisers avides qu'ils avaient partagés auparavant. Il y avait quelque chose de spécial à être allongé avec quelqu'un, à s'embrasser et se caresser, qui ajoutait de la profondeur aux mouvements, beaucoup plus que lorsqu'ils étaient debout dans la cuisine ou blottis l'un contre l'autre sur le canapé. Non pas que Srikkanth aurait pu avoir cette audace auparavant. Mais il avait réalisé au parc qu'ils étaient devenus une famille, et cela lui avait donné le courage – la liberté – d'agir comme il le faisait maintenant.

Il roula sur son dos, entraînant Jaime avec lui de sorte que ce dernier se trouva directement au-dessus de lui, son poids enfonçant Srikkanth dans le matelas. Il entrelaça ses doigts dans les cheveux foncés de Jaime, joignant leurs lèvres pour lui donner un baiser, se demandant où sa fatigue avait disparu et jusqu'où ils oseraient aller ce soir, quand un cri venant de l'autre chambre les fit tous les deux sursauter et se séparer comme des écoliers coupables.

Srikkanth regarda le réveil.

— Elle a faim, s'excusa-t-il en se levant et en attrapant son peignoir.

— Je vais chercher le biberon et je vous rejoins dans sa chambre, offrit Jaime. Je ne veux pas te quitter des yeux le temps que ça te prendra pour la nourrir.

Srikkanth sourit, son visage s'illuminant à la pensée que Jaime souhaitait sa compagnie à ce point.

— D'accord. Dépêche-toi.

Jaime hocha la tête et descendit les marches quatre à quatre pour aller chercher le biberon. Srikkanth enfila son peignoir, ne voulant pas se promener torse nu dans la maison fraîche, puis entra dans la chambre de Sophie, la prit dans ses bras et s'assit sur le lit d'appoint. Habituellement, il la nourrissait dans la chaise à bascule, mais il n'y avait pas assez de place pour lui et Jaime dans ce fauteuil. Et le lit d'appoint était aussi très confortable. Deux minutes plus tard, Jaime arriva avec le biberon et le remit à Srikkanth en lui indiquant de se glisser au pied du lit afin qu'il puisse installer les oreillers. Quand ils furent disposés à sa satisfaction, il s'appuya contre eux en tirant Srikkanth, qui avait toujours Sophie dans ses bras, et les recouvrit tous les trois avec la couverture.

— Tu as assez chaud ?

— Entre toi et Sophie, je suis à l'aise et bien au chaud, le rassura Srikkanth en regardant Sophie alors qu'elle engloutissait son repas, ses yeux se fermant rapidement tandis que la routine familière la berçait et la rendormait.

Fermant lui aussi les yeux, Srikkanth laissa reposer sa tête sur l'épaule de Jaime, se délectant de la chaleur intérieure provoquée par leur position. Il serait heureux s'il était immobilisé ainsi pour le restant de ses jours, mais il serait difficile de faire beaucoup plus que d'échanger des baisers avec Jaime assis de cette façon. Jaime n'était cependant pas aussi limité dans ses mouvements, ses mains étant libres d'errer partout où Srikkanth ne tenait pas Sophie.

Elle termina son biberon et Srikkanth la réinstalla dans son lit. Ils se penchèrent tous les deux pour embrasser son front avant de quitter la chambre, fermant doucement la porte derrière eux.

— Est-ce qu'on retourne au lit ? demanda Jaime.

Srikkanth frissonna, et pas seulement à cause du froid.

— Je pense que c'est la meilleure idée que j'ai entendue de toute la nuit.

# XI

De retour dans le lit, ils se blottirent à nouveau l'un contre l'autre, le peignoir de Srikkanth jeté sur le sol, les mains de Jaime sur son corps tandis qu'il se collait contre son dos.

— Pressé ? le taquina Srikkanth.

— Si tu savais, répondit Jaime en poussant Srikkanth avec ses hanches.

Il ne fit cependant aucun autre mouvement, à la grande déception de Srikkanth. Ce dernier se retourna dans les bras de Jaime, essayant de le toucher de toutes les manières possibles, ses mains se promenant sur le dos de son petit ami.

— Alors, où en étions-nous ?

— Je ne sais pas, le taquina Jaime en retour. Il va falloir que tu me rafraîchisses la mémoire.

Srikkanth sourit et roula encore une fois sur son dos, entraînant Jaime au-dessus de lui, retrouvant la position dans laquelle ils s'étaient trouvés avant que Sophie ne se réveille.

— Maintenant, on va juste espérer que le reste ne se répète pas.

— J'espère qu'elle dort, acquiesça Jaime, mais tu sais que ça ne me dérange pas qu'elle ait besoin de toi.

— Besoin de nous, rectifia Srikkanth. Je ne m'en sortirais pas tout seul. Mais plus important encore, elle réagit avec toi comme elle le fait avec moi.

Jaime haussa les épaules, un petit peu inquiet que Sri ne pense qu'il essayait de prendre sa place de père auprès de Sophie.

— À peu près de la même façon, mais elle sait qui est son père.

— Cela ne me dérange pas, si c'est ce qui te tracasse. La plupart des bébés ont deux parents à aimer et qui les aiment. Même si elle a de l'affection pour toi, cela ne diminue pas son amour envers moi. Je suis juste heureux que tu veuilles autant faire partie de sa vie que de la mienne.

Jaime eut un petit rire.

— Comme vous allez de pair l'un avec l'autre, je ne vois pas comment il pourrait en être autrement. D'ailleurs, je suis gagnant dans cette histoire. J'ai obtenu un copain magnifique et une enfant adorable en un seul coup.

Srikkanth rougit, bien qu'il doutât que cela se voit avec sa peau foncée. Cela n'empêcha pas la chaleur de lui monter au visage lorsqu'il entendit la déclaration de Jaime. Il glissa ses bras autour du cou de ce dernier et attira son visage pour lui donner un baiser. Leurs lèvres se rencontrèrent doucement, s'effleurant, un tendre contact qui renforça les mots de Jaime. L'impatience de Srikkanth progressait lentement. Son corps en réclamait plus. Il frotta sa langue sur les lèvres de Jaime, en demandant plus. Les lèvres de Jaime s'entrouvrirent, l'accueillant, sa langue s'enroulant autour de celle de Srikkanth, partageant un même souffle, tandis que le baiser s'approfondissait. Srikkanth passa ses mains dans le dos de Jaime, s'arrêtant à la ceinture de son pantalon de pyjama.

— Je peux ?

Jaime leva la tête, les yeux rivés dans ceux de Srikkanth dans la faible lumière de la lampe.

— Je ne veux rien précipiter, dit-il lentement. Je veux qu'on prenne notre temps, qu'on savoure chaque moment, qu'on passe chaque étape consciemment, plutôt que de nous laisser emporter par nos sentiments. Laisse-moi juste te tenir dans mes bras ce soir. C'est assez pour le moment. On aura tout le temps de faire cela plus tard, quand cette situation ne sera plus aussi nouvelle.

Déçu, Srikkanth roula de dessous le poids de Jaime, mais les bras de ce dernier s'enroulèrent immédiatement autour de lui, les plaquant l'un contre l'autre, lui faisant clairement comprendre sans mot dire que ce n'était que partie remise, non pas un rejet. Srikkanth se détendit dans ses bras, soupirant doucement quand Jaime caressa sa nuque avant de tirer les couvertures sur eux pour qu'ils puissent rester au chaud pendant qu'ils dormaient.

DEUX JOURS plus tard, Srikkanth guettait le retour de Jaime. Ce dernier avait appelé pour dire qu'il serait en retard à cause d'un problème au magasin, et qu'il ne devait pas essayer de garder Sophie éveillée ou de l'attendre pour dîner. Srikkanth avait mis Sophie au lit à son horaire habituel – il avait compris l'importance de garder une routine aussi régulière que possible – mais il avait mis le dîner de côté dans le réfrigérateur et avait pris une collation rapide pour tenir le coup jusqu'à ce que Jaime soit à la maison. L'idée de manger seul ne lui plaisait pas du tout. Il préférait attendre Jaime, même si cela signifiait avoir faim, plutôt que de manger seul. Il avait donc sorti un paquet de cacahuètes en attendant son compagnon.

Mais le magasin devait être fermé maintenant, et Jaime serait bientôt à la maison, à moins que le problème fut beaucoup plus grave que ce que Jaime avait laissé entendre à Srikkanth.

La porte s'ouvrit et Jaime se traîna à l'intérieur, les épaules tombantes et la tête baissée.

— Hé, dit doucement Srikkanth, ne voulant pas surprendre Jaime. Tu vas bien ?

Jaime fit de son mieux pour sourire, mais Srikkanth pouvait voir l'effort que cela lui demandait.

— Ouais, juste fatigué. J'ai dû licencier quelqu'un aujourd'hui ; je le soupçonne d'avoir volé dans le magasin. Je déteste déjà virer les gens en temps normal, mais c'était pire que d'habitude.

Srikkanth grimaça.

— Tu as dû appeler la police ?

Jaime hocha la tête.

— Ils l'ont emmené pour l'interroger parce qu'ils n'ont pas encore assez de preuves pour l'inculper, mais je n'avais pas d'autre choix que de m'en occuper.

Srikkanth prit le manteau des mains de Jaime, l'accrocha au porte-manteau près de la porte et attira l'autre homme dans ses bras.

— Tu as faim ? Le curry et le riz sont prêts. J'ai juste à les mettre dans le micro-ondes pendant quelques minutes.

— Je prendrai quelque chose dans quelques minutes, dit Jaime. Ce que je voudrais vraiment pour l'instant, c'est de l'alcool.

— Nous n'avons aucun alcool fort, mais je crois qu'il reste quelques bières si ça te convient, offrit Srikkanth. Et ce n'est pas un problème de réchauffer quelque chose pour toi. Viens dans la cuisine et installe-toi. Tu t'es si bien occupé de moi ces derniers temps. Laisse-moi de prendre soin de toi ce soir.

Jaime suivit Srikkanth dans la cuisine sans protester. Honnêtement, il en avait besoin ; il était tellement fatigué qu'il n'était pas certain de pouvoir réchauffer son propre repas. Il accorda un sourire plus authentique à Srikkanth quand ce dernier lui apporta une bière. Ses yeux suivirent paresseusement Srikkanth pendant qu'il se déplaçait dans la cuisine, sortant les bols et y déposant la nourriture.

— Pas autant, indiqua Jaime. J'ai faim mais je ne pourrais jamais manger tout ça.

— Tant mieux, dit Srikkanth en riant, parce que c'est supposé être pour nous deux. Je risque de faire la tête si tu manges ma part.

— Je t'avais dit de ne pas m'attendre, le gronda Jaime.

— Et je t'ai demandé de me laisser prendre soin de toi, rétorqua Srikkanth en mettant leur dîner dans le micro-ondes avant de s'approcher de Jaime pour l'embrasser. Si j'avais décidé que je ne pouvais plus attendre, j'aurais mangé, mais je voulais t'attendre. J'aime prendre mes repas avec toi, même si on mange à – il regarda l'horloge – vingt-deux heures.

Le sourire de Jaime s'élargit.

— D'accord, très bien. Tu as gagné. Je ne t'embête plus avec ça.

Srikkanth l'embrassa encore une fois, s'attardant un peu plus longtemps et espérant que ses attentions effaceraient un peu de la tension encore présente sur le visage de Jaime. Le microondes sonna, indiquant que le repas était chaud, mais Srikkanth ne bougea pas tout de suite, préférant s'attarder un peu plus longtemps avec Jaime. Lorsque ce dernier soupira et se détendit, Srikkanth se redressa.

— Tu veux du paratha [4] ? Il ne faudrait pas plus d'une minute pour en réchauffer.

Jaime secoua la tête.

— Pas avec le riz. Beaucoup trop d'amidon.

— D'accord, dit Srikkanth en sortant une fourchette pour Jaime tandis qu'il se dirigeait vers le micro-ondes et apportait les bols sur la table. Régale-toi.

Jaime remplit son assiette et passa les bols à Srikkanth quand il eut fini. Il avait appris à se servir des différents pains indiens comme ustensiles pour manger, mais il n'avait pas encore maîtrisé l'art de manger le riz et le curry avec ses doigts. La nourriture atterrissait plus souvent dans son assiette ou sur ses genoux que dans sa bouche. Srikkanth donnait l'impression que c'était facile, faisant une petite boule avec le riz et les légumes, puis la mettant dans sa bouche avec une aisance déconcertante. Cela donnait envie à Jaime de se pencher et de lécher les longs doigts jusqu'à ce qu'ils soient

---

4 Un paratha est un pain plat indien qui contient de la graisse végétale. Il peut être fourré de légumes ou simplement mangé accompagné de yaourt.

propres. Il repoussa cette pensée avec la première bouchée, mais elle revint, encore plus persistante, quand Srikkanth sourit et prit une seconde bouchée entre ses dents blanches.

Rapprochant sa chaise, Jaime tendit le bras et captura le poignet de Srikkanth, amenant les doigts couverts de sauce à sa bouche pour les lécher.

— Pas assez de curry dans ton assiette ? demanda Srikkanth.

Jaime secoua la tête.

— Il a meilleur goût sur tes doigts que sur ma fourchette.

Srikkanth gémit doucement, retirant sa main pour qu'il puisse recueillir une autre bouchée, et l'offrit à Jaime en même temps que ses doigts. Les lèvres de Jaime s'entrouvrirent, provoquant toutes sortes de pensées salaces dans l'esprit de Srikkanth tandis que le riz disparaissait, puis la langue de Jaime glissa sur sa main.

— Encore ? demanda Srikkanth, sa voix se brisant un petit peu.

— D'après toi ? répondit Jaime en souriant.

N'ayant pas besoin de plus d'encouragements, Srikkanth lui offrit une autre bouchée, fermant les yeux tandis que son sexe se réveillait devant la manière lascive dont Jaime léchait ses doigts. Il remua sur sa chaise, essayant de trouver une position plus confortable, mais cela ne servait à rien quand Jaime était apparemment déterminé à le rendre fou.

— Tu dois aussi manger, lui rappela Jaime alors que Srikkanth lui présentait chaque bouchée.

— J'aime mieux te nourrir.

Le sourire de Jaime s'élargit.

— Ouais, mais tu auras besoin de toutes tes forces plus tard.

— Cela semble prometteur, dit Srikkanth en souriant, glissant la bouchée suivante dans sa bouche avant d'en offrir une autre à Jaime.

Jaime fut satisfait lorsque Srikkanth commença à prendre automatiquement une bouchée à chaque fois qu'il en donnait deux à Jaime.

Quand ils finirent de manger, Srikkanth se dirigea vers l'évier, mais Jaime attrapa sa main.

— Je m'en occuperai demain matin. Je ne commence qu'à treize heures étant donné que je suis resté tard ce soir. Viens te coucher, Sri.

Srikkanth posa les assiettes sur le comptoir et se tourna vers Jaime. Les yeux de ce dernier brillaient de désir, chauds et intenses, promettant toutes sortes de délices charnels si Srikkanth acceptait simplement de tendre la main et de se laisser emporter. Se retournant momentanément vers l'évier, il se lava les mains, s'assurant que toute trace d'épices avait disparu.

Il ne voulait pas que l'huile des piments brûle les parties sensibles de Jaime, et il espérait que le regard de ce dernier signifiait qu'il allait effectivement mettre la main sur ces parties de son corps ce soir. Rassuré sur le fait qu'il ne blesserait pas son petit ami par inadvertance, Srikkanth s'approcha de Jaime.

— Alors, tu parlais d'aller nous coucher ?

Jaime se mit à rire et attira Srikkanth dans ses bras.

— Quand Sophie a-t-elle mangé pour la dernière fois ? Je préférerais ne pas être interrompu si possible.

— Une dizaine de minutes avant que tu n'arrives à la maison, le rassura Srikkanth. On devrait avoir au moins une heure avant qu'elle ne se réveille. Probablement même plus.

— Parfait, ronronna Jaime, prenant la main de Srikkanth et l'entraînant vers la chambre du rez-de-chaussée. De cette façon, nous n'aurons pas à nous soucier de faire trop de bruits et de la réveiller.

Srikkanth sourit.

— Nous allons faire du bruit ?

— Je l'espère bien ! Après ta démonstration au cours du dîner, je veux savoir à quoi d'autre tes mains sont bonnes à part me nourrir.

L'estomac de Srikkanth se contracta de désir.

— Je pense que je peux te satisfaire.

Ils se précipitèrent dans la chambre de Jaime, se cognant l'un l'autre dans leur hâte de pénétrer à l'intérieur et de se déshabiller. Le sweatshirt de Srikkanth atterrit sur le sol. Il prit un peu plus soin de la chemise et de la cravate de Jaime, ne voulant pas les abîmer, mais sa patience commença vraiment à s'amenuiser au moment où il atteignit la ceinture de son petit ami.

— Tu m'aides ? dit-il sèchement. Le plus tôt tu te débarrasseras de ça, le plus tôt je pourrai te montrer ce que je peux faire avec mes mains.

Jaime fit un pas en arrière et baissa son pantalon et ses sousvêtements dans un mouvement fluide, se retrouvant complètement nu, debout dans la pièce sombre. Srikkanth lui sauta dessus, le besoin de le toucher étant irrépressible. Ils avaient dormi ensemble ces dernières nuits, mais c'était la première fois qu'il avait la permission de le toucher au-delà des baisers et simples caresses qu'ils avaient échangés jusqu'à présent. Une main empoigna les cheveux de Jaime tandis que l'autre glissait autour de sa hanche pour saisir une fesse ferme, la serrant expérimentalement. Jaime gémit sous le baiser que Srikkanth lui offrait tandis qu'il caressait le corps de son petit ami, se délectant de la sensation de la peau lisse sous sa main. Il s'imaginait bien devenir très vite accro à cette sensation.

Décidant qu'il voulait en voir davantage que ce que la lumière de l'autre pièce lui permettait de discerner, Srikkanth alluma le plafonnier, révélant pleinement Jaime à son regard. Il avait la peau dorée et les cheveux foncés, si typique de ses origines hispaniques, mais Srikkanth le savait déjà. Il était beaucoup plus intéressé par les caractéristiques qui rendaient Jaime unique : la courbe de ses lèvres quand il souriait, l'arc de ses sourcils alors qu'il se tenait patiemment sous le regard de Srikkanth.

La façon dont son sexe fit un bond sous le regard de Srikkanth, comme s'il l'avait touché.

Jaime était magnifique, le corps mince et tonique avec des muscles pas trop massifs, mais très bien définis. Srikkanth pouvait presque sentir la chaleur qui émanait du corps de Jaime, lui donnant envie de faire un pas en avant pour pouvoir toucher la récompense qui s'offrait à ses yeux.

— Il était temps, le taquina Jaime quand Srikkanth se décida enfin à bouger. Je commençais à penser que tu avais changé d'avis.

— C'est peu probable, rétorqua Srikkanth. Pas quand j'ai eu envie de te toucher toute la semaine.

— Tu m'as touché, lui rappela Jaime.

— Pas comme ça, répliqua Srikkanth, promenant ses doigts sur le sexe de Jaime.

— Putain, ne me tourmente pas !

— Je ne vais pas te tourmenter, lui promit Srikkanth en entraînant Jaime vers le lit. Je vais m'occuper de toi.

Jaime s'allongea sur le dos, le corps étendu et disponible pour que Srikkanth puisse l'explorer. Il pensa un instant faire preuve de pudeur, mais la convoitise dans les yeux étincelants de Srikkanth le maintint dans sa position. Sri grimpa à côté de lui sur le lit, s'asseyant sur ses talons tandis que ses doigts commençaient à explorer son corps. Ils tracèrent un chemin sinueux sur le haut du corps de Jaime, surlignant les muscles de sa poitrine, encerclant ses mamelons, puis suivant la ligne de ses côtes jusqu'à ce qu'ils puissent plonger dans son nombril et effleurer son ventre. Incapable de s'en empêcher, Jaime leva les hanches, essayant de mettre son érection en contact avec la main de Srikkanth.

Le mouvement suscita un rire et un baiser de Sri tandis que sa main caressait son érection. Jaime sursauta sous le contact, faisant apparaître un sourire sur les lèvres Srikkanth alors qu'il savourait la sensation de la chair dure et chaude dans sa main. Se redressant pour pouvoir s'asseoir et regarder les réactions de Jaime, il glissa sa main entre les jambes de son amant, trouva les bourses lourdes et les malaxa doucement. Jaime haleta et écarta un peu plus ses jambes, une invitation que Srikkanth ne voyait aucune raison de refuser. Il prit plus fermement les testicules de Jaime, les caressant au même rythme que son autre main sur le sexe de Jaime. Peu de temps après, son amant ondulait sur le lit, le suppliant pour qu'il lui en donne plus, pour qu'il puisse jouir, pour tout ce que Srikkanth voudrait bien lui donner.

Srikkanth fut tenté de faire durer le plaisir, mais son propre corps exigeait maintenant une attention immédiate. Puisqu'il doutait que Jaime serait d'accord pour se laisser prendre, cela signifiait qu'il devait faire jouir Jaime afin que ce dernier s'occupe ensuite des besoins de Srikkanth. Bientôt.

Accélérant le rythme de sa main sur le sexe dur de Jaime, Srikkanth baissa la tête et embrassa une nouvelle fois son amant.

— Allez, Jaime, l'exhorta-t-il. Montre-moi combien tu aimes ça.

— Trop bon, haleta Jaime. Je ne peux pas attendre plus longtemps.

— Ne le fais pas, insista Srikkanth. Jouis dans ma main.

Ces mots furent tous les encouragements dont avait besoin Jaime, son sexe déversant sa semence sur son ventre et dans la main de Srikkanth. Ce dernier continua de le caresser durant tout ce temps, jusqu'à ce que Jaime gémisse et attrape son poignet.

— Trop, gémit-il.

Se penchant en avant pour un autre baiser, Srikkanth laissa sa main reposer sur la hanche de Jaime, gardant le contact sans rien faire d'autre pour exciter son amant.

Il sourit.

Son amant.

Cela faisait longtemps qu'il n'avait pas eu de vrai petit ami, encore moins quelqu'un qu'il avait eu envie de considérer comme un amant. Baissant les yeux sur Jaime, il se demanda s'il voudrait jamais quelqu'un d'autre.

— Que puis-je faire pour toi maintenant ? demanda Jaime, s'appuyant sur un coude tandis qu'il reprenait ses esprits après son orgasme.

Srikkanth hésita, ne sachant pas comment Jaime réagirait s'il exprimait ses désirs.

— Tu pourrais juste…

— Je ne veux pas 'juste' quelque chose, l'interrompit Jaime. Dis-moi exactement ce que tu veux.

Srikkanth déglutit.

— Ta bouche, chuchota-t-il. Je suis resté à regarder tes lèvres pendant tout le dîner en m'imaginant…

Il n'acheva pas sa phrase, mais il n'avait pas à le faire. Jaime se souleva sur un coude et le poussa sur le lit, tirant l'élastique de son slip par-dessus le renflement de son aine. Sans attendre d'encouragement ou de permission, Jaime baissa la tête et le lécha de la base au sommet. Srikkanth s'effondra sur le lit, gémissant de plaisir sous la chaleur humide qui avait soudainement enveloppé le bout de son sexe.

Jaime lui sourit.

— Je crois que tu aimes ça.

Srikkanth hocha faiblement la tête, surpris par la puissance du fantasme devenu réalité. Les lèvres charnues de Jaime s'étiraient magnifiquement autour de la pointe du sexe de Sri, le laissant à bout de souffle, tandis qu'elles glissaient le long de son pénis. Il gémit le nom de Jaime, pas tout à fait sûr de ce qu'il voulait. Il savait seulement qu'il ne voulait pas que ça s'arrête.

Heureusement, Jaime semblait savoir exactement comment interpréter ce son, sa bouche augmentant sa succion jusqu'à ce que Srikkanth s'enfonce dans la caverne accueillante, le bout de son sexe heurtant le fond de la gorge de Jaime. Jaime se redressa un instant, le temps d'ajuster l'angle, avant de redescendre et de prendre toute la longueur de Srikkanth dans sa gorge.

Srikkanth gémit bruyamment, reconnaissant que Jaime ait insisté pour qu'ils viennent ici plutôt que d'aller à l'étage dans sa chambre où il aurait constamment eu peur de réveiller Sophie. Jaime était beaucoup trop doué avec sa bouche pour ne pas en faire l'éloge avec effusion.

— Tellement bon, dit-il d'une voix rauque. Encore mieux que ce que j'avais imaginé.

Jaime libéra la chair de sa bouche avec un gros 'pop'.

— Et depuis combien de temps l'as-tu imaginé ?

Srikkanth sentit ses joues brûler.

— Plus longtemps que je ne l'aurais dû.

Jaime sourit, caressant de sa main les testicules de Srikkanth.

— On est deux alors.

Avant que Srikkanth ne puisse trouver une réponse, Jaime baissa à nouveau la tête et recommença à le lécher, laissant Srikkanth incapable de faire autre chose que de s'affaler sur le lit et jouir violemment.

Jaime avala chaque goutte, léchant et suçant jusqu'à ce que Srikkanth n'ait plus rien à donner. La stimulation devint finalement trop forte sur sa chair délicate, et il s'écarta. Jaime se plaça à côté de lui, le tirant contre lui.

— On ne peut pas s'endormir ici, l'avertit Srikkanth. Nous n'entendrons pas Sophie.

— Nous n'allons pas nous endormir, lui promit Jaime. Laisse-moi te tenir dans mes bras pendant quelques minutes et ensuite nous irons à l'étage pour dormir dans ton lit, afin que nous puissions entendre notre petite fille si elle a besoin de nous.

# XII

LE COUP frappé à la porte surprit Srikkanth, et il dut jongler avec Sophie pour pouvoir y répondre. Une femme qu'il ne connaissait pas se tenait là, accompagnée d'un homme en costume et d'un officier de police.

— Monsieur Bhattacharya ?

— Oui, répondit Srikkanth avec méfiance.

— Mon nom est Ellen Fitz. Je fais partie des services sociaux. Voici M. Peters de l'équipe d'intervention de crise et l'officier Matthews. Pouvons-nous entrer pour discuter ? Il fait un peu frisquet sur le seuil.

Srikkanth sentit son estomac se serrer tandis qu'il reculait instinctivement, ce qui permit aux trois personnes d'accéder à la maison.

— Y a-t-il un problème ?

— C'est ce que nous allons découvrir, expliqua-t-elle, bien que ce ne soit pas du tout une explication selon Srikkanth. Nous avons reçu un appel alléguant qu'il y avait un enfant en danger ici, donc nous sommes venus vérifier. Vous êtes seul à la maison ?

— En danger ? répéta Srikkanth. Mais le seul enfant ici, c'est Sophie. Quel danger court-elle ?

— Le rapport prétend qu'elle serait en danger à cause de vous, expliqua Mme Fitz. Vous n'avez pas répondu à ma question, M. Bhattacharya. Vous êtes seul à la maison ?

— O-oui, bégaya Srikkanth, ses yeux passant d'un visage sévère à l'autre. Mais je ne ferais jamais de mal à Sophie, insista-t-il. Je l'aime.

— Je suis sûr que vous l'aimez, concéda Mme Fitz, mais les gens font du mal à ceux qu'ils aiment tous les jours. Je vais avoir besoin de la voir pour m'assurer qu'elle n'est blessée en aucune façon.

Srikkanth la serra automatiquement plus près de sa poitrine, ne voulant pas la lui donner, mais le policier fit un pas en avant, et Srikkanth se rendit compte qu'on ne lui donnait pas le choix. Essayant de se dire qu'il n'avait rien fait de mal et qu'ils ne trouveraient rien pour étayer leur allégation, il se résigna à remettre sa fille à l'assistante sociale.

— Soutenez sa tête, lui indiqua-t-il. Elle s'améliore, mais elle n'arrive pas toujours à la garder stable quand on la déplace, contrairement à quand elle bouge par elle-même.

Mme Fitz prit Sophie en toute confiance, alors Srikkanth se tut, son cœur se serrant un peu quand sa fille commença à pleurer devant le visage inconnu qui se penchait sur elle. Mme Fitz ne semblait pas dérangée par le bruit, ouvrant la fermeture du pyjama de Sophie et l'examinant avec soin.

Sophie pleura un peu plus fort quand des doigts froids tirèrent sur sa couche et touchèrent sa peau. Srikkanth se mordit la lèvre pour ne pas la reprendre des mains de l'assistante sociale, l'officier de police qui était là pour la protection de cette dernière l'empêchant d'agir.

— Elle a l'air en bonne santé, déclara enfin Mme Fitz en remettant Sophie à l'homme en costume. M. Peters va la tenir jusqu'à ce que nous ayons terminé notre conversation.

Le désir de Srikkanth de reprendre Sophie grandit, mais son estomac se contracta quand il réalisa qu'ils avaient pour le moment toutes les cartes en main.

— Bien sûr qu'elle est en bonne santé, dit Srikkanth d'un ton cassant, son anxiété hachant ses mots. J'en sais assez pour la nourrir et garder sa couche propre, et tout ce que je ne sais pas, Jaime me le dit.

— Qui est Jaime ?

— Mon partenaire, Jaime Frias. Il est au travail en ce moment. Dois-je l'appeler ?

Srikkanth espéra presque qu'elle dise oui, car il aurait alors l'appui de Jaime pour faire face à l'assistante sociale et à ses accusations. Jaime saurait comment s'y prendre avec eux, il serait capable de garder son sang-froid et de faire disparaître leurs préoccupations avec son beau sourire et son expérience.

— Ce n'est pas nécessaire pour le moment, répondit-elle. Si je décide que je dois parler avec lui, je prendrais son numéro. L'officier Matthews va vérifier le reste de la maison, tandis que M. Peters et moi continuons de vous parler. Est-ce que Sophie est un bébé difficile ?

— Pas en règle générale, répondit Srikkanth, son regard suivant les mouvements de l'agent tandis qu'il se rendait dans la cuisine puis dans la chambre de Jaime.

Il pouvait entendre le flic ouvrir les portes et les tiroirs, et son sentiment de violation grandit avec chaque bruit.

— De temps en temps, elle fait des coliques, mais ça ne dure pas très longtemps.

— Comment gérez-vous ses coliques ?

— Je marche avec elle ou je la berce jusqu'à ce qu'elle se fatigue et s'endorme, répondit Srikkanth, n'aimant pas la direction que prenaient ces questions.

Ils étaient à la recherche d'une quelconque faute, de tout ce qui pourrait leur donner une raison de lui prendre Sophie.

— Et si ça ne marche pas ?

Srikkanth sourit, malgré la tension qui croissait à l'intérieur de lui, à l'idée de Jaime berçant Sophie si tendrement, même quand elle avait pleuré pendant des heures.

— Si je ne peux rien faire, je la donne à Jaime. Il arrive toujours à la calmer.

— L'avez-vous déjà secouée ?

— Non ! s'écria Srikkanth, de retour en colère tandis que le sentiment d'être harcelé était de nouveau oppressant. Je ne lui ferais jamais ça. Je ne veux pas la blesser.

— Êtes-vous celui qui vous en occupez le plus ?

— Oui. Je travaille à la maison presque tous les jours. Elle reste avec Jaime le lundi quand je suis au bureau, expliqua Srikkanth. Je ne veux pas être impoli, Mme Fitz, mais je ne comprends vraiment pas pourquoi vous êtes ici. Mis à part une infection de l'oreille, Sophie a toujours été un bébé heureux et en parfaite santé.

— Je suis ici parce que quelqu'un a appelé les services sociaux pour signaler qu'elle était victime de mauvais traitements, répéta Mme Fitz.

Le policier sortit de la chambre de Jaime par la salle de bain et commença à monter les escaliers. Srikkanth se dit que plus vite il laisserait l'homme faire son travail, plus vite il pourrait fermer la porte derrière eux une fois pour toutes, mais cela ne rendit pas plus facile le fait de se représenter l'homme farfouillant dans les affaires de Sophie, à la recherche de tout ce qui pourrait être un danger pour elle.

— Mais qui ? demanda Srikkanth. J'étais aussi ignorant que tout nouveau parent lorsque Sophie est rentrée de l'hôpital, mais cela ne me rend pas violent.

— Qu'en est-il de la mère de Sophie ? demanda Mme Fitz. Vous avez mentionné M. Frias à plusieurs reprises, mais pas sa mère.

— Jill est morte en couches, répondit laconiquement Srikkanth. Sophie est arrivée ici quand elle avait quatre jours. Jill et moi n'étions pas en couple, si c'est votre prochaine question. C'était une très bonne amie, mais pas ma petite amie.

— Et M. Frias ? demanda l'assistante sociale en regardant ses notes.

— Jaime est mon colocataire depuis que j'ai acheté la maison il y a trois ans, déclara Srikkanth. Quand j'ai découvert ce qui était arrivé à Jill, il a offert de m'aider à prendre soin de Sophie puisque je ne savais pas ce que je faisais.

— Vous avez fait allusion à lui comme étant votre partenaire, lui rappela Mme Fitz. Je sais que ceci est une atteinte à votre vie privée, M. Bhattacharya, mais j'ai besoin que vous soyez honnête avec moi afin que je puisse gérer la situation de façon appropriée et ne pas avoir à vous ennuyer de nouveau si ce n'est pas justifié.

— Je ne vois pas en quoi ma vie personnelle vous intéresse, se défendit Srikkanth. Sophie n'est pas maltraitée !

— C'est ce que j'entends tous les jours, répondit tristement Mme Fitz, alors que l'officier de police redescendait en secouant la tête. Cependant, nous n'avons rien trouvé qui puisse confirmer les allégations portées pour le moment. Comme vous nous l'avez dit, Sophie est un bébé en bonne santé, et l'officier Matthews n'a rien trouvé de préoccupant dans la maison. Nous allons donc vous laisser tranquille.

— Pouvez-vous au moins me dire qui nous a accusés d'une telle chose ? demanda Srikkanth en reprenant Sophie des bras de M. Peters.

— Non, c'est une information confidentielle, répondit Mme Fitz. Cependant, nous ferons plus attention si nous recevons de nouveaux rapports de cette même source. Lorsqu'un premier rapport arrive, nous devons le prendre au sérieux. Ce rapport n'avait manifestement aucune raison d'être et nous nous en rappellerons si jamais cette personne nous rappelle.

— Ils l'ont fait parce que Jaime et moi sommes gays, pas vrai ? dit Srikkanth avec amertume.

— Ce n'est pas une question à laquelle je peux répondre, déclara Mme Fitz. Et cela ne regarde pas mon bureau. Tant que Sophie est en bonne santé, ce qui est de toute évidence le cas, nous ne nous préoccupons pas de votre vie privée.

— Je n'apprécie pas le fait que quelqu'un ait la permission de perturber nos vies à cause d'un simple coup de fil, admit Srikkanth.

— Je le comprends parfaitement, répondit Mme Fitz. Malheureusement, on ne peut pas faire autrement ; les gens doivent pouvoir signaler les mauvais traitements s'ils en sont témoins. On passe à côté de suffisamment d'enfants maltraités comme ça.

— Et donc vous avez perdu une heure ou plus aujourd'hui, en venant jusqu'ici pour enquêter sur un faux rapport.

Mme Fitz haussa les épaules.

— C'est mon travail. Le système n'est pas parfait, mais je crois en lui, parce que l'on vient en aide aux enfants. Sophie n'a pas besoin de mon aide, mais si elle en avait eu besoin, elle l'aurait eue.

— Sophie a tout ce dont elle a besoin avec ses deux papas, insista Srikkanth, berçant Sophie plus étroitement contre lui, soulagé que ses cris se soient transformés en petits gémissements maintenant qu'elle était de retour dans ses bras. Jaime et moi sommes parfaitement capables de prendre soin d'elle.

— Je vous crois. Je vais y aller maintenant, déclara Mme Fitz. Profitez bien du reste de votre journée.

Srikkanth les accompagna à la porte, se tenant debout sur les marches tandis qu'ils posaient tous les trois le pied sur le trottoir.

— Je me doutais bien que c'était une fausse alerte, entendit-il Mme Fitz dire alors qu'ils approchaient de leur voiture. Avec toutes les conneries que cette personne à déblatérer à propos des gays, j'ai failli ne pas donner suite, mais je ne pouvais pas prendre ce risque.

— Vous avez fait ce qu'il fallait, insista M. Peters. Comme vous l'avez dit, elle est en bonne santé, nous n'aurons donc pas besoin de revenir, mais vous ne pouviez pas en être sûre.

Son esprit envahi d'une combinaison de dégoût et de colère, Srikkanth rentra à l'intérieur, ne voulant pas en entendre davantage. Ne connaissant rien d'autre qui puisse le calmer, il amena Sophie à l'étage dans sa chambre. Elle était redevenue souriante, mais il avait besoin de se rassurer en s'asseyant avec elle dans ses bras pour la bercer. Ils n'allaient pas prendre son bébé ! Il ferait tout pour que cela n'arrive jamais. Sophie était sa fille et il l'aimait. En ce qui le concernait, celui qui avait passé ce coup de téléphone pouvait brûler en enfer.

Il ne réalisa pas que son emprise s'était resserrée ou qu'il marmonnait dans sa barbe jusqu'à ce que Sophie commence à se tortiller dans ses bras pour protester.

— Je suis désolé, *betti*, murmura-t-il en se penchant pour embrasser son front. Je ne voulais pas te serrer si fort. Je t'aime tellement et je ne veux pas qu'il arrive quoi que ce soit à toi ou à notre famille. Je ne sais pas ce que nous allons faire, mais nous allons trouver quelque chose. Je te promets que Jaime et moi allons prendre soin de toi. Il te suffit de nous faire confiance et de nous laisser faire ce qui doit être fait.

Sophie gazouilla devant son père adoré, ressentant son humeur comme les bébés ont coutume de le faire. Il ne put s'empêcher de lui sourire. Elle éclairait même les moments les plus sombres.

Un rapide coup d'œil à l'horloge lui apprit qu'il avait raté l'heure de son repas. Pas de beaucoup, mais elle allait bientôt avoir faim.

— Allons te préparer un biberon, suggéra-t-il en se levant et en se dirigeant vers le rez-de-chaussée. Nous allons te faire manger et tu feras une sieste, et puis papa travaillera un peu pendant que tu te reposeras. Et quand tu te réveilleras, Jaime sera à la maison. Tu seras heureuse de le voir, pas vrai ? Je sais que je le serai.

Sophie gazouilla à nouveau.

Srikkanth se mit à rire malgré la tension accumulée durant la matinée, étant plus détendu maintenant que l'assistante sociale était partie. Il en parlerait à Jaime ce soir et verrait ce que ce dernier en pensait.


JAIME RENTRA à temps pour commencer à préparer le dîner, surpris de trouver Srikkanth simplement assis sur le canapé avec Sophie dans ses bras.

— Hé, Sri, dit-il en entrant, tu vas bien ?

Srikkanth secoua la tête.

— Pas vraiment. Nous avons reçu la visite des services sociaux aujourd'hui. Quelqu'un nous a dénoncés pour maltraitance.

— En se basant sur quoi ? demanda Jaime, indigné à l'idée que quelqu'un ait pu suggérer une telle chose à propos de Srikkanth et que son petit ami ait eu à gérer cette situation seul.

— En se basant sur le fait que je suis gay, déclara Srikkanth sans ambages. Oh, ils ne me l'ont pas dit directement, mais j'ai entendu l'assistante sociale dire à son collègue que ces personnes avaient balancé des conneries anti-gay – désolé, Sophie – alors même qu'ils nous accusaient de maltraitance. L'équipe n'a rien trouvé, bien sûr, mais cela n'en reste pas moins inquiétant.

— Une équipe ? répéta Jaime en s'asseyant à côté de Srikkanth pour l'envelopper dans une tendre étreinte. Tu aurais dû m'appeler. Je serais rentré à la maison.

— Je sais, dit Srikkanth, levant la tête et croisant le regard dubitatif de Jaime. Vraiment, je le sais, mais tu n'aurais rien pu faire de plus. Ce n'est pas comme si l'assistante sociale avait essayé de nous prendre Sophie. Elle l'a examinée, vu qu'elle était en bonne santé, qu'elle n'avait pas d'ecchymoses, qu'elle était bien nourrie, heureuse, et a posé un tas de questions.

Jaime suspecta que ça n'avait pas été aussi simple.

— Qu'est-ce que tu ne me dis pas ? Tu as parlé d'une équipe. Qui d'autre était là en plus de l'assistante sociale ?

— Un membre de l'équipe de crise et un flic, dit Srikkanth avec un frisson. Le membre de l'équipe de crise n'a pas fait grandchose à part tenir Sophie tout le temps, mais le flic a fouillé la maison. Seigneur, Jaime, pendant tout le temps que j'étais assis là, à essayer de répondre à leurs questions, ne sachant pas ce qu'ils essayaient de prouver, je pouvais entendre l'officier fouiller la maison, ouvrir les portes et les tiroirs et…. J'ai envie de nettoyer la maison de fond en comble, sauf que ça n'effacera pas les souvenirs de ma tête.

— Et tu es resté assis là à broyer du noir depuis, supposa Jaime en entendant la détresse dans la voix de Srikkanth. Sortons. Nous pouvons aller au restaurant pour dîner. Même si c'est juste chez Perkins. Tu te sentiras mieux si tu sors un peu de la maison.

Srikkanth secoua mécaniquement la tête.

— Je pense que nous devrions faire profil bas pendant un moment. Peut-être que celui qui nous a dénoncés pensera que les services sociaux ont pris Sophie s'il ne nous voit pas avec elle pendant un certain temps. S'il ne nous voit pas, il ne pourra pas recommencer.

Jaime fronça les sourcils, mais il pouvait comprendre que Srikkanth se replie sur lui-même.

— Bien, si tu n'as vraiment pas envie de sortir, je vais aller chercher du chinois. C'est rapide, bon et je n'aurai pas à cuisiner. Comme ça, je pourrai t'accorder toute mon attention.

Srikkanth hocha la tête, mais son bras libre s'enroula autour de la taille de Jaime, le tenant près de lui.

— Dans quelques minutes, d'accord ? Ne pars pas encore.

Jaime rapprocha Srikkanth de lui, lui posant la tête sur son épaule.

— Je ne vais nulle part, promit-il. Toi et Sophie êtes coincés avec moi.

— C'est la meilleure chose que j'ai entendue de toute la journée, dit Srikkanth en souriant.

Jaime embrassa la tempe de Srikkanth et resta simplement assis à le tenir. Intérieurement, il bouillonnait, essayant de deviner qui parmi leurs voisins aurait pu passer un coup de fil si pernicieux. Cette visite avait détruit le sentiment de sécurité de Srikkanth dans sa propre maison, et Jaime détestait ça. Avoir un refuge était très important, et cela lui avait été volé aujourd'hui par un simple appel téléphonique rempli de mensonges. Jaime ne savait pas comment rétablir cela, mais il allait faire son possible pour y arriver. Si cela signifiait nettoyer la maison de fond en comble, il le ferait. Si cela signifiait refaire toutes les chambres, il ferait des heures supplémentaires pour économiser de l'argent. Si cela signifiait déménager, il appellerait un agent immobilier dès le lendemain.

Fredonnant doucement la berceuse préférée de sa grand-mère, il lâcha Srikkanth juste le temps de toucher Sophie.

— Elle dort, murmura-t-il. Laisse-moi la mettre dans son lit.

— Je n'ai pas pu la poser de tout l'après-midi, admit Srikkanth d'une voix rauque. C'est comme si j'avais peur qu'ils me la prennent si je ne la tenais pas.

— Personne n'essaie de te l'enlever, le rassura Jaime. L'assistante sociale est partie et Sophie est toujours avec nous. Elle est en sécurité et toi aussi. Si tu veux la garder dans ton champ de vision, je vais installer le transat ici, mais tu as aussi besoin de repos. Tu es clairement épuisé. Laisse-moi l'installer et ensuite nous pourrons nous allonger ensemble sur le canapé. Qu'est-ce que tu en penses ?

— C'est sacrément parfait, répondit Srikkanth dans un soupir, laissant Jaime prendre Sophie.

Ses bras se retrouvaient douloureusement vides sans son chaleureux poids, mais il se rappela que Sophie était autant en sécurité avec Jaime qu'elle l'était avec lui et ils allaient seulement faire un détour par l'autre pièce. S'il le voulait, il pouvait se lever et les regarder tout le temps. Cependant, cela nécessitait plus d'énergie qu'il n'en avait pour le moment, et à la place, il laissa reposer sa tête contre le dossier du canapé et écouta les pas de Jaime. Il pouvait suivre leur progression de cette façon. De la même façon qu'il avait suivi le policier à travers la maison. Il écarta cette pensée, se raccrochant au fait que Sophie était toujours avec eux et que les services sociaux n'étaient plus là.

Le son rassurant revint, et Srikkanth ouvrit les yeux pour regarder Jaime installer Sophie dans son transat, attachant la ceinture de sécurité pour qu'elle ne puisse pas glisser et se retourner si jamais elle bougeait dans son sommeil. Ses paupières ne papillonnèrent même pas tandis qu'il arrangeait une couverture autour d'elle et rejoignait Srikkanth sur le canapé.

— Voilà, elle est installée. Maintenant, laisse-moi m'occuper de toi.

Srikkanth s'installa dans les bras de Jaime, désireux de profiter du confort qu'ils lui procuraient. Il détestait se sentir impuissant, mais il ne savait pas comment mener cette bataille. Il n'avait jamais eu besoin de le faire auparavant. Avec un soupir, il s'installa au creux des bras de Jaime, sa tête reposant sur son épaule, tandis que son amant attrapait la couverture afghane et l'étalait sur eux. Enveloppé dans un cocon de chaleur et dans la sécurité de l'étreinte de Jaime, Srikkanth sentit la peur s'estomper peu à peu de son cœur. Avec Jaime qui le tenait, il pourrait tout affronter. Même faire face aux gens qui voulaient lui prendre Sophie à cause de sa sexualité. Il grogna doucement.

— Quoi ? demanda Jaime.

— J'étais en train de penser que la chose qui me donne la force de lutter contre ces salauds est la raison pour laquelle ils font cela en premier lieu, expliqua Srikkanth. L'arme qu'ils croient utiliser contre moi est en fait mon meilleur allié.

Jaime sourit.

— Ils ne nous vaincront pas. Les services sociaux ne peuvent pas prendre Sophie parce que nous sommes gays. Tant que nous prenons bien soin d'elle, tout ce que ces salauds peuvent faire, c'est nous rendre la vie difficile. Ils ne peuvent pas gagner.

— Peut-être pas, acquiesça Srikkanth, mais je pense que je ne vais pas ramener Sophie au parc tout de suite. Je ne sais pas à quel endroit la personne qui les a appelés nous a vus, mais moins elle nous voit, mieux c'est.

Jaime n'était pas sûr que ce soit la bonne approche, mais il se contenta de tenir Srikkanth contre lui.

— N'oublie pas que tu n'as pas à faire face à cette situation – ni quoi que ce soit d'autre – seul. Même si tu ne fais que me téléphoner après coup pour me faire savoir ce qui se passe.

— Je le sais, marmonna Srikkanth. J'ai dit à l'assistante sociale que tu étais mon partenaire. Il n'y avait tout simplement rien que tu aurais pu faire.

Le mot 'partenaire' frappa Jaime en pleine poitrine. Pas copain. Pas colocataire. Pas même amant. Partenaire. Maintenant, Srikkanth n'avait plus qu'à agir comme s'il le pensait réellement.

# XIII

— C'EST UNE magnifique journée, dit Jaime quand il rentra du travail à peu près deux semaines plus tard. On devrait amener Sophie au parc.

Srikkanth avait fermement refusé d'amener Sophie où que ce soit depuis la visite de l'assistante sociale, et cela commençait à fatiguer Jaime. Il comprenait pourquoi son amant réagissait ainsi mais il avait aussi l'impression que cela donnait raison à leur détracteur.

— Pas aujourd'hui, déclara Srikkanth en secouant la tête. Peut-être un autre jour.

— Oui, mais aujourd'hui il fait très beau, et il est censé pleuvoir le reste de la semaine. Allez, Sri. Allons faire un tour, le cajola Jaime, posant sa tête sur l'épaule de Srikkanth et mettant ses bras autour de la taille de son petit ami.

Srikkanth se raidit dans ses bras, ce qui fit remonter un soupir dans la gorge de Jaime. Il maudit silencieusement le voisin qui avait appelé l'assistante sociale. Non seulement Srikkanth était inquiet à l'idée d'amener Sophie à l'extérieur, mais il avait également commencé à bannir tout signe d'affection en présence de Sophie.

J'ai dit : 'pas aujourd'hui', répéta Srikkanth en s'écartant.

— Ça ne te dérange pas si je l'emmène, alors ? demanda Jaime. Je pense vraiment que ça lui ferait du bien de prendre un peu l'air.

— Alors maintenant, tu penses toi aussi que je ne prends pas bien soin d'elle ? demanda Srikkanth.

— Ce n'est pas du tout ce que j'ai voulu dire, déclara Jaime d'une voix égale, luttant pour garder son sang-froid. Je pense simplement que nous pourrions tous profiter d'une promenade.

— Je n'en ai pas envie, dit obstinément Srikkanth, et je ne veux pas qu'elle sorte non plus. Ce serait encore pire si quelqu'un la voyait avec toi plutôt qu'avec moi. Moi, au moins, je suis son père.

— Oh, et je ne suis qu'un étranger ? demanda Jaime. Je ne suis qu'un coup parmi tant d'autres, un gars qui ne se soucie ni d'elle ni de toi ? Qu'ils aillent tous se faire foutre ! Tu les laisses gagner, Srikkanth. Chaque fois que tu refuses de faire quelque chose d'aussi simple que d'aller faire un tour par crainte que quelqu'un puisse nous voir et désapprouver, tu leur donnes encore plus de pouvoir sur ta vie. Est-ce la façon dont tu veux élever ta fille ? Qu'elle ait peur de mettre le nez dehors ? Qu'elle ait honte de son père parce qu'il préfère les hommes aux femmes ?

— Bien sûr que non ! rétorqua Srikkanth. Mais ça ne veut pas dire que je doive l'exposer inutilement à l'intolérance des autres.

— Alors amène-la au parc, insista Jaime. Sois fier d'elle et de toi-même.

— Je ne peux pas, dit Srikkanth d'une voix défaite.

— Vas-tu vraiment les laisser te convaincre de dissimuler ton orientation sexuelle ? demanda lentement Jaime.

— Ce n'est pas ce que je fais. Je protège Sophie. Tu n'étais pas là. Tu ne sais pas ce qui s'est passé !

Jaime secoua la tête.

— Tu es en train de ramper dans le placard avec la queue entre les jambes et tu essayes de m'entraîner avec toi. Je ne peux pas te dicter ce que tu dois faire, mais je ne me cacherai pas. Je vais faire un tour.

Ne prenant même pas la peine de changer de chaussures, Jaime se dirigea vers la porte et la claqua derrière lui en signe de frustration. Il avait vraiment essayé d'être patient, de comprendre que Srikkanth souffre face à l'intolérance d'une personne, mais il avait déjà mené ce combat une fois lorsqu'il avait révélé son homosexualité à sa famille plutôt conservatrice et avait dû faire face à leurs réactions horrifiées. Il était fier de la personne qu'il était, fier de la vie qu'il s'était construite. Dissimuler ce qu'il ressentait pour Srikkanth et Sophie, se priver d'une vie normale, tout cela lui paraissait injuste, comme si ça invalidait tous ses précédents combats.

Il laissa ses pas le conduire jusqu'au parc où Srikkanth et lui avaient eu leur premier 'rendez-vous'. Il s'écroula sur le banc, la tête dans ses mains, tandis qu'il essayait de trouver le bon chemin à suivre. Il adorait irrévocablement Sophie. La perdre maintenant serait comme perdre son propre enfant, quelque chose qu'il ne pouvait même pas imaginer. Il ne pouvait cependant pas rester avec quelqu'un qui avait honte de lui. Autant il voulait faire partie de la vie de Sophie, autant il ne voulait pas vivre dans la crainte que quelqu'un découvre sa relation avec Srikkanth. Il ne pensait pas que ce dernier aspirait à ce genre de vie non plus, mais c'était pourtant celle qu'il vivait en ce moment, et Jaime ne pouvait pas en faire partie.

Cette pensée lui fit presque aussi mal que l'idée de dire au revoir à Sophie. Srikkanth et lui étaient amis depuis des années, et les quatre derniers mois, alors qu'il l'aidait avec Sophie, avaient été les meilleurs de sa vie. Sa poitrine lui faisait mal lorsqu'il se rappelait combien cela lui avait semblé normal d'être allongé dans un lit avec Srikkanth en sachant que Sophie dormait dans la chambre d'à côté, de se réveiller ensemble le matin et de se lever pour affronter la journée en tant que couple, plus forts ensemble qu'aucun d'eux ne pourrait jamais l'être seul. S'ils n'avaient jamais franchi le pas, s'ils étaient simplement restés amis et que Jaime s'était contenté de l'aider de temps en temps avec le bébé, il aurait été plus facile pour lui de prendre un peu de recul. Cependant, ils avaient transgressé leur principale règle et Jaime n'était pas uniquement sur le point de perdre une fille qu'il ne s'attendait pas à avoir mais aussi un amant auquel il ne pensait pas tenir autant.

Seulement deux semaines s'étaient écoulées depuis la visite de l'assistante sociale. Il pouvait donner plus de temps à Srikkanth, voir si les choses s'amélioreraient, si son amant pouvait de nouveau s'ouvrir au monde extérieur lorsque la peur s'estomperait, mais Jaime n'avait aucune garantie que cela arrive un jour. Rompre maintenant avec Srikkanth serait très difficile. Mais lui accorder plus de temps durant lequel Jaime tomberait encore plus amoureux ne ferait qu'empirer les choses. S'il devait prendre la décision de se retirer, cela devait être maintenant, tant que son cœur pouvait encore espérer rester intact.

Ses yeux le piquèrent à cette pensée et il cligna des paupières pour retenir des larmes inattendues. Quand était-il tombé aussi amoureux ? Il essaya d'y repenser, de déterminer le moment où ses sentiments étaient passés d'une simple amitié à beaucoup plus, mais il ne pouvait pas mettre le doigt sur un événement précis. Plutôt qu'un moment particulier, il y avait eu une lente progression, ce sentiment d'appartenir à une famille croissant progressivement à partir du moment où Sophie était entrée dans leur vie, jusqu'à ce qu'il fût trop fort pour l'ignorer plus longtemps. Il ne pouvait cependant pas avoir les deux. Il se connaissait assez bien pour savoir que la dispute d'aujourd'hui ne serait qu'un début s'il laissait la situation s'envenimer. Il avait l'impression de s'être construit une famille depuis quelques temps maintenant, mais son ressentiment ne ferait que grandir jusqu'à ce qu'ils se disputent de plus en plus. Sophie méritait mieux que ça. S'il partait maintenant, cela ne l'affecterait pas, elle ne se souviendrait même pas de lui.

Tout le monde se porterait mieux de cette façon. Il le savait, mais son cœur protesta contre la double perte. Affermissant sa résolution, il se leva et continua sa marche, essayant de se débarrasser de sa colère et sa douleur afin de pouvoir expliquer la situation à Srikkanth d'un ton aussi neutre que possible. Il ne voulait pas d'une grande scène. Il ne voulait pas que Srikkanth se sente coupable, mais c'était une chose qu'il ne pouvait pas laisser passer s'il voulait rester honnête avec lui-même.

Lorsque Jaime rentra chez lui, il se glissa à l'intérieur et chercha Srikkanth, mais le salon et la cuisine étaient vides. Seule la lampe située près du canapé fournissait un peu de lumière. Son cœur se serra lorsqu'il se rendit dans la cuisine et vit l'assiette que Srikkanth avait manifestement préparée pour lui. Réchauffant son dîner, il mangea en silence, sentant le fossé qui les séparait se creuser à chaque instant qui passait. Il savait que Srikkanth était dans la maison. Sa voiture était garée à l'endroit habituel, et Jaime entendait parfois un bruit de pas à l'étage, mais il n'appela pas pour avertir l'autre homme qu'il était rentré. Il ne pouvait pas. S'il le faisait, Srikkanth viendrait en bas et Jaime devrait tout lui expliquer. Il savait qu'ils avaient besoin de parler, mais pas maintenant. Pas quand le cœur de Jaime était encore brisé par la décision qu'il avait prise.

Terminant son dîner, il prit une profonde inspiration, entra dans sa chambre au rez-de-chaussée et ferma la porte derrière lui. Une heure s'écoula avant qu'il entendit Srikkanth descendre et appeler doucement son nom. Jaime voulut ouvrir la porte et le rejoindre, mais voici ce qui arriverait s'il le faisait : soit Srikkanth viendrait vers lui et la résolution de Jaime s'effondrerait, les laissant dans la même situation qui les avait conduits à leur dispute un peu plus tôt, soit Srikkanth voudrait essayer de poursuivre leur discussion et Jaime perdrait à nouveau son sang-froid. Aucune de ces options n'était acceptable, alors il resta où il était, éteignant la lumière et faisant semblant de dormir malgré le fait qu'il n'était même pas vingt et une heures.


SRIKKANTH REGARDA la porte fermée avec impuissance. Il pouvait sentir la fissure entre Jaime et lui s'aggraver, mais il ne pouvait pas combler cet écart tout seul. Il avait besoin que Jaime le rencontre à mi-chemin, et sa porte fermée n'était pas vraiment une invitation. Se souvenant des conseils de sa mère à sa sœur la veille de son mariage, de ne jamais aller au lit en colère contre son mari, Srikkanth appela à nouveau le nom de Jaime en essayant d'ouvrir la porte.

Elle était fermée à clef.

Vaincu, il remonta à l'étage, pas assez confiant pour tenter de provoquer une nouvelle confrontation. Du point de vue de Jaime, Srikkanth avait créé ce gâchis. Srikkanth le comprenait, mais aucun raisonnement ne pourrait apaiser ses craintes. Quelqu'un avait menacé son bébé, sa famille, et il ne pouvait pas simplement passer l'éponge parce que Jaime n'approuvait pas sa manière de les protéger. Il avait suffit d'un coup de téléphone pour qu'il ait la police à sa porte. Ils n'avaient rien trouvé les incriminant et étaient repartis, mais cela ne signifiait pas qu'ils ne seraient pas de retour dès qu'ils recevraient un autre appel. Même s'ils ne trouvaient rien de plus que lors de leur première visite, le traumatisme répété d'avoir affaire aux services sociaux le ferait douter de lui et le déchirerait.

Son lit vide lui rappela son échec, tout comme les draps froids, après avoir passé ses nuits endormi près du corps de Jaime. L'absence de Jaime réveilla ses craintes. Ce ne serait peutêtre pas une force extérieure qui déchirerait sa famille. S'il ne trouvait pas un moyen de régler les choses avec Jaime, elle pourrait très bien être déchirée de l'intérieur. Il se tourna et se retourna pendant une heure, incapable de se calmer. Abandonnant finalement l'idée de dormir, il erra dans la chambre de Sophie, espérant que sa présence le calmerait. Elle était aussi inquiète que lui, semblait-il, gigotant sans repos dans son lit. Il la souleva et la berça doucement, le souvenir de toutes les nuits où Jaime était venu l'aider l'assaillant alors qu'il restait assis là, la tenant dans ses bras. Il se surprit à regarder vers la porte, s'attendant à y voir Jaime comme cela avait été le cas de si nombreuses nuits – presque tous les soirs depuis que Nathaniel avait déménagé – mais le seuil de la porte resta vide, aussi vide que le lit de Srikkanth. Le mouvement de bascule de la chaise ainsi que le poids du corps chaud de Sophie dans ses bras finirent par le bercer dans un demi-sommeil malgré son trouble émotionnel, sa tête tombant maladroitement en avant sur sa poitrine. Le mouvement le réveilla suffisamment pour qu'il puisse se lever avec précaution et remettre Sophie dans son lit, mais il ne quitta pas la chambre. C'était le chaos dans son esprit et l'idée de retourner dans un lit vide ne le séduisait pas du tout. Il pourrait descendre et essayer à nouveau de persuader Jaime de lui ouvrir, sauf qu'il ne voulait pas lui forcer la main. Il avait besoin que Jaime le veuille autant que lui. Malheureusement, cela ne semblait pas être le cas, et le réveiller bien après minuit ne jouerait pas en sa faveur. Avec un soupir, il se tourna vers le lit d'appoint, mais c'était également Jaime qui le lui avait acheté et qui s'y était blotti avec lui tandis qu'ils nourrissaient Sophie. Partout où il posait les yeux se cachaient des souvenirs. Grognant un peu, il tira la couette du lit et essaya de trouver une position confortable dans le fauteuil à bascule.

SRIKKANTH NE vit pas Jaime le lendemain matin avant que ce dernier ne parte travailler. Il avait chronométré son passage dans la cuisine afin d'en sortir dès que Srikkanth aurait eu fini de changer la couche de Sophie. Il partit sans même dire au revoir à Sophie, chose qui blessa bien plus Srikkanth que le fait que Jaime le quitte sans lui dire au revoir à lui.

Srikkanth avait bien compris que Jaime était en colère contre lui. Il comprenait même pourquoi, bien qu'il ne soit pas encore prêt à accepter les demandes de Jaime, mais Sophie n'avait rien fait pour le contrarier et pourtant elle souffrait elle aussi de leur dispute. Il voyait bien qu'elle cherchait Jaime des yeux, mais tout ce qu'il pouvait lui promettre, c'était que Jaime rentrerait à la maison ce soir-là et qu'il l'aimait toujours. Il espéra juste que ce n'était pas un mensonge.

Jaime rentra à l'heure habituelle, au grand soulagement de Srikkanth. Une partie de lui, qu'il avait voulu ignoré, avait craint que Jaime ne rentre pas du tout à la maison. Jaime réagit froidement avec Srikkanth, ne lui adressant qu'un hochement de tête superficiel, mais roucoula avec Sophie, donnant à Srikkanth la satisfaction de ne pas avoir menti à sa fille. Le dîner fut très tendu, aucun des hommes n'adressant la parole à l'autre, toute leur attention dirigée vers Sophie. L'estomac de Srikkanth se noua encore plus alors que le repas se prolongeait indéfiniment, le silence lui faisant réaliser que leur amitié avait toujours été réconfortante, même avant qu'ils ne s'impliquent dans une relation plus intime. Que cette connexion lui soit retirée était bien pire que n'importe quelle rupture qu'il avait vécue auparavant. Là encore, il n'avait jamais fondé de famille avec ses anciens petits copains ou eu une relation avec un colocataire.

Il avait espéré pouvoir discuter avec Jaime après que Sophie fut couchée, mais une fois que Jaime eut embrassé cette dernière pour lui souhaiter une bonne nuit, il ne suivit pas Srikkanth à l'étage comme il le faisait d'habitude pour l'aider à prendre son bain et la mettre au lit, et quand Srikkanth redescendit après l'avoir installée pour la nuit, Jaime était sorti sans laisser de mot. Srikkanth envisagea d'attendre qu'il revienne à la maison dans le salon, mais il ne savait pas à quelle heure il prévoyait de rentrer, ni même si Jaime rentrerait à la maison, et il ne voulait pas avoir l'air désespéré. Ni l'un ni l'autre ne devait travailler le lendemain, il aurait donc le temps de lui parler à ce moment-là, et le souvenir de la porte verrouillée était resté imprimé dans son esprit, un rappel que Jaime ne voulait pas le voir. Avec un soupir, il remonta à l'étage et essaya de se mettre à l'aise dans son lit. Il ne pouvait pas passer une autre nuit dans la chaise à bascule de Sophie. Son cou et son dos lui avaient fait mal toute la journée après la nuit précédente. Cependant, le lit était aussi froid et vide que la veille, et il lui fallut du temps avant de finir par s'endormir.

Il ne se réveilla pas quand Jaime monta plus tard cette nuit-là et se tint à la porte pendant plusieurs minutes avant d'entrer dans la chambre de Sophie pour lui donner son biberon. Jaime la berça longtemps après qu'elle se fut rendormie, ayant besoin de cette proximité avec elle puisqu'il ne pouvait maintenant plus l'avoir en présence de son père. Il était allé courir après dîner, ayant besoin d'évacuer le stress du travail et de l'impasse dans laquelle il se trouvait avec Srikkanth. Cela avait fonctionné, mais ça lui avait aussi donné encore plus à réfléchir. Dans le parc, il avait rencontré une famille très semblable à celle qu'il pensait former avec Srikkanth. L'enfant était plus âgé, probablement cinq ou six ans, mais cela n'avait fait que donner du courage à Jaime pour les aborder. Il s'était arrêté et s'était approché du couple, se présentant et leur posant des questions sur les réactions de leur famille. Les hommes avaient répondu qu'ils rencontraient encore parfois des préjugés, mais qu'être ensemble, être une famille, compensait tout le reste. Ils avaient appris à leur fils quoi répondre aux insultes et à être fier de la personne qu'il était et de qui étaient ses parents. Jaime les avait remerciés et avait continué son footing, encore plus misérable en pensant à ce que Srikkanth et lui pourraient avoir si ce dernier leur en laissait la possibilité. Il embrassa Sophie sur le front une fois de plus, la reposa dans son berceau et descendit l'escalier, se demandant combien de temps il pourrait encore attendre que Srikkanth reprenne ses esprits. Il refusait d'admettre que Srikkanth pourrait ne jamais changer d'avis.


LE MATIN suivant, Jaime adressa le même hochement de tête que la veille à Srikkanth, ne laissant rien transparaître de ce qu'il avait fait durant son excursion la nuit dernière. Son amant lui manquait terriblement mais il ne pouvait pas être le seul à céder, pas s'il voulait continuer à se respecter. Il pourrait être en mesure de vivre quelques semaines, peut-être même un mois ou deux, de la manière dont le souhaitait Srikkanth, mais il finirait par éprouver du ressentiment et l'explosion qui en résulterait serait violente.

Au moins, pour l'instant, il avait encore Sophie. Il aurait aimé que cela continue mais il ne pouvait pas faire ce que Srikkanth demandait. Pas de façon permanente. Il ne pouvait pas non plus le forcer à changer d'avis, donc il devait attendre que celui-ci le fasse de son plein gré, en espérant que cela ne prendrait pas trop de temps. Après ces trois derniers mois, il ne savait pas s'il pouvait se contenter de n'être qu'un colocataire. Mais s'il déménageait, il perdrait tout lien avec Sophie.

Essayant de ne pas laisser l'espoir se lire sur son visage, il proposa de s'occuper de Sophie pendant quelques heures si Srikkanth avait des courses à faire.

— Comme tu ne sors pas de la maison avec elle quand je ne suis pas là, expliqua-t-il.

Srikkanth tressaillit à ce commentaire, ce qui fit culpabiliser Jaime, mais il ne s'excusa pas. Srikkanth devait réaliser combien son comportement était ridicule.

— Je dois me rendre à l'épicerie, concéda Srikkanth. Tu es sûr que ça ne te dérange pas de la garder ?

— Me suis-je déjà plains de devoir la garder ? demanda Jaime d'un ton acerbe, essayant de ne pas être offensé que Srikkanth pense que leur changement de statut puisse avoir une incidence sur sa relation avec Sophie. Ce n'est pas elle qui m'a mis en colère.

— À ce sujet…

— Tu sais ce que j'en pense, l'interrompit Jaime, ne voulant pas reprendre cette discussion. Va chercher tes courses et tout ce dont tu as besoin. Sophie et moi serons très bien ici pendant ce temps.

Il ne donna pas l'occasion à Srikkanth de continuer à parler. Il prit simplement Sophie dans ses bras et se rendit dans sa chambre, fermant la porte derrière lui pour mettre un terme à la discussion.

Quand il entendit la porte d'entrée se refermer derrière Srikkanth, il porta Sophie dans le salon, ramassa quelques-uns de ses jouets et s'installa avec elle sur le plancher. Il la déposa sur sa couverture et se coucha à côté d'elle, balançant son hochet favori en face d'elle. Elle sourit et gazouilla, et tendit les mains pour l'attraper, ses petits bras battant l'air tandis qu'elle essayait de faire bouger ses doigts et ses yeux ensemble.

— Combien de temps ton papa va-t-il se montrer aussi têtu ? lui demanda-t-il après un moment.

Elle cligna des yeux comme un hibou.

— Combien de temps va-t-il prétendre vouloir vivre comme ça, nous adressant à peine la parole, et toi prise au milieu ? continua Jaime. Tu dois savoir que je ne veux pas vivre de cette façon. Je veux que les choses redeviennent comme elles étaient avant que l'assistante sociale ne vienne lui rendre visite, avant que les préjugés d'une personne obligèrent ton père à vivre caché. Mais je ne peux pas le faire changer, alors il va falloir faire preuve de patience. Peu importe ce qui arrive, sache que je t'aime.

SRIKKANTH REVINT à la maison pour découvrir le plus beau spectacle qu'il ait jamais vu. Il se dirigea instinctivement vers Jaime et Sophie, voulant se joindre à eux, faire partie de ce tableau parfait, mais au moment où Jaime l'entendit, il se leva et céda sa place à Srikkanth.

— Jaime…

— Je te remercie de m'avoir permis de la garder, l'interrompit Jaime, empêchant Srikkanth de poursuivre.

Il savait que Srikkanth voulait qu'il reste, mais il ne pouvait pas. Il ne pouvait pas prétendre que tout allait bien avec Srikkanth et Sophie si ce dernier n'était pas prêt à exposer cette relation en dehors des murs de leur maison.

— Tu n'as pas besoin de partir, insista Srikkanth.

Jaime sourit tristement.

— Si. Je ne peux pas faire semblant, Sri. Je ne peux pas. Je suis désolé.

# XIV

Le LUNDI devait être le jour le plus long de la semaine, se dit Srikkanth alors qu'il rentrait du travail en voiture. Il avait même réussi à s'enfuir plus tôt, mais il avait toujours l'impression que ce jour ne finirait jamais. Il se gara dans le parking avec un soupir de soulagement et monta les marches qui menaient à sa maison, tendant l'oreille pour entendre la voix de Jaime ou le rire de Sophie. Il ne voulait pas déranger sa fille si elle dormait.

Le silence l'accueillit alors qu'il ouvrait la porte. Il se glissa à l'étage pour jeter un coup d'œil dans la chambre de Sophie, mais son lit était vide. Les sourcils froncés, il posa sa mallette et redescendit pour vérifier la chambre de Jaime. Elle était également vide.

Son cœur s'arrêta. Il se dit que Jaime avait simplement dû emmené Sophie en promenade, mais cela ne ralentit pas son rythme cardiaque alors qu'il courait à la fenêtre. La voiture de Jaime était dans le parking, mais cela signifiait simplement qu'il était à pied ou que quelqu'un d'autre conduisait. Des visions de l'assistante sociale et de la police revenant chercher Sophie et Jaime pour les emporter loin de lui le tourmentèrent tandis qu'il saisissait son téléphone portable et composait le numéro de Jaime. Le téléphone sonna dans la chambre du rez-de-chaussée. Son estomac se noua encore plus à l'idée que, où qu'il se trouve, Jaime n'avait pas son téléphone sur lui, et Srikkanth ressortit les clefs de sa poche. Il allait faire le tour du quartier pour voir s'il pouvait les trouver, et sinon, il commencerait à passer des appels téléphoniques. Il n'avait pas la moindre idée de qui appeler en premier, mais il trouverait bien.

Srikkanth conduisit d'abord autour de la résidence, pensant que Jaime aurait pu sortir pour prendre l'air, mais il ne les trouva pas. Quittant l'enceinte de la résidence, il tourna en rond autour du quartier, conduisant beaucoup plus lentement que d'habitude, à la recherche de sa famille disparue.

Il les trouva une vingtaine de minutes plus tard – les vingt minutes les plus longues de sa vie – dans le parc voisin. Jaime tenait Sophie, assis sur un banc avec un autre homme, tandis qu'un troisième homme jouait au ballon avec un petit garçon. L'estomac de Srikkanth se serra misérablement de

118

jalousie jusqu'à ce que le garçon coure vers l'homme sur le banc, entraînant son partenaire de jeu derrière lui, et fasse un câlin à l'homme assis. Le partenaire de jeu se pencha à son tour et donna un rapide baiser à son compagnon. Srikkanth laissa sortir le souffle qu'il n'avait pas eu conscience de retenir, le cœur battant maintenant pour une raison différente.

Laissant Sophie et Jaime à leur promenade, il rentra lentement à la maison, ses pensées tourbillonnant dans sa tête.

S'asseyant à la table de la cuisine, il appuya son menton sur ses mains et essaya de reconstituer le puzzle.

Il n'y arriva pas.

Ce n'était maintenant plus possible parce qu'il y avait une pièce supplémentaire, une pièce à laquelle il ne s'était pas attendu, qu'il n'avait pas identifiée jusqu'à maintenant, et elle changeait tout. Il avait pris l'habitude de penser au duo qu'il formait avec Sophie comme à une unité, à planifier un avenir pour eux deux. Il le voulait toujours, mais en voyant Jaime discuter avec l'autre homme dans le parc, il avait compris quelque chose.

Il était amoureux de Jaime.

Et cela changeait tout.

Avec cette nouvelle donnée à l'esprit, il se surprit à vouloir revoir sa position. Jaime avait exprimé très clairement ses attentes. Srikkanth ne savait pas si son colocataire – non, son amant ; Srikkanth était déterminé à le reconquérir – ressentait la même chose, mais s'il ne trouvait pas un moyen de faire des compromis, il n'aurait pas de deuxième chance. Cela signifiait qu'il devrait faire face à ses peurs et trouver un moyen de les garder sous contrôle, même s'il ne pouvait pas complètement s'en débarrasser.

Il avait déjà été victime de préjugés auparavant, que ce soit par rapport à son appartenance ethnique ou sa sexualité. Il avait appris à faire avec, soit en les ignorant, soit en les combattant, mais cette fois, on avait menacé Sophie, et son instinct de protection s'était mis en marche, l'obligeant à se replier sur lui-même pour protéger son enfant. Il ne pensait pas qu'un autre parent remettrait en question sa réaction instinctive, mais Jaime avait également raison. Ils ne pouvaient pas vivre de cette façon. Sophie avait besoin de sortir, de rencontrer d'autres personnes. Elle avait besoin de grandir à l'abri de la peur et d'avoir la conviction que ses parents étaient fiers d'eux-mêmes comme ils l'étaient d'elle. Il pria de ne pas avoir perdu sa chance avec Jaime et de trouver un moyen de le convaincre qu'il souhaitait partager son avenir avec lui et Sophie.

Quand Jaime et Sophie rentrèrent une demi-heure plus tard, il n'avait pas bougé.

— Tu es rentré tôt, commenta lentement Jaime, ne sachant pas comment allait réagir Srikkanth au fait qu'il avait emmené Sophie en promenade.

— Tu m'as manqué, déclara Srikkanth en guise d'explication. Vous m'avez manqué tous les deux.

— Sri…

— Non, ne m'interromps pas cette fois, insista Srikkanth. Je suis désolé. J'ai laissé ma peur prendre le dessus sur ce qui était vraiment important, ce qui n'était juste ni pour toi ni pour Sophie.

Jaime hocha lentement la tête, son rythme cardiaque s'accélérant en entendant les mots de Srikkanth.

— Allons dîner et mettre Sophie au lit, et ensuite on pourra parler, d'accord ?

— Du moment que tu ne t'enfuis pas loin de moi encore une fois, le pressa Srikkanth. Tu t'es enfui chaque fois que j'ai essayé de te parler ces deux derniers jours.

— On parlera après le dîner, répéta Jaime, ne voulant pas commencer cette discussion tout de suite.

Il se doutait que ça n'allait pas être une conversation facile, et il préférait attendre jusqu'à ce qu'ils puissent parler sans interruption aussi longtemps que ce serait nécessaire.

Srikkanth se calma et Jaime focalisa son attention sur Sophie tandis qu'ils préparaient le dîner et mangeaient. Il fut tenté de suivre Srikkanth à l'étage pour le bain de Sophie, mais ils n'avaient pas résolu quoi que ce soit entre eux pour le moment, et il ne voulait pas trop présumer. Si la conversation se poursuivait de la façon dont il l'espérait, il serait bientôt de retour avec eux là-haut, peut-être même ce soir. Si ce n'était pas le cas…. Bien qu'il préfère ne pas y penser, il savait qu'il devait se parer à cette éventualité et se protéger contre la douleur autant qu'il le pouvait. Il embrassa tendrement le front de Sophie et lui dit qu'il l'aimait avant que Srikkanth ne l'amène à l'étage. Pour l'instant, il devrait s'en contenter.

Srikkanth redescendit une heure plus tard en mordillant sa lèvre avec une expression qui donna envie à Jaime de se pencher et d'embrasser la chair martyrisée. Le besoin de discuter, de tout arranger entre eux, le retint.

— Tu voulais me parler ? l'invita Jaime.

Srikkanth hocha la tête, prenant place à côté de Jaime sur le canapé.

— J'aimerais que tu me donnes une autre chance, dit-il. Tu me manques. Tu manques à Sophie.

— Ne mêlons pas Sophie à tout ça, dit Jaime en secouant la tête. Je l'aime et rien ne changera cela, mais on ne doit pas être ensemble parce que tu as besoin de mon aide pour t'en occuper. Ce n'est pas juste pour elle ou pour nous.

— Je le sais, acquiesça Srikkanth. Ce n'est pas ce que je voulais dire, mais même si cela ne concerne pas Sophie, tout ce que nous déciderons l'affectera, et nous ne devons pas l'oublier.

— Alors qu'est-ce que tu veux dire ?

Srikkanth prit une grande inspiration.

— Je ne veux pas te perdre. Je veux qu'on soit ensemble, comme un couple normal.

— Ce n'est pas ce que tu m'as fait comprendre depuis que tu as reçu la visite de l'assistante sociale, lui rappela Jaime. Ce n'est pas ce que tu as dit vendredi soir.

— Je sais, acquiesça Srikkanth, et ces peurs ne vont pas disparaître du jour au lendemain, mais je vais trouver un moyen de les combattre. Si tu veux bien me donner une autre chance.

— Je refuse d'être emprisonné dans ma propre maison, le prévint Jaime. Je ne peux pas vivre comme ça. Si on doit le faire, je veux qu'on agisse comme un couple normal, qu'on sorte pour dîner ou aller au parc, ou même juste pour aller faire des courses au lieu de nous cacher comme si on faisait quelque chose de mal en étant ensemble.

Srikkanth déglutit péniblement, se rappelant que d'autres couples homosexuels arrivaient à vivre une vie normale, qu'il avait lui-même vécu une vie normale avant cet horrible coup frappé à sa porte, et qu'il voulait que Sophie soit aussi fière de lui qu'il ne l'était d'elle.

— Est-ce qu'on peut commencer par de petites choses ? demanda-t-il. Je veux que nous ayons une vie normale, mais la peur ne disparaîtra pas seulement parce que je l'ai décidé.

— Du moment que tu essayes, lui accorda Jaime. Je ne peux qu'imaginer combien ça a été difficile pour toi, mais tu laisses les bigots gagner si tu ne te bats pas pour vivre pleinement ta vie. Ils peuvent passer autant de coups de fil qu'ils veulent. Sophie n'est pas maltraitée. On ne la néglige pas. On en prend bien soin et on l'aime autant qu'il est possible de le faire à deux. Elle a sa propre chambre, de quoi manger, et deux personnes qui l'adorent. Celui qui appelle les services sociaux peut le faire aussi souvent qu'il le souhaite. Personne ne peut nous prendre Sophie parce que nous sommes gays. Il faudrait qu'on lui fasse du mal avant qu'ils ne puissent le faire.

— Je sais, dit Srikkanth. L'assistance sociale a même dit qu'elle se fichait que l'on soit gays du moment qu'on prenne bien soin de Sophie. Je ne suis pas tout à fait prêt à voir débarquer les flics régulièrement parce qu'un bâtard intolérant continue d'appeler, mais il n'est pas juste pour Sophie ou pour nous que je laisse la peur nous garder prisonniers à l'intérieur.

— Nous ? répéta Jaime, le cœur battant soudain d'espoir.

— Si tu veux encore de moi, dit timidement Srikkanth. Avec mes peurs et tout le reste.

— Nous subissons tous la peur, lui assura Jaime. C'est la façon dont tu la gères qui compte.

— Le fait que Sophie ait été menacée m'a empêché de réagir comme je le fais d'habitude, c'est-à-dire d'ignorer les remarques désobligeantes des personnes sans importance. Si je ne la protège pas, qui le fera ?

— Nous le ferons, lui rappela Jaime. Tu l'as dit la première nuit. Ensemble, nous pouvons faire face à toutes leurs attaques. Je voudrais juste savoir qui a passé ce coup de téléphone en premier lieu. La petite vieille en face du parking me regarde toujours curieusement.

Srikkanth secoua la tête.

— Je ne pense pas que c'était elle. Quand je suis allé faire les courses hier, elle était à l'extérieur en train de promener son chien, et elle m'a demandé comment allait ma gentille petite fille et pourquoi elle ne l'avait pas vue depuis un moment. Je lui ai dit qu'on devait sûrement se manquer de peu et elle a répondu que je devrais amener Sophie lui rendre visite un après-midi. Je ne savais même pas qu'elle pouvait sourire jusqu'au jour où je l'ai vue avec Sophie.

— Peut-être que c'était…

— Arrête, l'interrompit Srikkanth. Cette conversation est aussi inutile que le fait de me cacher. Nous ne savons pas de qui il s'agit, et nous ne le saurons pas à moins que cette personne nous approche directement. Passer mon temps à spéculer sur la personne qui pourrait nous haïr assez pour passer un tel coup de fil est tout aussi malsain que de me cacher ici. C'est encore les laisser gagner.

— Tu as beaucoup réfléchi depuis vendredi soir, observa Jaime.

— Oui, répondit Srikkanth, surtout durant cette dernière heure. Je suis rentré tôt et, évidemment, j'ai paniqué. Je vous ai vus dans le parc avec les autres mecs.

— Paul et Jay, dit Jaime. Ils vivent à quelques pâtés de maisons avec leur fils, Kyle. Je les ai déjà croisés dans le parc une ou deux fois. Ils sont ensemble depuis dix ans et ont adopté Kyle il y a six ans, quand il était bébé. Ils m'ont parlé d'un endroit où on pourrait obtenir de l'aide, si jamais le problème persiste. Il s'agit d'un centre LGBT en ville. Je connaissais la Chambre de commerce gay, mais comme je ne suis pas particulièrement militant, je n'ai jamais pris la peine de me renseigner. Ils m'ont dit que le centre avait aidé plusieurs couples à gagner des batailles juridiques pour la garde d'un enfant.

— C'est rassurant, déclara Srikkanth.

Et d'une drôle de manière, ça l'était. Il appréciait qu'on lui rappelle qu'il ne serait pas seul s'il devait faire face aux bigots pour conserver la garde de Sophie. Comme il était le père biologique de Sophie, il avait un avantage que les couples homosexuels qui adoptaient n'avaient pas, mais cela ne garantissait rien. Savoir qu'il existait des moyens de se battre, s'il en avait besoin, lui donna le dernier coup de fouet dont il avait besoin pour prendre la main de Jaime.

— J'ai été malheureux ces deux derniers jours sans toi. Non pas parce que j'avais besoin de toi pour m'aider avec Sophie, mais parce que tu m'as manqué. Est-ce qu'on peut se laisser une deuxième chance, sans que je me comporte comme un idiot cette fois ?

— Les gens se comportent toujours comme des idiots, dit Jaime avec un rire doux en serrant la main de Srikkanth. Il ne suffit pas de savoir que nous le sommes, mais de faire en sorte de le corriger quand nous le sommes.

— Tu es en train de me tuer, protesta Srikkanth. Est-ce que tu veux bien me donner une autre chance ?

Jaime sourit et hocha la tête, tirant Srikkanth plus près de lui pour qu'ils puissent sceller leur accord avec un baiser. Il avait eu l'intention de déposer un rapide baiser, mais il n'avait pas compté sur le poids de trois journées d'émotions et de désir refoulés.

Au moment où leurs lèvres se rencontrèrent, toute autre pensée s'envola, tout sauf eux et le nouveau lien fragile qui se formait par ce baiser. Le souffle de Srikkanth était chaud tandis qu'il murmurait contre les lèvres de Jaime et un frisson lui traversa le corps. Sa langue dévia pour mouiller ses lèvres, avant d'être aspirée par la bouche de Srikkanth. Il gémit doucement, la sensation encore plus excitante que d'habitude à cause de la tension qui commençait à s'estomper après trois jours d'abstinence. Il se rapprocha de Srikkanth, lâchant la main de son amant pour glisser ses bras autour de sa taille. Srikkanth se cala avec empressement dans ses bras, rompant le baiser pour murmurer :

— Seigneur, tu m'as manqué.

— Toi aussi, répondit Jaime, ne risquant plus rien en l'admettant. Je n'ai pas réussi à dormir une seule seconde depuis que j'ai regagné ma chambre, seul. J'ai pris l'habitude de t'avoir près de moi.

— J'ai dormi sur la chaise à bascule dans la chambre de Sophie, dit Srikkanth avec un rire dénué d'humour. Si tu es en forme, je serais ravi que tu me fasses un de tes fantastiques massages.

Jaime sourit.

— Allons à l'étage alors. On sera plus à l'aise dans le lit. Si ça te convient ?

— Si ça me convient ? répéta Srikkanth. Je ne t'ai jamais voulu ailleurs que dans mon lit.

— Je m'en souviendrai, lui promit Jaime en se mettant debout et entraînant Srikkanth avec lui. Viens. Ton lit nous appelle.

Srikkanth ouvrit la voie pour se rendre dans sa chambre à l'étage, attirant à nouveau Jaime dans ses bras dès qu'ils en franchirent le seuil.

— Nous allons édicter une nouvelle règle, dit-il en se penchant pour embrasser rapidement Jaime. Interdiction d'aller au lit en colère, même si nous devons rester debout toute la nuit pour mettre les choses au clair, d'accord ? Je ne veux plus jamais passer par un week-end comme celui-là.

— D'accord, acquiesça Jaime, pas du tout inquiet à l'idée de leurs futures disputes.

Ses parents se disputaient parfois, mais ils avaient tellement foi en leur mariage que Jaime n'avait jamais douté qu'ils arriveraient à résoudre leurs problèmes. Il voulait croire qu'il en serait de même pour Srikkanth et lui.

— Nous allons transformer ma chambre en salle de jeux pour Sophie. De cette façon, nous n'aurons pas d'autre endroit où aller la nuit si ce n'est dans le même lit. Qu'est-ce que tu en penses ?

— C'est parfait, dit Srikkanth avec un sourire assez lumineux pour éclairer la plus morne des journées.

Le cœur de Jaime devint beaucoup plus léger.

— Bon, on travaillera sur les petits travaux le soir et on déplacera les meubles dimanche, quand on sera tous les deux à la maison, déclara Jaime. Mais pour l'instant, il me semble que tu voulais un massage.

Il poussa Srikkanth en direction du lit.

— Enlève ta chemise et allonge-toi.

Srikkanth envoya un sourire charmeur à Jaime et tira sur sa cravate, la jetant dans la direction de son amant tandis qu'il commençait à déboutonner sa chemise. Jaime le regarda dans un silence tendu, attendant le bon moment pour bondir sur lui. La peau acajou apparue, centimètre après centimètre, ne demandant qu'à être touchée, mais il se retint jusqu'à ce que Srikkanth retire sa chemise d'un mouvement d'épaules et la fasse glisser le long de ses bras. Jaime bondit alors en avant, attrapant la chemise et s'en servant pour immobiliser les bras de Srikkanth tandis qu'il l'embrassait avidement, ravageant la douce caverne sous l'assaut de son désir. Il allait donner à Srikkanth le massage qu'il lui avait promis, mais seulement après l'avoir embrassé jusqu'à plus soif.

Srikkanth renversa la tête en arrière, retenue par une des mains puissantes de Jaime, tandis qu'il se détendait sous le baiser ravageur. Jaime n'avait jamais pris le contrôle de cette façon, et cela excita Srikkanth au plus haut point. Docilement, il donna sa bouche à Jaime, se prélassant dans la force de son amant pendant ce moment suspendu dans le temps. Il pouvait dépendre de Jaime, il pouvait compter sur lui pour être là lorsqu'il aurait besoin de lui. À ce moment précis, il était à peu près sûr qu'il ferait tout ce que Jaime voudrait pour obtenir un autre baiser enivrant. Il aurait aimé avoir les mains libres pour les glisser dans les cheveux épais de son compagnon, mais elles étaient coincées dans son dos par la poigne de Jaime sur sa chemise. Il se tortilla un peu pour se rapprocher, et la poigne de Jaime se resserra. Srikkanth voulait lui expliquer qu'il ne cherchait pas à se dégager, mais il n'avait pas envie de rompre le baiser pour parler. Il décida de laisser ses actions parler pour lui-même, se frottant contre Jaime du mieux qu'il le pouvait.

— Seigneur, je pourrais te manger tout cru, murmura Jaime, rompant le baiser et poussant Srikkanth sur le lit.

— Putain, oui, gémit Srikkanth. Tout ce que tu veux.

Le sexe de Jaime tressauta dans son jean en entendant l'offre indécente, mais il écarta les images qui lui vinrent à l'esprit. Il ne doutait pas de la sincérité de Srikkanth, mais il ne voulait pas que la première fois qu'ils feraient l'amour soit de cette façon. Il voulait que ce soit une lente séduction, donc pour ce soir, il se contenterait de faire le massage qu'il avait promis à Srikkanth et de se blottir contre lui pour la nuit.

— Ce que je veux ce soir, c'est travailler sur les nœuds de ton dos, puis me blottir contre toi et savoir que je ne suis pas seul.

Srikkanth lui adressa un regard incrédule, mais Jaime lui indiqua d'un mouvement de doigt qu'il devait se retourner. Srikkanth retira complètement sa chemise et roula sur le ventre. Jaime rampa sur le lit, se plaçant à califourchon sur les hanches de son amant et ignorant délibérément le désir qu'il ressentit dans le bas du corps. La chaleur de la peau brune le surprit tandis qu'il étendait ses paumes sur les larges épaules de Srikkanth. Il le massa doucement dans un premier temps, puis augmenta progressivement la pression à mesure que celui-ci se détendait sous ses doigts.

Il traça un chemin le long du dos Srikkanth jusqu'à la ceinture de son pantalon, ses mains mettant plus de pression sur la colonne vertébrale. Il ignora la tentation de continuer sa progression plus bas et remonta vers les épaules de Srikkanth. Il déposa un tendre baiser sur chaque omoplate avant de rouler sur le côté, attirant son compagnon contre lui.

— Tu te sens mieux ?

— Je me sentirais mieux si tu voulais bien me prendre, se plaignit Srikkanth.

— On y viendra, lui assura Jaime, mais seulement quand nous serons tous les deux prêts à franchir ce pas. Ce soir, je ne suis pas prêt.

— Je croyais que tu n'étais plus en colère contre moi.

— Je ne le suis pas, le rassura Jaime, mais nous n'avions pas de relations sexuelles avant notre dispute, ce n'est donc pas comme si je te refusais quelque chose que tu avais pris l'habitude d'avoir. Faire l'amour est quelque chose de spécial, Sri. Quelque chose de sacré. Et ne pas l'envisager de cette façon peut causer beaucoup de dégâts dans une relation. Nous avons déjà foiré pas mal de choses. Faisons en sorte d'être tout à fait sûrs que c'est ce que nous voulons, afin de ne pas tout gâcher.

# XV

SRIKKANTH NE put s'empêcher de sursauter quand la sonnette d'entrée retentit, malgré la promesse faite à Jaime de surmonter ses craintes. Il avait réussi à gérer la plupart de celles-ci, allant plusieurs fois au parc avec Jaime et Sophie, mais le fait d'entendre le son de la sonnette, alors qu'il n'attendait personne, raviva son angoisse, même après trois mois. Quand il ouvrit la porte, une jeune femme hispanique se tenait sur le porche.

— Bonjour, Srikkanth. Vous n'êtes pas encore habillé pour sortir apparemment. Jaime ne vous a pas dit que je venais ?

— Jaime n'est pas encore rentré, dit Srikkanth, sa crainte remplacée instantanément pas une pointe de jalousie alors qu'il tentait de deviner qui était cette femme et d'où elle connaissait Jaime.

Son compagnon ne lui avait jamais donné l'impression d'être bisexuel, mais ça ne voulait pas dire qu'il ne l'était pas.

— Qu'est-ce qui se passe ?

La fille leva les yeux au ciel.

— Je suis Juana, la petite sœur de Jaime. Il m'a demandé de faire du baby-sitting ce soir, pour que vous puissiez aller dans un endroit agréable sans avoir à vous soucier de votre fille. Pourquoi est-ce que vous ne me feriez pas visiter, comme ça je saurais où se trouvent les choses dont je pourrais avoir besoin.

Srikkanth sourit malgré sa confusion. Jaime avait apparemment arrangé une surprise pour lui, pour leur donner un 'vrai' rendez-vous, autre que leurs sorties en famille. Il se mit à espérer que cela signifiait que Jaime était prêt à passer à l'étape suivante et à faire davantage que se masturber mutuellement avant de se blottir dans le lit avec lui pour la nuit. Quoi que cela veuille dire, il en tirerait sûrement avantage. Il n'avait pas mis les pieds dans un restaurant quatre étoiles ou une boîte de nuit depuis que Sophie était née. Il ne voulait l'échanger contre rien au monde, mais avec cette opportunité qui s'offrait à lui, il se rendit soudainement compte que les petits plaisirs qu'il avait pris pour acquis dans le passé lui avaient manqué. Srikkanth s'écarta pour laisser entrer Juana.

— Est-ce qu'il vous a dit où il avait l'intention de se rendre ?

— Eh bien… hésita Juana.

— Ne me dites rien si c'est censé être une surprise, lui dit Srikkanth. Dites-moi juste ce que je dois porter.

— Mettez une cravate, lui dit Juana en souriant. Montrez-moi où sont les affaires de la petite et allez vous préparer. Je m'occuperai de Sophie.

Srikkanth lui fit faire un tour rapide du rez-de-chaussée, lui montrant où il rangeait les biberons et le lait, puis lui expliqua comment les préparer. Il lui montra également le parc pour bébé, le transat et la couverture qu'ils étalaient par terre quand ils jouaient avec Sophie.

La conduisant à l'étage, il entrouvrit la porte de la chambre juste au moment où Sophie se réveillait.

— Je m'en occupe, insista Juana. Allez prendre une douche, vous changer, ou faire ce que font les gays avant un rendez-vous.

Srikkanth hésita.

— Elle pleurera encore plus si elle vous voit, dit Juana. Allezy. Je me suis occupée de mes nièces et neveux pendant des années. Je sais ce que je fais.

Se laissant convaincre, Srikkanth se retira dans sa chambre tandis que Juana entrait dans celle de Sophie. Il attendit le cri strident qui accompagnait généralement l'approche d'un étranger, mais cela n'arriva pas. Se détendant, il entra dans la salle de bain et prit une douche rapide, s'assurant qu'il était bien propre de partout au cas où ce soir serait son jour de chance.

Sa douche terminée, il enfila un caleçon et contempla son placard d'un air absent.

— Mets le pantalon noir et la chemise marron que ta mère t'a offerts l'année dernière pour ton anniversaire.

Srikkanth se retourna pour croiser les yeux de Jaime, le regard noir brillant de désir.

— Tu ne m'avais pas dit que tu avais parlé de nous à ta famille, dit Srikkanth d'une voix rauque, sans même essayer de cacher sa réaction face à l'expression de Jaime.

Jaime grimaça.

— Pas ma famille. Juste Juana. C'est celle qui a le moins paniqué quand je leur ai annoncé que j'étais gay. Je me suis dit qu'elle serait la plus à même de comprendre si je lui parlais de Sophie. En plus, elle adore s'occuper des enfants.

— Alors, où allons-nous ? demanda Srikkanth en prenant les vêtements que Jaime lui avait conseillés.

Jaime secoua la tête.

— C'est une surprise, mais je te promets que ça te plaira. Et je te promets également que Sophie sera entre de bonnes mains.

— Elle n'a même pas pleuré quand Juana l'a prise dans ses bras après sa sieste, admit Srikkanth en commençant à s'habiller. Est-ce que tu dois prendre une douche ?

— Non, je vais juste mettre quelque chose de plus approprié que ce que je porte pour travailler, et nous pourrons y aller dès que tu seras prêt, répondit Jaime.

Srikkanth boutonna sa chemise.

— Je suis prêt. Tu es sûr que je ne devrais pas porter une autre chemise pour que je puisse mettre une cravate ?

Jaime évalua l'apparence de Srikkanth d'un regard appréciateur.

— Tu peux en porter une si tu veux, mais j'aime assez le col ouvert. Ça me permet de m'imaginer en train de défaire ta chemise, un bouton après l'autre.

— Alors je ne vais pas en porter, dit Srikkanth d'une voix rauque. Va te changer. Je suis prêt.

Jaime ne le taquina pas sur le fait qu'il ne portait que des chaussettes à ses pieds. Srikkanth n'avait jamais insisté pour que ses colocataires ou invités respectent la coutume indienne qui consistait à enlever ses chaussures à la porte. Cependant, Jaime ne portait pas de chaussures mais des pantoufles dès qu'il franchissait la porte d'entrée de la maison.

Jaime attrapa de son côté du placard un pantalon et une chemise un peu plus habillés que ce qu'il portait habituellement au travail et alla dans la salle de bain pour se nettoyer un peu avant de sortir. Il avait espéré rentrer assez tôt pour prendre une douche, mais l'heure de leur réservation pour le dîner approchait, et il ne voulait pas perdre leur table. Il se contenta donc de se laver le visage et de passer un gant de toilette sur son torse et son aine afin de chasser la sueur de la journée, avant de mettre des vêtements propres pour le dîner. Il laissa lui aussi le col de sa chemise ouvert et attrapa une veste sur le porte-manteau, décidant qu'il voulait quelque chose d'un peu plus formel qu'une simple chemise.

— Tu es sûr que je ne devrais pas me changer ? demanda Srikkanth en voyant la veste que Jaime avait dans la main.

— J'en suis sûr, déclara Jaime en lui donnant un baiser rapide. La couture sur ta chemise fait beaucoup plus habillé que ce que je porte. Et comme je l'ai dit, je veux m'imaginer en train de l'ouvrir. Allez. Nous allons être en retard pour le dîner.

Srikkanth suivit Jaime dans les escaliers et s'arrêta au pied des marches pour regarder Sophie et Juana en train de jouer sur la couverture étalée sur le sol.

— Il y a des numéros d'urgence sur le réfrigérateur, dit-il à Juana. Le cabinet du pédiatre, le centre antipoison, mon téléphone portable.

— Sri, le réprimanda Jaime.

— Merci de me le dire, l'interrompit Juana en adressant un regard apaisant à son frère. C'est toujours utile d'avoir ce genre d'informations. Bien entendu, j'ai aussi le numéro de portable de Jaime, si jamais j'avais besoin de vous contacter. Allez-y et amusez-vous. Ne vous inquiétez de rien. Sophie et moi allons aussi nous amuser jusqu'à ce que vous reveniez.

— Elle se couche généralement vers vingt-et-une heures, l'avertit Srikkanth.

— Je ferai en sorte qu'elle aille au lit à l'heure, lui promit Juana. Maintenant, allez-y. Profitez bien de votre soirée.

Srikkanth enfila ses chaussures et suivit Jaime à la voiture.

— Alors, où allons-nous ?

— Tu le sauras quand on arrivera là-bas. Détends-toi et profite de la soirée.

'Là-bas' s'avéra être le restaurant japonais local. Ils arrivèrent juste à l'heure de leur réservation. Jaime commanda des boissons pour eux deux, rejetant d'un geste de la main la protestation de Srikkanth.

— Il s'agit de notre premier rendez-vous sans Sophie. Laisse-moi faire les choses comme il faut.

— Que dirais-tu de faire les choses ensemble ? proposa Srikkanth, décidant de ne plus se soucier d'être loin de Sophie pour la soirée.

Jaime n'aurait pas organisé ce rendez-vous si Juana n'avait pas été tout à fait capable de s'occuper du bébé pendant quelques heures, ce qui signifiait qu'il pouvait vraiment se détendre et profiter de ce moment avec son petit ami.

Jaime sourit à l'hôtesse qui lui expliquait le menu, glissant sa main sous la table pour attraper celle de Srikkanth. Il n'était pas sûr de savoir comment l'autre homme allait réagir, mais Srikkanth tourna simplement sa main et entremêla leurs doigts.

Ils regardaient le menu quand la serveuse vint leur apporter leur saké et prendre leur commande de salades.

— Qu'est-ce que tu prends ? demanda Srikkanth au bout d'un moment.

— Je n'arrive pas à me décider entre le teriyaki de poulet ou de crevettes, répondit Jaime.

Srikkanth sourit.

— C'est exactement ceux entre lesquels j'hésitais. Commande l'un, je vais commander l'autre, et on pourra partager.

— Je savais qu'il y avait une raison pour que je t'apprécie, le taquina Jaime en lui retournant son sourire. J'espère que ça ne te dérange pas que j'aie choisi un endroit comme celui-ci plutôt qu'une table pour deux dans un restaurant plus sélect.

— Ça ne me dérange pas du tout, déclara Srikkanth. C'est amusant. On a suffisamment d'intimité à la maison. C'est agréable de sortir.

Ils sirotèrent leur boisson jusqu'à ce que la serveuse revienne avec les salades pour prendre le reste de leur commande. Ils rirent en essayant de manger la salade avec des baguettes, mais refusèrent d'abandonner et de prendre leurs fourchettes comme certaines personnes à leur table le faisaient. Puis le chef Hibachi arriva et ils furent trop occupés à rire et à applaudir pour penser à manger.

Quand le spectacle fut enfin terminé et leur repas déposé devant eux, Srikkanth regarda Jaime avec des yeux brillants et un sourire lumineux.

— Merci, dit-il en offrant un peu de crevettes à Jaime avec ses baguettes. J'avais besoin de ça.

Jaime sourit et se pencha pour attraper la crevette des mains de Srikkanth.

— Sales pédés.

Jaime et Srikkanth jetèrent un regard noir autour d'eux, ne sachant pas lequel des hommes à la table avait parlé. Srikkanth pouvait sentir son pouls battre sous l'effet de la terreur provoquée par la pensée d'un affrontement. Il se retint à peine de s'éloigner de Jaime, mais il se rappela fermement qu'il n'avait jamais eu honte d'être gay avant la naissance de Sophie, et que ses craintes découlaient de la menace de la perdre, pas d'avoir le sentiment de commettre un acte répréhensible.

— Certains de nous essaient de profiter de leur repas, monsieur, dit froidement la femme à côté de Jaime à un homme de l'autre côté de la table. Y compris ces messieurs. Alors gardez vos opinions et votre langage grossier pour vous.

L'homme s'apprêtait à répondre quelque chose, mais son ami tira sur son bras, et il se laissa distraire. Srikkanth soupira de soulagement et se concentra à nouveau sur son repas.

— Ça va ? murmura Jaime.

— Ouais, dit Srikkanth en mordant dans une crevette.

Conscient de la présence de la femme à côté de Jaime, il baissa la voix, se penchant de sorte que Jaime soit le seul à l'entendre. Il ignora ostensiblement le regard noir qui accompagna leur proximité renouvelée.

— Je refuse de laisser des ignorants gâcher ma soirée.

Jaime eut l'air sceptique, mais Srikkanth lui sourit et hocha la tête.

— Comment est ton poulet ? demanda Srikkanth en changeant délibérément de sujet.

— Délicieux, répondit Jaime.

Il était un peu surpris que Srikkanth ne soit pas plus troublé par ce commentaire, mais il n'insista pas, ne voulant pas jeter de l'huile sur le feu. Il ne voyait aucune raison de ruiner le repas de tout le monde juste parce qu'une personne à leur table était un stupide homophobe.

— Goûte.

Srikkanth jeta un coup d'œil à l'homme de l'autre côté de la table qui les regardait encore d'un œil mauvais, et décida qu'il ne voulait pas changer la façon dont Jaime et lui se comportaient. L'homme ne pouvait rien faire d'autre que leur lancer des regards noirs et faire des commentaires désagréables dans le restaurant, et cela ne le touchait pas. Sophie n'était pas avec eux, et ils n'avaient pas sorti de photos de bébé, donc il n'y avait aucun moyen que l'homme soit au courant de son existence. Tant qu'il ne pouvait pas la blesser, il ne pouvait pas blesser Srikkanth. Adressant un sourire à Jaime, il ouvrit la bouche.

— Fais-moi goûter.

L'idiot, comme Srikkanth l'avait mentalement surnommé, garda un air renfrogné sur le visage durant le reste du repas, mais il ne fit aucun autre commentaire et partit dès que son ami et lui eurent fini de manger. Srikkanth et Jaime s'attardèrent, profitant de leur repas et de leurs desserts, partageant un martini à la crème de cacao et un énorme ananas glacé.

Lorsque la femme à côté de Jaime – celle qui les avait défendus – se leva pour partir, elle se pencha pour leur parler doucement.

— Vous me donnez de l'espoir. Mon fils est gay, mais il est encore jeune et insouciant. J'aimerais le voir dans une vraie relation un jour, comme celle que vous avez.

Ils la remercièrent, ne sachant pas quoi dire d'autre. Quand elle fut partie, Jaime sourit à Srikkanth.

— Je crois que j'aime assez l'idée d'être un modèle pour des parents.

Ils étaient maintenant seuls à table, aussi Srikkanth n'hésita pas à donner un léger baiser à Jaime.

— Moi aussi. Tu es prêt à rentrer à la maison ?

— Pas encore, déclara Jaime en secouant la tête. Notre soirée n'est pas encore terminée.

Srikkanth ouvrit la bouche pour s'enquérir de Sophie, mais il repoussa rapidement cette pensée. Jaime avait sûrement prévenu Juana du temps qu'ils passeraient dehors. Si elle l'avait accepté, le moins qu'il puisse faire était de profiter de la soirée après tout le mal que s'était donné Jaime pour planifier leur rendez-vous.

Jaime paya, refusant même de laisser Srikkanth voir le montant de l'addition, en insistant sur le fait qu'il l'invitait pour la soirée.

— Seulement si tu me laisses payer la prochaine fois, finit par céder Srikkanth.

— Donne-moi le jour et l'heure et je serai là, lui promit Jaime.

Srikkanth s'abstint de dire le vendredi suivant puisqu'il n'avait pas de baby-sitter sous la main comme Jaime. Il se demanda si Juana viendrait s'il l'appelait lui-même. Il devrait penser à lui demander son numéro avant qu'elle ne parte pour qu'il puisse retourner cette faveur à Jaime à un moment donné.

— Tu es perdu dans tes pensées, le taquina Jaime tandis que la serveuse revenait avec le reçu pour que Jaime le signe.

Srikkanth sursauta.

— Désolé, j'essayais juste de réfléchir à une manière de te surprendre à mon tour.

— Les bébés compliquent les choses, acquiesça Jaime. Allez, viens. Je veux danser avec toi.

Jaime les conduisit dans le club le plus branché de la ville, connu pour sa tolérance envers les couples de toutes sortes. Srikkanth s'y était rendu quelques fois, mais pas récemment. Il n'était pas le genre de gars à se rendre dans un club pour y trouver un rencard, et cela faisait un moment qu'il n'avait pas eu un petit ami sérieux avec qui se rendre dans ce genre d'endroit. Il n'arrivait d'ailleurs toujours pas à croire qu'il en avait un maintenant.

Le videur vérifia leurs papiers d'identité sans même sourciller en voyant le bras de Jaime autour de la taille de Srikkanth. Jaime guida Sri à l'intérieur, ne prenant même pas la peine de chercher une table. Ils n'étaient pas là pour boire. Il voulait danser. Gardant son bras serré autour de la taille Sri, il amena son petit ami sur la piste de danse.

— Danse avec moi ?

Srikkanth sourit.

— Du moment que tu peux faire avec mes deux pieds gauches.

Jaime commença à bouger sur la musique – un slow pour le moment. Srikkanth se détendit dans ses bras, se laissant guider. Leurs corps bougeaient aisément ensemble, se connaissant si bien que cela atténuait leurs maladresses dans la danse. Bientôt, Srikkanth enfouit sa tête dans le cou de Jaime, ses lèvres glissant sur la peau lisse au goût de miel, appréciant l'odeur du parfum de son compagnon et la liberté de danser si proches l'un de l'autre.

La musique changea, mais Srikkanth ne s'éloigna pas pour une danse plus énergique, et Jaime ne le repoussa pas non plus, appréciant beaucoup trop la proximité pour faire quoi que ce soit qui puisse la perturber. Si Srikkanth avait décidé qu'il voulait vraiment danser, Jaime n'aurait pas dit non, mais pour l'instant il était parfaitement heureux ainsi. Il était beaucoup plus intéressé par le corps de Srikkanth pressé contre le sien que par la danse ellemême.

Le reste du monde cessa d'exister, tous les deux totalement perdus dans leur étreinte. Les mains de Jaime glissèrent le long du dos de Srikkanth, sentant la chaleur de sa peau à travers la soie raide de sa chemise. Srikkanth lui rendit la caresse, ses mains se glissant entre la veste et la chemise de Jaime. Il fut tenté de dégager la chemise du pantalon pour pouvoir toucher la peau, mais il ne savait pas s'il serait en mesure de s'arrêter une fois qu'il l'aurait touchée. La musique pulsait autour d'eux, un contrepoint rythmique à leurs pouls qui battaient plus vite, tandis que leurs corps se frottaient l'un contre l'autre, générant une chaleur qui n'avait rien à voir avec la proximité des corps qui s'agitaient autour d'eux. Les autres corps, les bruits extérieurs, tout sauf le battement régulier de la musique et la présence de l'autre, s'évanouit complètement sous leurs baisers et leurs caresses qui devenaient de plus en plus intimes. Le contact entre leurs corps devint plus délibéré, la cuisse de Jaime se pressant entre celles de Srikkanth, se frottant fermement contre son aine.

Srikkanth gémit doucement et caressa le cou de Jaime dans la faible lumière de la piste de danse. Jaime tourna la tête et donna obligeamment à Srikkanth le baiser qu'il quémandait. Leurs lèvres s'accrochèrent de la même façon que leurs corps le faisaient, s'effleurant, s'écartant momentanément pour s'effleurer à nouveau quelques secondes plus tard, aucun d'eux n'étant conscient des regards envieux qu'on leur jetait.

Finalement, les doux baisers cédèrent la place à d'autres plus ardents, leurs langues entamant un duel ludique alors que les moments de contact s'allongeaient et que les moments de séparation ne survenaient que lorsque respirer devenait nécessaire.

— Rentrons à la maison, murmura Jaime, son souffle glissant sur l'oreille de Srikkanth.

Il sentit le frisson que ses paroles provoquaient parcourir le corps de Srikkanth.

— On continuera là-bas, n'est-ce pas ?

— Toute la nuit, lui promit Jaime.

# XVI

Juana les accueillit sur le pas de la porte avec un grand sourire.

— Sophie a pris son biberon il y a environ une heure et elle s'est aussitôt rendormie.

— Super, dit Jaime. Merci de t'en être occupée ce soir.

— Pas de problème.

— Embrasse *Mamá* pour moi quand tu la verras dimanche, d'accord ? lui demanda Jaime, passant à l'espagnol comme il le faisait chaque fois qu'il parlait à un membre de sa famille.

— Tu pourrais le faire toi-même, le gronda gentiment Juana. Tu lui manques.

— Tu sais qu'elle n'est pas à l'aise avec moi, dit Jaime en secouant la tête. C'est beaucoup plus facile pour tout le monde si je reste à l'écart.

Juana lui donna une petite tape sur la tête.

— Tu n'es pas allé la voir depuis si longtemps que tu ne peux pas savoir ce avec quoi elle est à l'aise ou pas. Elle a été choquée – nous l'avons tous été – mais elle t'aime autant que le reste de la famille, et nous avons tous fait des choix qu'elle aurait préféré que nous ne fassions pas.

— Ce n'est pas un 'choix', Juana ; c'est ce que je suis, lui rappela Jaime.

— Raison de plus pour lui donner une chance de te montrer qu'elle a accepté cela, insista Juana.

Jaime fronça les sourcils. Juana leva ses bras en signe de défaite.

— Très bien, je m'en vais. Promets-moi seulement que tu y réfléchiras.

Jaime hocha la tête pour l'apaiser et referma la porte derrière elle.

— Tout va bien ? demanda Srikkanth en déposant ses chaussures près de la porte et en se plaçant derrière Jaime pour glisser ses bras autour de la taille de son petit ami.

Il avait appris un peu d'espagnol ici et là au fil des ans, mais pas assez pour suivre la conversation rapide entre le frère et la sœur.

— Elle avait l'air contrariée.

— Elle veut que j'aille voir ma mère, lui expliqua Jaime. Je ne l'ai pas vue depuis que je lui ai annoncé que j'étais gay, à part à Noël et à

Pâques. Elle ne m'a pas mis dehors, mais ça l'a clairement contrariée. C'est mieux pour tout le monde si je ne vais pas là-bas trop souvent.

Srikkanth ne savait pas comment répondre à cela. Lui n'avait mentionné sa propre sexualité que de manière sélective à sa famille et n'était donc d'aucune aide pour donner des conseils. Au lieu de ça, il changea de sujet en enfouissant son nez dans la nuque de son compagnon.

— Ne te préoccupe pas de ce sujet ce soir. Allons profiter du fait que Sophie est endormie.

Jaime hocha la tête en se laissant aller dans les bras de Srikkanth, heureux d'être cette fois celui que l'on réconfortait plutôt que celui qui réconfortait. Voilà ce qu'était une vraie relation de couple, se dit-il. On dépend de son partenaire quand on en a besoin, et on le soutient quand il en a besoin. Ces derniers mois, il avait passé la plupart de son temps à soutenir Srikkanth pour qu'il s'adapte à l'arrivée de Sophie dans sa vie. Cela ne lui ferait pas de mal de dépendre un peu de lui maintenant. Se retournant dans les bras de Srikkanth, il caressa le creux juste en dessous de la mâchoire de Sri.

— C'est une merveilleuse idée. Je veux que l'on fasse l'amour.

C'était la meilleure idée que Srikkanth avait entendue depuis des mois.

— Qu'est-ce qu'on attend ? plaisanta-t-il en libérant ses bras pour pouvoir prendre la main de Jaime et le conduire vers les escaliers.

Ils devraient faire attention à ne pas faire de bruit à l'étage pour ne pas réveiller Sophie, mais ce n'était pas grave. Il voulait être dans leur lit la première fois qu'ils feraient l'amour, pas dans la salle de jeux de Sophie au rez-de-chaussée.

— Je me le demande bien, le taquina Jaime.

Il le suivit, son esprit réfléchissant déjà à tout ce qu'il voulait faire à Srikkanth. À commencer par déboutonner cette chemise.

— Rien du tout, répondit Srikkanth en conduisant Jaime dans la chambre et en se tournant vers lui pour le reprendre dans ses bras. Absolument rien, ajouta-t-il en repoussant le col de la veste de Jaime, voulant s'en débarrasser pour pouvoir atteindre la chemise, puis la peau en dessous.

Jaime se débarrassa du vêtement en lin d'un mouvement d'épaules, le laissant tomber sur le sol. Il le ramasserait plus tard. Pour le moment, il n'avait qu'un seul but : qu'ils soient nus tous les deux le plus rapidement possible.

Il commença à s'occuper des attaches sur le devant de la chemise de Srikkanth, fronçant un peu les sourcils alors qu'il luttait pour libérer les cordelettes nouées qui remplaçaient les boutons. Les quelques verres qu'il avait bus durant le dîner et pendant qu'ils dansaient ne l'aidaient pas ; ses doigts tâtonnaient maladroitement.

— Attends, laisse-moi faire, dit Srikkanth avec un sourire, en libérant le crochet à l'arrière du col et en faisant passer la chemise par-dessus sa tête. Ils ne sont pas là que pour faire joli, mais tu n'as pas vraiment besoin de les déboutonner pour l'enlever.

— C'est maintenant que tu me le dis, marmonna Jaime.

Sa voix, cependant, ne laissait transparaître aucun ressentiment. Comment aurait-il pu en être autrement alors que la peau douce et sombre du torse de Srikkanth l'attirait si irrésistiblement ? Prenant à nouveau son compagnon dans ses bras, il fit glisser ses lèvres le long de la courbe de l'épaule de Srikkanth, puis descendit vers un mamelon acajou.

— Tu sens bon, murmura-t-il contre la peau de Sri.

— Ta sœur a insisté pour que je prenne une douche avant de sortir, haleta Srikkanth.

— Elle est parfois bonne à quelque chose, dit Jaime en souriant.

*Ouais, comme faire du baby-sitting,* songea Srikkanth, mais les mots n'atteignirent pas ses lèvres. La bouche de Jaime sur son mamelon lui fit perdre sa concentration et sa volonté de faire autre chose que trembler de désir dans les bras de son amant. Il gémit doucement, se mordant la lèvre pour ne pas faire trop de bruit tandis que la langue de Jaime glissait sur sa chair sensible. Son sexe, qui s'était ramolli pendant le chemin du retour et la conversation de Jaime avec Juana, se durcit à nouveau rapidement. Ses doigts s'enfoncèrent dans les cheveux de Jaime, l'encourageant à continuer, à exercer plus de pression, à passer à l'autre mamelon. Rien n'avait d'importance du moment qu'il ne s'arrêtait pas.

Heureusement, Jaime n'avait pas l'air de vouloir s'arrêter, ses mains sur les hanches de Srikkanth le tenant fermement en place tandis qu'il prodiguait son attention aux deux boutons sensibles. Faisant en sorte de tirer son amant avec lui pour que Jaime ne pense pas qu'il s'éloignait de lui, Srikkanth l'attira vers le lit, voulant adopter une position horizontale le plus rapidement possible. Ils auraient plus de liberté de cette façon. Par ailleurs, il voulait à nouveau sentir le poids de Jaime l'enfoncer dans le matelas.

Jaime n'était pas du tout contre la suggestion, s'écartant un moment quand Srikkanth atteignit le lit pour enlever le pantalon de son amant, le laissant seulement vêtu de son caleçon, le devant tendu par le renflement de l'érection de Srikkanth.

— Tu peux aussi enlever ça, offrit Srikkanth avec un hochement de tête vers son caleçon.

— Je vais le faire, promit Jaime, mais pas tout de suite. Je ne veux pas que cela se termine trop rapidement, et c'est ce qui se passera avec toi complètement nu dans un lit.

— Nous avons toute la nuit.

— En effet, concéda Jaime, tendant la main pour attraper la ceinture du caleçon de Srikkanth. Mais il ne faudra pas dire que je ne t'ai pas prévenu.

Srikkanth souleva ses hanches pour faciliter son déshabillage, et ce mouvement fut trop captivant pour que Jaime ne puisse résister. Il baissa la tête, capturant la pointe du sexe de Srikkanth dans sa bouche, le suçant doucement tandis qu'il finissait de déshabiller l'homme couché.

— Oh, merde, gémit Srikkanth.

Jaime eut un petit rire et leva la tête un instant.

— Sois patient, je vais d'abord profiter un peu de toi.

— Ce n'est pas juste, protesta Srikkanth. Je ne peux pas te toucher. Déshabille-toi, puis reviens ici pour que je puisse te retourner la faveur.

Jaime trouva que c'était une merveilleuse idée, et se leva donc suffisamment longtemps pour finir de retirer ses vêtements. Il revint vers le lit, ses pieds près de la tête de Srikkanth. Srikkanth attrapa ses hanches, le pressant de se mettre à genoux pour que son sexe se balance au-dessus de son visage.

— Parfait. Et tout à moi.

— Tout à toi, acquiesça Jaime en haletant un peu quand Srikkanth commença à le lécher. Et ceci est tout à moi.

Ses mains se refermèrent avec possessivité sur les fesses de Srikkanth tandis qu'il baissait la tête pour l'enfouir dans son aine. Srikkanth ne répondit pas, mais son gémissement vibra autour du sexe de Jaime, envoyant un frisson dans le dos de ce dernier et faisant se précipiter son sang vers le bas de son corps. Déterminé à donner à Srikkanth autant de plaisir qu'il en recevait, il se mit à lécher le membre épais de la base au sommet, et vice-versa. Srikkanth frissonna sous lui alors qu'il aspirait lui-même le sexe de Jaime dans sa bouche, ses mains s'installant sur les hanches de ce dernier pour le maintenir en place.

Jaime réciproqua, sa tête montant et descendant de long de l'érection de Srikkanth, laissant le bout effleurer l'arrière de sa gorge à chaque fois, sans jamais le prendre tout à fait en entier. Ce fut suffisant pour rendre Srikkanth fou, la caresse n'étant jamais tout à fait satisfaisante, jamais tout à fait complète. Il donna un coup de reins dans la bouche de Jaime, essayant de s'enfoncer plus loin, de se plonger plus profondément dans la gorge de son amant. Mais les mains de Jaime l'arrêtèrent, et celui-ci continua la succion superficielle, se concentrant sur le bout de son sexe.

Srikkanth frissonna, essayant de se retenir, mais la stimulation constante était trop forte. Avec un cri étouffé par le sexe de Jaime dans sa bouche, il jouit violemment.

Le jet de crème chaude dans la gorge de Jaime le surprit, et il laissa s'échapper quelques gouttes tandis qu'il avalait par réflexe. Ne voulant pas manquer la moindre goutte de la friandise salée, il laissa sortir la verge encore épaisse de sa bouche et se dirigea plus bas, vers les testicules détendus de Srikkanth, pour lécher son orifice. Il pouvait sentir la sueur de leur danse, le goût du sel. Cela ne faisait qu'ajouter à leur intimité.

Puis les doigts de Srikkanth glissèrent dans les plis de Jaime, encerclant son entrée, et l'orgasme l'aveugla. Ses genoux se dérobèrent sous lui, et il s'effondra sur le corps de Srikkanth, effleurant tendrement l'intérieur de la cuisse de son amant. Srikkanth lui caressa le pli du genou, envoyant une autre vague de désir dans la colonne vertébrale de Jaime.

Il se remit à genoux, ignorant les murmures de protestation de Srikkanth, avec l'intention de faire demi-tour pour pouvoir embrasser son amant et voir s'il pouvait raviver son intérêt. Le gémissement de Sophie dans la pièce voisine fit dérailler ce projet. Srikkanth se tortilla sous Jaime avant même qu'il ne puisse suggérer qu'il allait s'occuper d'elle. Décidant qu'il ne voulait pas être loin de Srikkanth le temps qu'il lui faudrait pour nourrir Sophie, il enfila son pantalon de pyjama et suivit son amant dans la chambre de cette dernière.

— Elle est brûlante, dit Srikkanth en se penchant pour prendre Sophie.

— Va préparer son biberon et je vais chercher le thermomètre, répondit Jaime en se précipitant dans la salle de bain.

L'ayant trouvé, il le ramena et le glissa sous le bras de Sophie tandis que Srikkanth la berçait et essayait de la convaincre de prendre le biberon. Elle se calma un peu après quelques minutes, mais elle était toujours agitée, et manifestement mal à l'aise. Quand le thermomètre sonna, il indiqua trente-huit.

— Elle a un peu de fièvre, dit Jaime à Srikkanth. Je vais chercher le Tylenol.

— Faut-il appeler le médecin ? demanda Srikkanth avec inquiétude.

Il voulait croire que tout allait bien. Juana n'avait pas dit que Sophie avait été grognon ou fiévreuse avant son départ, et même s'il venait de la rencontrer, elle ne lui était pas apparue comme quelqu'un qui pourrait oublier de mentionner ce genre de détail. Elle en aurait parlé si Sophie avait été malade un peu plus tôt.

— Pas encore, le rassura Jaime. Ce n'est pas une très forte fièvre, et ça vient juste de commencer. On va garder un œil sur elle et voir comment elle réagit ce soir. Si la fièvre augmente ou si son état s'aggrave, on l'appellera. Dans le cas contraire, on attend de voir comment elle va durant la matinée. Continue juste de la bercer pendant que je vais chercher ses médicaments.

Srikkanth acquiesça et tourna son attention vers Sophie. Il eut une légère pensée pour leur projet interrompu pour la nuit, mais il y aurait d'autres nuits. Sophie avait besoin de lui – d'eux – maintenant, et c'était beaucoup plus important.

Jaime se précipita en bas, dans l'armoire où ils gardaient tous les médicaments, et prit le Tylenol et le Motrin pour nourrissons. Il les monta tous les deux à l'étage au cas où Sophie aurait besoin d'une autre dose au cours de la nuit. Elle prenait toujours son biberon quand il revint dans la chambre et il s'assit sur le lit d'appoint pour attendre qu'elle le termine. Quand elle eut fini, il lui donna l'épais sirop.

— Les bébés ont de la fièvre parfois, rappela Jaime à Srikkanth en voyant le regard paniqué sur le visage de son compagnon. Ça pourrait être une infection de l'oreille ou un virus bénin, ou c'est peut-être un mal de ventre. La plupart du temps, c'est vraiment mineur et ça va mieux dans les vingt-quatre heures. Tu veux essayer de la remettre au lit ?

Srikkanth secoua la tête, ce qui ne surprit pas du tout Jaime, mais l'expression de son visage se décrispa un peu en entendant les mots rassurants de son amant.

— Alors ramenons-la avec nous dans l'autre chambre. Tu vas être mal à l'aise si tu restes assis ici toute la nuit, et il n'y a pas vraiment de place dans le lit d'appoint pour tous les trois.

— Tu n'es pas obligé de rester, dit Srikkanth.

— Je sais, répondit Jaime en caressant l'épaule de Srikkanth d'un geste réconfortant, mais nous sommes dans le même bateau. Et si on veut être ensemble, elle devient aussi ma fille. Viens. On sera plus à l'aise dans le lit. On peut la mettre entre nous deux pour éviter qu'elle ne roule sur elle-même, et on se blottira tous ensemble.

Srikkanth se leva et suivit Jaime dans leur chambre. Sous la direction de ce dernier, il déshabilla Sophie jusqu'à ce qu'elle se retrouve avec seulement sa couche.

— Comme ça, elle n'aura pas trop chaud entre nous deux, lui expliqua Jaime quand Srikkanth lui lança un regard interrogateur. Elle est déjà fiévreuse. On ne veut pas empirer son état.

— Peut-être qu'elle ne devrait pas dormir ici, dit Srikkanth avec hésitation. Peut-être que je devrais dormir avec elle dans l'autre chambre.

— C'est une possibilité, dit lentement Jaime, se rappelant que Srikkanth était encore relativement novice dans son rôle de père et que son inquiétude pour Sophie témoignait de son sens des responsabilités, et que ce n'était pas un rejet. Mais je voudrais vraiment te tenir dans mes bras ce soir. Je suppose qu'on pourrait essayer de se serrer dans le lit d'appoint.

Srikkanth considéra cette idée un moment, mais il n'y avait aucun moyen pour que deux hommes adultes puissent dormir confortablement dans le lit d'appoint.

— Non, nous allons rester ici, conclut-il. Je m'inquiète sans doute pour rien. Nous serons plus à l'aise ici et nous pouvons garder un œil sur Sophie. Elle ne risque rien en dormant avec nous pour une nuit.

— Elle ne risquerait rien même si c'était pour plus d'une nuit, lui assura Jaime. Même si je dois reconnaître que je ne me plaindrai pas lorsqu'elle ira mieux et que je pourrai à nouveau te tenir dans mes bras. Nous n'en avons pas terminé tous les deux.

— Sophie…

— Sophie est malade et c'est le plus important, l'interrompit Jaime. Ce qui est tout à fait normal. Mais quand elle ira mieux et qu'elle dormira à nouveau dans son propre lit, j'ai l'intention de tenir ma promesse de t'aimer toute la nuit.

Srikkanth sourit alors qu'il installait Sophie dans le lit entre eux, faisant en sorte qu'elle ne tombe pas entre les oreillers et qu'elle ne s'étouffe pas pendant la nuit.

— Je suis impatient d'y être.

Jaime grimpa de l'autre côté du lit, embrassa doucement le front de Sophie, puis se pencha par-dessus elle pour pouvoir embrasser Srikkanth. Leurs lèvres s'accrochèrent avec la promesse de nuits à venir.

# XVII

— ALLÔ ?

— Comment se fait-il que tu aies dit à ta sœur que tu avais un bébé et pas à moi ?

Jaime éloigna le téléphone de son oreille alors qu'une avalanche de reproches affluait à travers la ligne.

— *Mamá*, dit-il en essayant de placer un mot.

Le flot d'espagnol continua, sa mère le réprimandant de ne pas l'appeler, de ne pas venir la voir, de ne pas lui dire ce qui se passait dans sa vie.

— Et une petite-fille ! Pourquoi tu ne m'as pas dit que j'avais une petite-fille ?

— *Mamá* ! dit Jaime avec plus de force. *Mamá, por favor*, écoute-moi !

Sa mère dut finalement reprendre son souffle, le laissant enfin placer un mot.

— *Mamá*, c'est compliqué, commença-t-il.

— Non, ça ne l'est pas, insista-t-elle. Tu as un bébé. Ta sœur l'a vue. Tu ne m'as rien dit à son sujet. Ce n'est pas compliqué.

— C'est compliqué, répéta Jaime. Sophie n'est pas ma fille, légalement ou biologiquement. C'est la fille de Srikkanth. Tu te souviens de mon colocataire, celui à qui je loue une chambre ?

— *Sí*, mais Juana m'a dit qu'elle s'en était occupée pour toi. Pourquoi est-ce qu'elle s'occuperait du bébé de ton colocataire ?

Jaime prit une profonde inspiration, se préparant psychologiquement à la désapprobation de sa mère.

— Parce que je voulais amener Srikkanth dîner sans Sophie.

— C'est gentil de ta part, *mi hijo*. Tu as toujours été un bon garçon. Pourquoi Juana m'a-t-elle dit que c'était ton bébé ?

— Parce que je ne suis pas un bon garçon, *Mamá*. J'amenais mon petit ami à un rendez-vous galant, dit Jaime avec un soupir, certain que ce serait la fin de leur conversation.

— Est-ce une relation sérieuse ou un homme avec qui tu prends du bon temps ? demanda sa mère après une longue pause.

143

— C'est sérieux, *Mamá*, lui assura Jaime.

— Tant mieux. On ne prend pas de bon temps avec quelqu'un qui a un bébé. Cette personne a besoin d'aide, pas de distraction.

Ses sourcils se relevant de surprise, Jaime hocha la tête avant de réaliser que sa mère ne pouvait pas le voir.

— Je le sais, *Mamá*. Tes leçons ont déteint sur moi, même si je ne m'attendais pas à me retrouver un jour avec quelqu'un qui ait un enfant. Je l'aide à prendre soin de Sophie, et je voulais qu'il ait une nuit de repos. C'est pourquoi j'ai appelé Juana.

Sa mère recommença à râler.

— Tu appelles ta sœur, mais tu ne m'appelles pas. Venez déjeuner dimanche. Je tiens à rencontrer cette personne qui est spéciale pour toi. Et le bébé.

— *Mamá.*

Elle raccrocha avant qu'il ne puisse finir sa phrase.

Avec un soupir, Jaime reposa le téléphone sur son socle et partit à la recherche de Srikkanth. Il semblait qu'il avait des comptes à rendre. Et une invitation à lancer.

Il trouva Srikkanth et Sophie assis sur le plancher de sa salle de jeux avec des blocs de construction. Srikkanth faisait une tour et Sophie la renversait en gazouillant joyeusement. Jaime sourit. Il était difficile de croire qu'elle avait déjà sept mois et se tenait assise toute seule.

— Le téléphone a sonné ? demanda Srikkanth quand il leva les yeux et vit Jaime à la porte.

— Oui, c'était ma mère, commença Jaime. Ma sœur a apparemment une grande gueule.

Le visage de Srikkanth se crispa en entendant l'étrange tonalité dans la voix de Jaime.

— Tout va bien ?

Jaime haussa les épaules.

— Je pense que oui. La question est de savoir si tu vas bien.

— Pourquoi est-ce que je n'irais pas bien ? demanda Srikkanth.

— Ma mère nous a 'invités' à déjeuner dimanche, expliqua Jaime. Tous les trois.

— Mais c'est merveilleux, dit Srikkanth en se levant. Ça veut dire qu'elle n'est pas aussi perturbée par ton orientation sexuelle que tu le craignais.

— Peut-être, acquiesça Jaime, mais c'était un ordre, et ceux-ci ne me rendent jamais heureux.

Srikkanth secoua la tête et s'approcha de Jaime, ses bras s'enroulant autour de la taille de son amant.

— C'est une branche d'olivier, un symbole de paix. Prends-la. Nous allons tous nous mettre sur notre trente et un et honorer ta mère. Si tout va bien, tu auras la chance de voir ta famille plus souvent, et si ce n'est pas le cas, c'est juste un après-midi dans le reste de nos vies. Nous pouvons faire ce sacrifice en espérant que cela fonctionne. Ce serait bien qu'ils soient présents pendant que Sophie grandit. Elle n'aura pas de grands-parents de mon côté de la famille. Jill n'avait plus de famille. Ta famille est tout ce que Sophie a.

— C'est un coup bas, déclara Jaime même s'il souriait en disant ces mots. Nous allons leur donner une chance. Peut-être que ce ne sera pas si dur que ça après tout.

Jaime se laissa persuader, rejoignant Sophie sur le sol pour voir à quelle hauteur Srikkanth et lui pourraient construire la tour avant qu'elle ne la renverse.

— Redis-moi encore le nom de tout le monde, demanda Srikkanth alors qu'ils roulaient en direction de la maison de Jaime.

— Je ne suis pas sûr de savoir qui sera là, répondit Jaime. À part ma mère, évidemment, et tu as déjà rencontré Juana. Mon frère aîné, Alvaro, sera là aussi. Lui et sa femme Paula vivent chez *Mamá* depuis que mon père est mort. Ils n'ont jamais eu d'enfants. Je ne sais pas si ma sœur aînée, Beatriz, sera là. Elle vit loin de nous tous. Elle n'est pas encore mariée, au grand désespoir de *Mamá*. Il y a aussi Lourdes et son mari, Vicente, et leurs deux fils, Martin et Damian. Et puis il y a les bébés, enfin, mon frère et ma sœur, Luis et Diana. Ce sont encore des adolescents. Alvaro ne l'admettra jamais, bien sûr, étant un vrai Latino, mais je crois qu'il a hâte qu'ils aillent à l'université, pour ne plus les avoir tout le temps dans les pattes.

Srikkanth se mit à rire.

— Je ne vais probablement pas me souvenir de tout ce que tu m'as dit quand nous serons là-bas, mais j'y arriverai la prochaine fois.

— S'il y a une prochaine fois.

— Jaime, le gronda Srikkanth. Cesse d'être si négatif. Si tu te rends là-bas dans cet état d'esprit, ils vont le ressentir et cela ne fonctionnera pas. Ta mère t'a invité. L'après-midi sera probablement tendue, mais elle n'aurait pas appelé si elle n'avait pas envie de te voir.

— Elle veut voir Sophie, corrigea Jaime.

Srikkanth haussa les épaules.

— Très bien. Elle te verra en même temps, et comme elle ne pourra avoir Sophie que si elle nous prend également toi et moi, peut-être que ça suffira pour que les choses commencent à aller mieux.

— Je ne veux pas que tu penses que je me sers de toi et Sophie…

— Je t'arrête tout de suite, l'interrompit Srikkanth. Tu ne te sers de personne. Si quelqu'un se sert de l'autre, c'est moi, avec le savoir que tu me transmets et le soutien que tu m'apportes. Et ne me dis pas que ce n'est pas le cas. Je le sais parfaitement. On a déjà dépassé ce stade. On est un couple, une unité. Une famille. Si ça t'aide à arranger les choses entre toi et ta famille, comment pourrais-je ne pas en être heureux ? Tout ce qui te rend heureux nous rend plus forts.

— Je suis content que tu voies les choses comme ça, dit Jaime. Vraiment. Ma famille me manque, mais c'est plus facile de laisser les choses en l'état. Peut-être que les choses n'iront pas mieux, mais ça aura au moins le mérite d'avoir brisé l'impasse dans laquelle j'étais.

— Allons voir ce que nous pouvons faire pour améliorer la situation, déclara Srikkanth alors qu'ils arrivaient chez la famille de Jaime.

Il se pencha et embrassa légèrement son compagnon.

— Je ne serai pas en mesure de le faire à l'intérieur, mais je vais y penser tout le temps. Je voudrais pouvoir te montrer mon soutien aussi bien physiquement qu'émotionnellement.

Jaime sourit, le premier vrai sourire depuis que sa mère avait appelé.

— J'ai vraiment de la chance, tu sais. Un magnifique petit ami qui me soutient et une précieuse petite fille. Je ne pense pas que la vie pourrait faire beaucoup mieux.

La porte de la maison s'ouvrit, et Juana sortit sur le perron.

— Vous allez rester là toute la journée ou vous allez entrer voir tout le monde ? *Mamá* cuisine depuis hier. Elle a même fait des tamales pour toi, Jaime.

Les yeux de Jaime s'agrandirent.

— Ce sont mes préférés, dit-il à Srikkanth. Peut-être que ce ne sera pas aussi terrible que je le craignais.

Srikkanth déboucla sa ceinture de sécurité et sortit. Il prit le siège auto de Sophie afin de pouvoir l'utiliser comme un berceau quand elle serait prête pour sa sieste.

— Salut, beauté, dit-il à Juana quand elle les rejoignit à la voiture.

Juana lui sourit.

— On me caresse dans le sens du poil ?

— Je ne compte pas me mettre à dos la seule personne qui est de mon côté, confia Srikkanth. Jaime a peur que ça se passe mal.

Juana secoua la tête.

— Ce ne sera pas le cas. Alvaro n'est toujours pas enchanté par la situation, mais sa femme est excitée à propos du bébé et *Mamá* l'est aussi. Donnezleur juste du temps.

— Qu'en est-il du reste de la famille ?

— Ça dépend, mais *Mamá* et Alvaro sont les deux personnes dont vous devez vous soucier, expliqua Juana. S'ils vous acceptent, tout le monde suivra le mouvement tôt ou tard.

Srikkanth hocha la tête tandis que Jaime se joignait à eux.

— On fait des messes basses sur moi ? demanda-t-il en se penchant pour embrasser la joue de Juana.

— Pas du tout, répondit doucement Juana. Je drague juste ton petit copain.

Jaime bafouilla alors que Juana prenait le bras de Srikkanth et le conduisait vers la maison. Il traîna derrière, se demandant depuis quand sa sœur était devenue aussi autoritaire.

— *Mamá*, appela Juana comme elle entrait à l'intérieur, Jaime est arrivé.

Le salon déserté fut en quelques secondes rempli de personnes, toutes grouillant autour d'eux tandis qu'elles essayaient de décider si elles devaient s'asseoir ou rester debout. Srikkanth posa le siège auto de Sophie par terre et s'occupa de l'en sortir pendant qu'il attendait de voir comment chacun réagirait devant Jaime.

— Jaime, dit la personne qui était clairement considérée comme le chef de famille avec un bref hochement de tête. Ça fait longtemps.

Jaime hocha également la tête en tendant sa main, que son frère prit lentement.

— Trop longtemps, acquiesça Jaime.

— Tu manques à *Mamá*. Ne laisse plus cela se reproduire.

147

Avant que Jaime puisse lui répondre, son frère s'était déjà retourné et s'éloignait sans prêter attention à Srikkanth.

Jaime commença à protester, mais il fut stoppé par l'étreinte de sa mère. Jaime ne dit rien, se contentant de la tenir dans ses bras. Elle sentait exactement comme dans son souvenir : la farine et le jasmin. Le rire de Sophie, alors qu'elle était soulevée de son siège, rompit le charme, et la *Señora* Frias se précipita vers Srikkanth.

— Laissez-moi voir la petite *niña*, roucoula-t-elle en tendant les bras vers Sophie.

Srikkanth la lui tendit sans protester, soupçonnant que Sophie ferait son travail s'il la laissait faire. La *Señora* Frias la tenait avec l'expérience d'une femme ayant eu sept enfants, et Sophie lui sourit, manifestement heureuse.

— Je pense qu'elle vous aime bien, commenta Srikkanth avec un sourire tranquille.

— Tous les bébés aiment ma *Mamá*, expliqua Jaime en venant se tenir à côté de Srikkanth tandis que sa mère berçait Sophie tout en chantonnant en espagnol.

— Bien sûr qu'ils m'aiment, déclara la *Señora* Frias. Ils savent que je les aime. Viens avec moi, *angelita*. Je vais t'apprendre à faire des tortillas.

Elle disparut par la porte de la cuisine avant qu'aucun des deux hommes ne puisse dire un mot. Srikkanth regarda Jaime, qui sourit pour le rassurer.

— Viens, je vais te présenter tout le monde, dit-il.

Srikkanth prit une profonde inspiration et fit son plus beau sourire alors que Jaime s'enfonçait plus profondément dans le salon.

— Srikkanth, voici ma belle-sœur, Paula.

— Ravi de vous rencontrer, Paula, dit Srikkanth en tendant la main.

— Ravie de vous rencontrer également, Srikkanth. Juana n'a pas arrêté de parler de Sophie, dit Paula en lui serrant la main. Elle a dit que c'était un bébé plus facile à vivre que ne l'ont été mes neveux.

— Elle a ses moments, dit Srikkanth. Mais en effet, la plupart du temps, elle est adorable.

— Vous êtes le propriétaire de Jaime, c'est bien cela ? demanda quelqu'un.

— Non, Vicente, s'interposa Jaime avant que Srikkanth n'ait décidé comment répondre à cette question. Srikkanth est mon petit ami.

— Oh, mais je pensais que…

148

Il s'interrompit maladroitement.

— Ne pense pas, lui dit la femme debout à côté de lui. Je suis Lourdes, la sœur de Jaime. Je suis contente que vous soyez ici, même si mon mari ne sait pas quand se taire.

— Ce n'est pas grave, lui assura Srikkanth. Jaime loue une chambre chez moi depuis trois ans, ce n'est donc pas comme s'il avait tout à fait tort.

Lourdes jeta un autre regard à son mari.

— Il le sait. Il est juste obtus. Quel âge a votre fille ?

— Sept mois, répondit Srikkanth, ravi d'aborder un sujet plus sûr.

— C'est là qu'ils commencent à être amusants, déclara Lourdes. Mes garçons ont quatre et six ans. Ils sont dans les parages, probablement en bas, parce que c'est là que leur *abuela* garde les jeux vidéo auxquels elle me dit qu'elle ne les laisse pas jouer. Espérons que Luis s'assure qu'ils ne jouent qu'aux jeux pour les jeunes enfants.

— Luis est mon plus jeune frère, rappela Jaime à Srikkanth. Il a seize ans. Les garçons l'adorent.

— Parce qu'il leur laisse faire tout ce qu'ils veulent, dit Vicente avec aigreur.

Tout le monde l'ignora.

Juana !

La voix de la *Señora* Frias retendit dans le silence.

Juana disparut dans la cuisine et revint quelques instants plus tard avec Sophie dans les bras.

— *Mamá* a dit que le repas serait prêt dans quinze minutes.

Avant que Srikkanth puisse lui demander si elle voulait qu'il reprenne Sophie, elle déposa le bébé sur les genoux d'Alvaro.

— Elle a dit que tu devais t'occuper du bébé jusqu'au déjeuner.

Cela stoppa toute protestation de la part de qui que ce soit, mais n'empêcha pas Srikkanth de retenir son souffle pour voir comment l'aîné de la famille allait réagir. Alvaro ne cilla même pas, se contentant d'installer confortablement Sophie sur ses genoux et de la faire rebondir doucement. L'expression sévère de son visage se transforma en une expression de ravissement quand Sophie se mit à rire et à taper dans ses mains.

— Tu vois ? murmura Srikkanth alors que la tension dans la pièce s'amenuisait. Je t'avais dit que Sophie ferait le travail pour nous.

Jaime gloussa.

— Tu es brillant.

149

La conversation reprit lentement un rythme normal, la famille prenant des nouvelles des uns et des autres. Les voix tourbillonnaient autour de Srikkanth, la plupart des conversations se déroulant en espagnol. Il avait le sentiment qu'il allait devoir apprendre la langue, ne serait-ce que pour se défendre. Il recula un peu et regarda Jaime être lentement entraîné dans le cercle familial. C'était bizarre au début, mais ils étaient les frères et sœurs de Jaime et la famille était apparemment très unie. Alors que les conversations allaient bon train, il sentit l'atmosphère se détendre. Srikkanth, quant à lui, se crispa à nouveau lorsqu'Alvaro se leva, Sophie sur la hanche, mais ce dernier se contenta de la porter et de tapoter l'épaule de Jaime en passant.

— Votre fille est belle, déclara Alvaro en venant se placer à côté de Srikkanth. Vous avez de la chance de l'avoir.

— Je sais, acquiesça Srikkanth en se rappelant qu'il avait été à deux doigts de la faire adopter. Je suis triste que sa mère soit morte, mais je ne suis pas triste qu'elle soit entrée dans ma vie.

— Jaime ne m'a rien expliqué. Vous êtes... comme lui, *sí* ? Et pourtant, vous avez une fille.

Srikkanth rit doucement.

— Oui, je suis gay, comme Jaime. La mère de Sophie, Jill, était ma meilleure amie. Quand elle a voulu avoir un bébé, je l'ai accompagnée à la clinique de fertilité. Elle est morte en donnant naissance à Sophie, et je me suis soudain retrouvé avec une fille.

Alvaro hocha la tête.

— Vous êtes un homme très occupé. Que faites-vous d'elle pendant que vous êtes au travail ?

— La plupart du temps, je travaille à la maison pour pouvoir m'occuper de Sophie en même temps. Jaime gère son emploi du temps, donc il reste à la maison tous les lundis quand je dois aller au bureau. Ce n'est pas l'idéal, car cela signifie qu'il doit travailler le samedi, mais c'est mieux que de mettre Sophie dans une garderie où je n'aurais pas la chance de la voir toute la journée.

— Ça ne va plus fonctionner longtemps, l'avertit Alvaro. Je n'ai pas d'enfants, mais j'ai des frères et sœurs plus jeunes. Dans un mois, Sophie ne tiendra plus en place. Quand vous aurez besoin de quelqu'un pour la surveiller durant la journée, appelez *Mamá* ou Paula. Elles ne travaillent pas. Elles seront heureuses d'avoir un bébé dans la maison.

— Je ne pourrais pas m'imposer comme ça, protesta Srikkanth.

Alvaro haussa les épaules d'une façon très latine.

— Vous ne vous imposez pas quand c'est de la famille.

— Déjeuner ! appela la *Señora* Frias de la cuisine.

— Je vais la prendre, offrit Srikkanth.

Alvaro se mit à rire.

— Nous sommes des experts quand il s'agit de manger et de tenir un bébé en même temps. Nous allons la faire passer autour de la table.

Ils se dirigèrent dans la salle à manger, vers l'énorme table qui croulait sous les plats. Srikkanth compta au moins douze plats différents : tamales, haricots, tortillas, une sorte de poulet et plusieurs plats qu'il ne put pas identifier. Tous sentaient délicieusement bon.

— Ne prends pas les enchiladas, murmura Jaime à côté de Srikkanth. Je pense que c'est le seul plat contenant du bœuf.

— Merci, répondit doucement Srikkanth.

Il n'était pas très strict dans ses habitudes alimentaires, au grand dam de ses parents, mais il n'avait jamais trop apprécié la viande bovine.

La famille commença à passer les plats autour de la table, la conversation allant bon train, mais uniquement en anglais maintenant. Srikkanth se demanda si cela voulait dire qu'il avait été accepté.

— Alors, où travaillez-vous ? demanda Luis à Srikkanth.

— Je suis concepteur de sites Web, expliqua Srikkanth. L'entreprise a des contrats avec toutes sortes d'entreprises locales pour concevoir et entretenir leurs sites Web. Pour le moment, je travaille sur un nouveau design pour Le Tire-bouchon [5].

— J'adore ce magasin, dit Paula. J'y fais des achats au moins une fois par mois.

— Dès le mois prochain, vous serez en mesure de commander en ligne et d'avoir votre commande prête et emballée quand vous viendrez la récupérer, confia Srikkanth. C'est l'une des choses que je mets en place sur le nouveau site.

— Seulement pour le vin ou aussi pour leurs autres produits ? demanda Paula.

— Ils prendront cette décision quand ils entreront eux-mêmes l'inventaire, mais le site est conçu pour accueillir de multiples catégories de produits et permettre des recherches afin que vous puissiez trouver un produit spécifique par son nom, révéla Srikkanth.

---

5 The Corkscrew : chaîne de magasins de vins et tout ce qui se rapporte aux spiritueux.

— C'est trop cool, s'enthousiasma Diana. Cette année, j'ai pris une option pour apprendre à concevoir des sites Web, mais comme les cours viennent juste de commencer, on est encore en train d'apprendre les bases.

— Si vous avez besoin d'aide, faites-le moi savoir, offrit Srikkanth.

— Est-ce que vous seriez d'accord pour faire une conférence ? demanda Diana avec enthousiasme. M. Robinson a dit l'autre jour qu'il aimerait que quelqu'un vienne nous parler des carrières dans le web design.

— Bien sûr, acquiesça Srikkanth. Tenez, donnez-lui ma carte et demandez-lui de m'appeler. Tant que ce n'est pas un lundi, je peux m'organiser, mais je devrais trouver une baby-sitter.

— Vous n'avez pas besoin de baby-sitter, intervint la *Señora* Frias. Vous me dites quel jour et vous amenez la *niña* ici. Ou si vous préférez, je viens chez vous.

— Vous n'avez pas à faire ça, Mme Frias, protesta Srikkanth.

— Vous allez aider ma fille en classe ; je vais garder *mi nieta* pour vous, déclara la *Señora* Frias. Vous me dites juste quand.

— *Gracias, Mamá*, dit Jaime avant que Srikkanth ne puisse répondre, la voix rauque d'émotion en entendant sa mère appeler Sophie sa petite-fille.

— *De nada, niño. Come.*

Jaime fit ce qu'on lui avait dit, piochant dans son assiette débordante de nourriture. Juana avait raison, réalisa-t-il. Il ne leur avait pas rendu service en restant à l'écart si longtemps.

— Alors, on peut revenir la semaine prochaine, *Mamá* ?

— Idiot, le gronda la *Señora* Frias. Tu peux revenir chaque semaine si ton ami arrête de m'appeler *señora* et m'appelle *Mamá* comme tout le monde.

# XVIII

— Et toi qui te faisais du souci, le taquina Srikkanth tandis qu'ils roulaient pour rentrer chez eux à la fin de la soirée.

— Ça s'est beaucoup mieux passé que je ne m'y attendais, acquiesça Jaime. On n'est pas obligés d'y aller tous les dimanches si tu n'en as pas envie.

— Pourquoi est-ce que je n'en aurais pas envie ? demanda Srikkanth. Ta famille est adorable, et Sophie a eu un énorme succès.

— Seigneur, que je t'aime, lâcha Jaime, ses yeux s'écarquillant quand il réalisa ce qu'il venait de laisser échapper.

Srikkanth tressaillit.

— Ne le dis pas si tu ne le penses pas.

— Je le pense, insista Jaime. Je ne sais pas pourquoi je ne te l'ai pas dit plus tôt. J'avais toujours l'impression que ce n'était pas le bon moment.

— Gare-toi, exigea Srikkanth. Dans une allée, un parking, je m'en fous.

— Quoi ? demanda Jaime, surpris.

— Gare-toi, répéta Srikkanth. J'ai besoin de t'embrasser. Tout de suite.

Les yeux de Jaime s'agrandirent encore plus tandis qu'il cherchait un endroit pour s'arrêter. Il trouva enfin un parking et se gara tout en détachant sa ceinture de sécurité. Il tendit la main vers Srikkanth alors même que ce dernier l'attirait dans ses bras, leurs bouches s'écrasant l'une contre l'autre. Jaime haleta sous le baiser torride. Sa tête se mit à tourner tandis que Srikkanth l'embrassait avec plus de ferveur, plus de passion que jamais.

— Dis-le encore, exigea Srikkanth, interrompant momentanément le baiser.

— Je t'aime, répéta Jaime.

Srikkanth prit une grande inspiration en fermant les yeux.

— Je t'aime aussi.

Les muscles de Jaime se détendirent alors qu'il ne s'était même pas rendu compte qu'ils s'étaient contractés en entendant les mots qu'il s'était langui d'entendre.

153

— Est-ce qu'on peut rentrer à la maison maintenant ? Je veux mettre Sophie au lit, puis t'emmener dans le nôtre. Et ce soir, rien ne va m'empêcher de te faire l'amour.

— Pas même Sophie ? le taquina Srikkanth.

— Pas même Sophie, répondit fermement Jaime. Pas ce soir, quand je sais enfin que tu m'aimes aussi.

— Alors, rentrons à la maison, acquiesça Srikkanth.

Jaime conduisit aussi vite que la sécurité le permettait, la pensée de l'enfant endormie sur la banquette arrière suffisante pour tempérer son désir de se dépêcher. Ils portèrent son siège auto à l'intérieur, la laissant solidement attachée pour qu'elle ne roule pas sur elle pendant qu'elle dormait, plutôt que de la réveiller en la déplaçant dans son berceau. Quand elle réclamerait un biberon, ils pourraient la mettre dans son lit.

Dès qu'elle fut installée, Jaime attira Srikkanth dans une tendre étreinte. Son cœur battant rapidement dans sa poitrine, il blottit son visage contre la mâchoire de son petit ami, ses lèvres glissant sur la peau tendre sous son oreille. Srikkanth frissonna dans ses bras, faisant apparaître un sourire sur les lèvres de Jaime tandis qu'il intensifiait ses caresses. Il voulait que Srikkanth soit incapable de faire autre chose que gémir et s'abandonner dans ses bras. Plusieurs fois, s'il avait son mot à dire.

Entraînant Srikkanth vers leur chambre dans une sorte de valse, Jaime libéra son compagnon pendant un instant pour allumer une lampe et un des bâtons d'encens qui étaient posés sur la commode. Il n'avait pas révélé ses sentiments à Srikkanth de la façon dont il l'avait prévu, alors il allait faire en sorte que la première fois qu'ils feraient l'amour soit parfaite. Il pouvait sentir les yeux de Srikkanth dans son dos ; il pouvait presque entendre son amant lui demander d'arrêter de perdre du temps et de se dépêcher, mais Jaime résista à la prière silencieuse. Ce n'était pas une aventure d'un soir, pas une simple façon de se soulager. C'était Srikkanth, et Jaime avait l'intention de traiter ce dernier avec tout le respect qu'il méritait.

Quand tout fut arrangé à sa convenance, Jaime retourna auprès de Srikkanth, enroula ses bras autour de sa taille et se balança d'un côté à l'autre jusqu'à ce que les pieds de son compagnon bougent en même temps que les siens. Il les guida lentement vers le lit, ses mains errant sur le dos de Srikkanth. L'odeur de l'encens se mêla à leurs sens, ajoutant à la chaleur de l'instant. Lorsque les cuisses de Srikkanth se cognèrent contre le bord du lit, Jaime cessa d'avancer, ses mains se glissant sous la chemise de son amant pour y trouver la peau lisse.

154

Srikkanth s'impatienta devant le rythme lent imposé par Jaime et se releva juste assez pour passer son polo par-dessus sa tête, dénudant son torse dans l'espoir d'inciter son amant à initier un contact plus intime. Mais Jaime se contenta de sourire et recommença à l'embrasser et à caresser son dos. Non pas que ce fût désagréable, bien sûr, mais Srikkanth voulait plus. Tout de suite.

Il fit glisser ses mains sur la chemise boutonnée de Jaime, déterminé à accélérer les choses. Trouvant le bouton du bas, il de défit et remonta vers le haut, ouvrant la chemise dans le sens inverse, de sorte que leurs torses s'effleurèrent doucement, tandis qu'il repoussait le vêtement sur les bras de Jaime puis le laissait tomber sur le plancher.

Le contact n'aurait pas dû être exceptionnellement électrisant – ils avaient dormi côte à côte pendant des semaines, seulement vêtus de leurs sous-vêtements, et s'étaient retrouvés complètement nus à plusieurs reprises – et pourtant c'était différent, plus puissant, comme si l'aveu de leurs sentiments partagés avait accentué les sensations. Jaime bougea lentement, effleurant sa peau lisse contre le torse de Srikkanth, appréciant le frottement de la douce toison de son amant contre ses mamelons sensibles. Il baissa la tête sur la courbe de l'épaule sombre de Srikkanth, faisant glisser ses lèvres le long de sa clavicule, puis sur la petite pointe tendue. Il lécha de manière provocante le mamelon acajou, souriant alors que Srikkanth gémissait. Le parfum de Srikkanth était fort à cet endroit et l'odeur musquée qui se mêlait à la fumée de l'encens enivrait les sens de Jaime. Ses mains gardant Srikkanth près de lui, il l'allongea sur le lit, sans jamais rompre le contact entre ses lèvres et la peau de son amant. Exhortant Srikkanth à se déplacer de façon à ce qu'il puisse s'allonger entièrement sur le lit, Jaime rampa sur lui à quatre pattes pour continuer à titiller la peau de son compagnon.

— Tu n'as pas besoin de me séduire, haleta Srikkanth. Je suis déjà tout à toi.

Jaime gloussa.

— Je suis heureux de l'entendre, mais c'est une raison de plus de te séduire, tu sais. On a tout fait à l'envers, mais on est là maintenant, et j'ai l'intention de prendre mon temps.

— À l'envers ? demanda Srikkanth, essayant de garder le fil de ses pensées alors que Jaime tirait sur ses chaussettes et commençait à ouvrir son pantalon.

— On a commencé par avoir un bébé, expliqua Jaime, déshabillant Srikkanth jusqu'à ce qu'il se retrouve en sous-vêtements. La famille vient généralement après, pas en premier. Je ne me plains pas. Je ne changerais rien même si je le pouvais, mais te faire l'amour a trop tardé, et je vais rattraper le temps perdu en faisant les choses bien.

Srikkanth ne pensait pas qu'il y avait une possibilité que quelque chose se passe mal entre eux, mais il n'avait pas assez de souffle pour exprimer cette opinion à haute voix avec Jaime qui frottait sa tête contre son sexe à travers son caleçon. Ses yeux se fermèrent sur un doux gémissement tandis qu'il soulevait ses hanches, invitant son amant à lui donner plus d'attention.

Jaime traça d'un doigt le renflement du sexe de Srikkanth à travers le fin tissu.

— Bien que je sache combien tu as bon goût, je ne compte pas tomber à nouveau dans ce piège, avertit-il Srikkanth. Si je commence à te sucer, j'oublierai tout le reste, et ce soir je veux savoir ce que c'est que d'être en toi.

— Oui, gémit Srikkanth. Je le veux aussi.

Jaime poussa un soupir de soulagement. Il n'avait pas été absolument sûr d'avoir correctement compris Srikkanth jusqu'à maintenant. Même s'il n'était pas contre le fait d'être pris – il aimait plutôt ça, en fait – il avait besoin d'être celui qui donnait ce soir. Il n'aurait pas pu expliquer pourquoi si Srikkanth le lui avait demandé, mais il semblait que son amant partageait le même besoin.

— Lubrifiant… dans le tiroir, dit Srikkanth avec un signe de tête tandis que Jaime se mettait à genoux pour finir de se déshabiller.

Jetant ses vêtements de côté, Jaime ouvrit le tiroir, cherchant le lubrifiant et, espéra-t-il, un préservatif ou deux. Il en avait quelques-uns dans la salle de bain du bas, mais il ne voulait pas vraiment s'éloigner pour aller les chercher. Se bottant mentalement les fesses pour ne pas avoir fait un détour en se rendant à l'étage, il fronça les sourcils quand il ne trouva pas le lubrifiant.

— Tu en es sûr ?

Srikkanth se redressa sur un coude, ouvrit le tiroir en grand et trouva enfin le lubrifiant tout au fond, ainsi qu'un préservatif solitaire.

— Ça fait un moment que je n'en ai pas eu besoin, expliqua Srikkanth avec un haussement d'épaule timide. Je suppose que je vais devoir me réapprovisionner.

— On en rapportera d'en bas, dit Jaime. Demain.

Srikkanth hocha la tête, pas du tout pressé de quitter sa confortable place sur le lit, Jaime penché au-dessus de lui, sur le point de finalement lui faire l'amour. S'ils avaient besoin d'un autre préservatif avant le matin, ils pourraient aller en chercher un à ce moment-là. Pour l'instant, il préférait se concentrer sur le moment présent, sur cette expérience. Levant la tête, il mordilla la ligne musclée de l'abdomen doré de Jaime, aimant le contraste entre ses mains sombres et la peau plus claire de Jaime. Cette pensée amena un sourire sur son visage, Jaime n'ayant guère le teint clair, sauf si on le comparait à Srikkanth.

— Je t'aime, murmura-t-il contre le ventre de Jaime.

— Je t'aime aussi, répondit Jaime en déposant le lubrifiant et le préservatif à côté d'eux sur le lit, là où ils ne les perdraient pas.

Il prit un moment pour plonger ses yeux dans ceux presque noirs de Srikkanth, se demandant ce qu'il avait fait pour mériter un homme aussi fantastique. Penchant la tête, il effleura encore et encore Srikkanth de ses lèvres, appréciant la saveur épicée de sa peau.

— Je t'aime, je t'aime, je t'aime, chuchota-t-il entre chaque effleurement. Tellement fort.

— Alors fais-moi l'amour, lui dit Srikkanth.

Jaime hocha la tête, le cœur battant, tandis qu'il attrapait le lubrifiant. Il enduisit ses doigts avant de les glisser vers l'entrée serrée de Srikkanth. Ce dernier écarta les jambes, pliant un genou pour s'ouvrir davantage à l'exploration de Jaime qui baissa humblement la tête et embrassa la peau poilue à l'intérieur de la cuisse de Srikkanth tandis qu'il réalisait des mouvements circulaires autour de la rosette tentante à l'aide de ses doigts. Il fit traîner ses lèvres sur la peau sensible tandis que son doigt sondait légèrement l'entrée de son amant, mais pas suffisamment pour le pénétrer.

Srikkanth laissa échapper un sanglot étouffé de désir. Jaime sourit et enfonça son doigt un peu plus profondément, les yeux fixés sur l'endroit où ils se rejoignaient. Quand ses doigts se cognèrent contre la courbe des fesses de Srikkanth, il s'arrêta et tordit son doigt d'avant en arrière, à la recherche de la petite bosse qui intensifierait le plaisir de son amant. Le cri qui s'échappa ensuite des lèvres de Srikkanth ne put pas être étouffé si facilement.

— C'est ça, le pressa Jaime. Gémis pour moi. Laisse-moi entendre combien ce que je fais te satisfait.

— Trop bon, supplia Srikkanth. Tu vas me faire jouir.

— Et ce n'est pas bien parce que… ? demanda Jaime, les mots de son amant le faisant se rengorger de fierté.

— Je veux aussi te donner du plaisir, protesta Srikkanth.

— Tu le feras, lui promit Jaime. Mais tu as dit toi-même que tu n'avais pas eu besoin de lubrifiant ni de préservatifs depuis longtemps. Je ne veux pas te faire mal, alors je vais prendre mon temps et te préparer correctement.

Srikkanth ne discuta pas, bien qu'il ne soit pas sûr d'avoir la patience pour la longue et lente préparation que Jaime lui proposait. Il connaissait suffisamment son petit ami pour savoir que lorsqu'il avait décidé quelque chose, il était difficile de le faire changer d'avis. Il n'avait plus qu'à endurer.

Cette pensée déclencha un grognement amusé. Comme si être allongé et laisser le doigt de Jaime le pénétrer était quelque chose qu'il devait endurer. Quelque chose à chérir, à apprécier, à convoiter, peut-être, mais pas quelque chose à endurer. C'était bien trop agréable pour ça.

— Quoi ? demanda Jaime, ne sachant pas comment interpréter ce bruit.

— Rien, répondit Srikkanth d'une voix rauque. Je suis juste en train de penser combien ce que tu me fais est agréable.

Jaime était sceptique, mais il accepta l'explication car il avait des choses beaucoup plus importantes qui lui occupaient l'esprit, comme par exemple faire crier Srikkanth d'extase. Il ajouta un second doigt au premier et commença à les manœuvrer avec plus de force à l'intérieur du passage étroit. Les muscles de Srikkanth se détendaient lentement, mais pas assez vite pour qu'il puisse passer à l'étape suivante. Il écarta ses doigts, étirant l'anneau de muscles, ses yeux fixés sur le visage de Srikkanth, à l'affût du moindre signe de douleur. Il préférait encore reporter leur nuit d'amour plutôt que de faire mal à son amant. Srikkanth ne donna aucun signe d'inconfort, au grand soulagement de Jaime, le corps de son amant ondulant au même rythme que ses doigts, se soulevant pour faire accélérer Jaime.

Voulant rendre Srikkanth encore plus fou de désir, Jaime se pencha et lécha toute la longueur du sexe de son amant, de la base à la pointe humide, s'attardant sur le bout pour le nettoyer à coups de langue.

— Oh, merde, gémit Srikkanth. Jaime !

— Oui, *amante* ?

— S'il te plaît, supplia Srikkanth. Baise-moi !

Jaime sourit et leva la tête, ajoutant un troisième doigt dans le passage de Srikkanth tandis qu'il attrapait le préservatif avec sa main libre. Il déchira l'emballage avec ses dents et enroula le préservatif sur son sexe engorgé d'une seule main. Même s'il était prêt, il n'enleva pas ses doigts immédiatement, se concentrant délibérément sur la prostate de Srikkanth, la massant jusqu'à ce que celui-ci se contorsionne sur le lit tandis qu'un flux constant de gémissements se déversait de ses lèvres. Pendant un moment, Jaime envisagea de le faire jouir de cette façon, juste pour s'assurer qu'il était complètement détendu, mais il n'avait pas la patience d'attendre jusqu'à ce que Srikkanth soit prêt pour un second round. Pas ce soir, quand il avait déjà attendu si longtemps et que ses émotions étaient si intenses. Il devrait juste être prudent et aller lentement.

Retirant ses doigts avec précaution, il s'installa entre les jambes de Srikkanth, posant une de ses chevilles sur son épaule et enroulant l'autre autour de ses hanches pour qu'il ait accès sans restriction au corps de son amant. Srikkanth se déplaça avec empressement dans la position qu'il proposait, tendant la main vers le sexe de Jaime avec l'intention flagrante d'accélérer les choses. Jaime saisit la main de son amant et la porta à ses lèvres, l'embrassant doucement, puis il la reposa sur le lit.

— Allonge-toi et laisse-moi m'occuper de toi, insista-t-il.

Srikkanth grogna, mais il ne protesta pas davantage. Au lieu de cela, il se servit de la jambe qu'il avait enroulée autour de la taille de Jaime pour l'attirer plus près. Jaime se souleva au-dessus de lui, en équilibre sur une main. Il s'aligna et s'enfonça à l'intérieur du corps chaud de Srikkanth, ses yeux rivés sur son sexe disparaissant dans le trou serré de Srikkanth. Même après tout le temps qu'il avait passé à préparer son amant, il avait l'impression qu'il tiendrait à peine à l'intérieur, tellement l'anneau de muscles se contractait autour de lui.

— Tout va bien ? haleta-t-il, ne voulant pas blesser Srikkanth.

— Je vais bien, grogna Srikkanth. Mieux que bien. Alors prends-moi, putain !

C'était tout l'encouragement dont avait besoin Jaime. Il relâcha un peu le contrôle qu'il exerçait et glissa jusqu'au bout. La sensation du corps de Srikkanth l'enveloppant était presque écrasante. Il prit une profonde inspiration alors que leurs aines se rencontraient, essayant de stabiliser ses nerfs, mais les senteurs combinées de l'encens, de l'eau de Cologne de Srikkanth et de leur excitation le frappa de plein fouet, le laissant encore plus au bord de la jouissance qu'auparavant. Il commença à bouger, essayant de donner des coups de reins réguliers. Il doutait sérieusement d'y être arrivé, mais cela ne semblait pas déranger Srikkanth – s'il se fiait à la façon dont ce dernier se tordait et gémissait.

— S'il te plaît, supplia Srikkanth, perdu dans la brume du désir que Jaime avait inspiré.

Jaime se pencha pour l'embrasser, le mouvement soulevant les hanches de Srikkanth et changeant l'angle de pénétration.

— Oh mon Dieu, Jaime !

La cheville de Srikkanth glissa de l'épaule de Jaime tandis que leurs lèvres se rencontraient et s'accrochaient, les hanches de Jaime bougeant de plus en plus vite jusqu'à ce qu'ils grognent tous les deux en rythme avec les coups de boutoir. Jaime voulait que ce moment dure toujours, mais son corps le trahit, les signes avantcoureurs de la jouissance s'installant à la base de sa colonne vertébrale. Sachant qu'il ne serait pas en mesure de retenir son orgasme beaucoup plus longtemps, il glissa une main entre leurs corps pour la poser sur l'érection de Srikkanth, l'encerclant de son poing et commençant à le masturber au même rythme que ses coups de reins. Srikkanth rejeta sa tête en arrière dans un cri rauque, son sexe tressautant tandis qu'il se répandait dans la main de Jaime et sur son propre abdomen. Les spasmes de l'orgasme se répercutèrent sur le sexe de Jaime, déclenchant sa propre libération. Il s'effondra sur Srikkanth, oubliant le liquide collant entre eux et le préservatif rempli dont il devrait bientôt s'occuper. Il voulait simplement rester là et se complaire dans cette merveilleuse moiteur, dans l'odeur enivrante de leur sperme qui se mélangeait avec l'encens, et la respiration lourde de Srikkanth qui lui chatouillait la tempe. La réalité les rattraperait bien assez tôt. Il comptait la tenir à distance aussi longtemps que possible.

Finalement, Srikkanth remua sous lui et un léger gémissement s'échappa de ses lèvres. Jaime se retira immédiatement de peur d'avoir blessé son amant. La dernière chose qu'il voulait, c'était de terminer une soirée qui avait été en tout point extraordinaire en blessant Srikkanth.

— Tu vas bien ? demanda-t-il.

— Je ne me suis jamais senti mieux, le rassura Srikkanth, mais tu commençais à être un peu lourd.

Il tendit le bras vers Jaime, l'attira à côté de lui et se blottit à nouveau dans ses bras.

— Laisse-moi jeter le préservatif, et on pourra rester comme ça toute la nuit, proposa Jaime.

Srikkanth gloussa.

— Tu crois que Sophie va nous laisser faire ?

— Probablement pas, acquiesça Jaime, se débarrassant du préservatif en le jetant dans la poubelle à côté du lit. Mais on peut rester allongés comme ça jusqu'à ce qu'elle nous oblige à nous lever.

Srikkanth sourit et fit courir son doigt le long du dos de Jaime tandis qu'il se retournait pour éteindre la lumière. Il sentit le frisson qui courut le long de la colonne vertébrale de son amant sous le contact innocent et se demanda dans combien de temps Jaime serait intéressé par un second round. Peut-être que lorsqu'il se lèverait pour donner son biberon à Sophie, il irait trouver la réserve de préservatifs à laquelle Jaime avait fait référence. Juste au cas où.

— Continue comme ça et je vais te faire descendre maintenant au lieu d'attendre demain matin, le prévint Jaime en se retournant dans les bras de Srikkanth et en tirant les draps sur eux.

Srikkanth éclata de rire.

— Je pensais justement à aller les chercher quand je me lèverai pour Sophie, admit-il.

Jaime se pencha et embrassa tendrement Srikkanth.

— C'est une très bonne idée.

# XIX

— Comment ça s'est passé ? demanda Jaime à Srikkanth quand il rentra à la maison.

— Très bien, répondit-il, l'étonnement visible dans sa voix et sur son visage. Les gosses étaient vraiment intéressés et ont posés des questions pertinentes sur le cursus et la profession.

— Alors pourquoi tu fais cette tête ? s'enquit Jaime.

Srikkanth secoua la tête.

— Depuis quand est-ce que c'est cool d'avoir un frère gay ? Et d'avoir le petit ami de ce frère gay qui vient parler devant ta classe ?

Le front de Jaime se plissa.

— Quoi ?

— Diana a couru vers moi à la minute où je suis entré dans sa classe, me prenant dans ses bras et me présentant à tous ses amis comme le petit ami de son frère, raconta Srikkanth. Aucun d'eux n'a bronché. Au contraire, ils avaient l'air encore plus excités de m'entendre après qu'elle a dit ça. Et après le cours, dans le couloir, je les ai entendus dire que c'était cool que je sois venu, et ils lui ont demandé si son frère était aussi sexy que son petit ami.

— Ils ont été élevés avec *Queer as Folk*, *Brokeback Mountain*, *Torchwood* et tout le reste, lui rappela Jaime. Être gay n'est pas aussi stigmatisé que ça l'était il y a quelques années, même si l'on n'est pas encore parfaitement acceptés. Je suis sûr que Diana t'a présenté de cette manière à ses camarades parce qu'elle savait qu'ils réagiraient bien. Elle ne laisse jamais *Mamá* le voir, mais elle a commencé à porter un bracelet arc-en-ciel après que j'ai fait mon coming-out. Je vais quelquefois la chercher à l'école et elle le porte. Même avant qu'on ne commence à se fréquenter. Je doute qu'elle soit amie avec beaucoup de personnes qui nous mépriseraient.

Cela semblait logique à Srikkanth. Même si….

— Ça aurait été beaucoup plus facile pour moi si les choses avaient été comme ça quand j'étais au lycée.

— Pour moi aussi, acquiesça Jaime avec un éclat de rire. Merci encore d'avoir fait ça pour elle. Cela signifie beaucoup pour moi que tu aies réaménagé ton emploi du temps pour aller parler à sa classe.

— Mon patron était d'accord, lui assura Srikkanth. Il a dit que c'était une bonne publicité pour l'entreprise, tant en terme de futurs recrutements qu'en terme d'esprit communautaire. Il a même parlé de mettre en place des contrats d'apprentissage. Je suis sûr que si je voulais me rendre dans leur classe une fois par mois, il m'en donnerait la possibilité.

Jaime éclata de rire.

— Diana sauterait sur l'occasion si tu lui proposais. Je suis ravi que ton patron ait accepté, mais c'est quand même toi qui as fait l'effort de t'y rendre.

— La famille est une chose importante, dit simplement Srikkanth.

Le cœur de Jaime manqua un battement. Srikkanth avait fait de plus en plus de commentaires de ce genre au cours du mois qui venait de s'écouler, depuis qu'ils avaient déjeuné avec sa famille. Ils y étaient retournés chaque semaine, tant parce que Srikkanth avait insisté que parce que Jaime voulait y aller. Sa mère et Paula avaient gardé Sophie au moins une fois par semaine et avaient laissé entendre qu'elles aimeraient la voir encore plus souvent. Srikkanth n'avait pas encore donné de réponse, mais avec Sophie qui commençait à essayer de se déplacer toute seule, même si elle n'avait pas encore tout à fait réussi à ramper, Jaime avait l'impression qu'il ne faudrait pas longtemps pour que Srikkanth cède et les laisse la garder au moins une partie de la journée. Chaque fois qu'ils étaient allés chez sa mère, Alvaro avait répété que Sophie n'allait pas rester en place beaucoup plus longtemps, au grand amusement de Jaime. Il n'était pas sûr que son frère puisse être plus épris de la petite fille. Jaime savait que dans très peu de temps Sophie commencerait à ramper, et quand cela arriverait, Srikkanth aurait beaucoup plus de mal à s'occuper d'elle tout en travaillant. Et ce ne serait pas le dernier défi auquel ils auraient à faire face.

— J'ai réfléchi à quelque chose, déclara lentement Jaime. Serais-tu d'accord pour que l'on devienne légalement une famille ?

— Quoi ? demanda Srikkanth, n'étant pas sûr d'avoir bien entendu la question de Jaime.

— Je sais qu'un morceau de papier ne changera pas grand-chose : nous sommes déjà un couple, nous nous aimons déjà à la folie, je suis déjà une constante dans la vie de Sophie, mais ce sera important quand elle vieillira et commencera l'école et…

— Attends, l'interrompit Srikkanth. Ralentis. Qu'est-ce que tu es en train de dire ?

— Je suis en train de dire que je t'aime et que je veux qu'on se marie. Je veux passer le reste de mes jours en étant ton mari, clarifia Jaime. Je veux adopter Sophie et faire de nous une famille aux yeux de la loi. Je veux savoir que, si tu n'es pas disponible, je peux prendre une décision pour le bien-être de Sophie. Je veux être celui qu'on appelle s'il t'arrive quelque chose.

— Du moment que ce n'est pas uniquement pour Sophie, dit lentement Srikkanth.

— Bien évidemment que ce n'est pas uniquement pour Sophie, protesta Jaime. Je ne pensais pas que je devais te rappeler à quel point je t'aime, mais si tu as besoin d'être rassuré, je serais heureux de…

Srikkanth coupa le flot de paroles en verrouillant ses lèvres sur celles de Jaime, l'embrassant tendrement jusqu'à ce que le flux de paroles se termine.

— Oui, dit-il quand il leva la tête. Je vais t'épouser. Je vais fonder une famille avec toi ; ce sera toi, moi et Sophie. On lancera le processus d'adoption dès qu'on aura les informations nécessaires pour le faire.

Jaime attira Srikkanth dans ses bras, l'embrassant avidement, tout doute envolé maintenant qu'il avait obtenu l'engagement de Srikkanth qu'il avait attendu depuis si longtemps. Riant joyeusement, il se tourna vers son amant.

— On doit appeler *Mamá*. Elle va vouloir d'un grand mariage. Elle était absolument diabolique quand Lourdes s'est mariée, et comme ta mère n'est pas là pour s'en occuper, la mienne va finir par tout planifier au lieu de ne s'occuper que de la moitié.

— Je devrais appeler mes parents, dit sérieusement Srikkanth. Je ne leur ai rien dit au sujet de Sophie, ou de toi. En même temps, on ne se parle pas souvent à cause du décalage horaire et tout ça, mais je ne savais pas comment leur expliquer. Il était plus facile de ne rien dire, mais c'est déjà assez grave qu'ils ne soient pas encore au courant pour leur petite-fille. Je ne peux pas me marier sans les prévenir.

Jaime hocha la tête.

— Tu veux que je reste près de toi pendant que tu les appelles ?

Srikkanth réfléchit un instant, calculant l'heure qu'il était en Inde.

— Ils ont onze heures et demie de plus que nous. C'est le petit matin pour eux, mais je pense que je peux appeler. Je peux les avoir avant qu'ils ne partent au travail.

— Tu veux que je reste ? répéta Jaime, la réponse de Srikkanth n'en étant pas une.

— Si ça ne te dérange pas, répondit-il d'une voix quasiment désespérée.

— Bien sûr que non, répondit Jaime. C'est pour ça que je te l'ai proposé. Allons-y. Plus vite on appelle, plus vite ce sera fait, et on pourra aller dîner avec *Mamá*.

— Elle nous attend pour dîner ? demanda Srikkanth.

— Non, mais depuis quand c'est un problème ? Si on ne reste pas, elle nous renverra à la maison avec assez de nourriture pour une semaine, alors autant la manger avec elle. Et si tu crois qu'elle nous laissera repartir une fois qu'on lui aura annoncé qu'on va se marier, tu ne connais vraiment pas ma mère.

Jaime ne lui avoua pas qu'il espérait que l'excitation de la famille de son amant compenserait une quelconque réaction négative de ses propres parents. Peut-être qu'il s'inquiétait pour rien. Peut-être qu'il n'y aurait pas de réaction négative, surtout si Srikkanth leur parlait de Sophie en même temps.

Jaime suivit Srikkanth à l'étage dans leur chambre. Il s'assit sur le lit et attira Srikkanth entre ses jambes, calant le dos de ce dernier contre son torse, de sorte qu'il était complètement entouré par son étreinte avant même de prendre son téléphone.

— C'est parti, murmura Srikkanth en composant le numéro.

— Allô ?

— Bonjour, *Pitā*, dit calmement Srikkanth. Est-ce que *Mā* et toi avez le temps de discuter un peu ? J'ai des choses à vous dire.

— Attends une minute, *betta*, dit son père.

Il entendit son père appeler sa mère pour qu'elle le rejoigne.

— Bonjour, *betta*, dit sa mère dès qu'elle prit le combiné. Ton père dit que tu as des choses à nous dire ?

— Beaucoup de choses, confirma Srikkanth. Vous vous souvenez de mon amie Jill ?

Ses parents répondirent tous les deux par l'affirmative.

165

— Elle est décédée il y a environ huit mois, dit doucement Srikkanth. Elle a développé une éclampsie lors de l'accouchement. Le bébé, Sophie, a survécu, mais pas elle.

— Oh, Srikkanth, je suis désolée, commença sa mère. Je sais combien vous étiez proches, mais pourquoi est-ce que tu nous appelles seulement maintenant pour nous le dire ?

— Parce que les choses n'ont pas été simples depuis, répondit honnêtement Srikkanth.

Il ne savait pas comment leur dévoiler le reste de l'histoire, raison pour laquelle il n'avait pas appelé plus tôt.

— Sophie est aussi ma fille, et il nous a fallu du temps pour trouver nos marques lorsqu'elle est arrivée à la maison.

Il éloigna le combiné de son oreille et attendit l'inévitable explosion. Elle arriva dans un torrent d'hindi, ses parents parlant en même temps et si vite qu'il lui fut impossible de comprendre ce qu'ils disaient. Quand ils finirent par ralentir assez pour lui permettre de parler, il essaya de répondre aux questions qu'il avait réussi à comprendre.

— Non, nous n'étions pas mariés, et non, nous n'étions pas un couple. Elle voulait un bébé et m'a demandé de l'accompagner à la clinique de fertilité. Je l'ai fait, et je n'étais pas censé m'impliquer davantage. Mais quand elle est morte, je n'ai pas pu me résoudre à remettre Sophie à des étrangers, alors je l'ai gardée. Je ne vous en ai pas parlé parce que je ne voulais pas que vous commenciez à me demander de rentrer à la maison ou d'épouser une gentille jeune fille indienne. Je ne veux épouser aucune jeune fille. Je suis cependant sur le point de me marier, raison pour laquelle je vous appelle aujourd'hui.

Un silence complet accueillit cette déclaration et les yeux de Srikkanth se fermèrent devant cette absence de réaction.

— Je suis désolé de vous avoir dérangés. Je vais vous laisser maintenant.

— Non, attends, *betta*, dit sa mère. Tu décides de nous appeler à l'improviste pour nous révéler tout cela, alors laisse-nous au moins le temps de digérer tous ces changements. Qui épouses-tu ?

— Jaime, répondit Srikkanth. Je n'aurais pas pu m'occuper de Sophie sans lui, et nous sommes tombés amoureux. Il veut adopter Sophie. Je pense que sa famille nous a déjà adoptés elle et moi.

— Ton colocataire Jaime ? clarifia le père de Srikkanth.

— Oui, répondit Srikkanth.

Un autre long silence s'ensuivit.

— Quand te maries-tu ?

— Nous n'avons pas encore fixé de date, déclara Srikkanth. Nous venons juste de décider de nous marier.

— Il va nous falloir une date si nous devons obtenir un visa pour venir, dit la mère de Srikkanth. Dès que tu en as une, préviens-nous.

— Vous n'avez pas besoin de faire ça. Je sais combien ça coûte, protesta Srikkanth.

— On ne pourra peut-être pas le faire, avertit le père de Srikkanth. Plusieurs de nos amis se sont récemment vus refuser un visa parce qu'ils vivaient auparavant aux États-Unis ou parce qu'ils y étaient allés trop souvent. Mais on tentera le coup quand vous aurez fixé une date. Le reste dépendra des bureaucrates.

— Merci, dit doucement Srikkanth. Je vous enverrai un email dès qu'on se sera décidés. Passez une bonne journée, *Mā, Pitā*. Je vous aime.

— Au revoir, *betta*. Appelle-nous rapidement.

— Ce n'était pas si terrible que ça, n'est-ce pas ? demanda Jaime quand Srikkanth raccrocha.

Ce dernier haussa les épaules.

— Ils n'étaient pas ravis, mais ils ne m'ont pas renié non plus, alors je suppose qu'on peut dire que ça s'est bien passé.

— Ils t'ont demandé la date et t'ont proposé de venir, pas vrai ?

Srikkanth hocha la tête.

— Alors je dirais que ça s'est vraiment bien passé.

— Obtenir un visa va être très difficile, le prévint Srikkanth. Il est possible qu'ils ne puissent pas venir.

— Mais ils auront essayé, lui fit remarquer Jaime. Ce qui représente plus que toi et moi ne l'avions espéré. Allez, viens. Allons chercher Sophie et fêter ça.

— ON NE pourra pas se marier avant l'été prochain, si ça continue, grogna Jaime alors qu'ils ramenaient Sophie à la maison.

Comme il l'avait prédit, sa mère avait été aux anges en apprenant la nouvelle de leur mariage, et leur avait promis de s'occuper de tout.

— On pourrait s'enfuir, suggéra Srikkanth, ne plaisantant qu'à moitié.

— C'est tentant, répondit Jaime en riant, mais je ne suis pas sûr que ça vaille le coup d'affronter la colère de ma mère.

— On pourrait fixer une date et lui dire que ça doit être fait d'ici là, proposa Srikkanth. Si on choisit une date assez proche, elle n'aura pas le temps de faire plus que le nécessaire.

— Mais ce serait encore plus difficile pour tes parents de préparer leur venue, protesta Jaime.

— Ils peuvent très bien ne pas pouvoir venir du tout, peu importe la date que l'on fixera, l'avertit Srikkanth. Parce qu'ils ont vécu ici un certain nombre d'années, les autorités suspecteront qu'ils veulent revenir en tant que résidents, même s'ils ont un billet de retour. C'est arrivé à plusieurs de mes amis dont les parents étaient retournés vivre en Inde après avoir vécu ici pendant longtemps. S'ils n'ont pas obtenu la citoyenneté américaine pendant qu'ils étaient ici, ils n'ont presque jamais l'autorisation de revenir, même pour des mariages, des naissances, ou des enterrements. C'est stupide, mais c'est comme ça que ça marche. Faisons les choses comme ça nous arrange. On pourra toujours aller les voir en Inde un peu plus tard.

— Eh bien, on est en septembre. On pourrait se marier à Noël.

— Au nouvel an, contra Srikkanth. Nouvelle année, nouveau mariage, nouvelle famille. Qu'est-ce que tu en penses ?

— Je pense que c'est parfait, acquiesça Jaime. J'appellerai *Mamá* plus tard et je lui dirai qu'on a fixé une date. Il va falloir se dépêcher si on veut trouver un endroit pour la réception, mais tout le reste devrait être relativement simple. Ce n'est pas comme si on avait à se soucier d'acheter une robe pour l'occasion et des trucs de ce genre.

— Ta mère et tes sœurs vont devoir s'en soucier, lui rappela Srikkanth.

Jaime leva les yeux au ciel.

— Elles sont expertes dans l'art de faire les magasins. Elles auront trouvé leurs tenues dès ce week-end ; elles ont juste besoin de savoir à quelle saison se déroulera le mariage.

— Alors le seul autre problème va être d'envoyer les invitations à tout le monde, déclara Srikkanth. Si on arrive à trouver un lieu de réception, on pourra probablement les faire imprimer assez rapidement. Avoir l'invitation pourrait en fait aider mes parents, dit-il avant de se taire soudain, puis il se mit à rire. Ou pas, car il s'agit de deux hommes. Sauf s'ils disent aux autorités qu'ils essaient d'arrêter le mariage.

— Si les autorités sont indiennes, ils ne réaliseront peut-être pas que Jaime est le nom d'un homme. Ça ressemble à Jamie, et j'ai connu quelques filles qui s'appelaient comme ça.

— On leur enverra une invitation et ils en feront ce qu'ils voudront, décida Srikkanth. On n'a pas à modifier notre emploi du temps pour eux.

— Envoie-leur un email pour leur donner la date, et ce week-end on les appellera via l'ordinateur pour qu'ils puissent voir Sophie, proposa Jaime. Qu'est-ce que tu en dis ?

— Parfait, acquiesça Srikkanth.


— JE SUIS désolée, Srikkanth, *betta*, déclara la mère de Srikkanth quand elle rappela un mois plus tard. L'ambassade ne veut pas nous donner de visa. Nous allons nous rendre à Delhi et en demander un en personne dans l'espoir qu'ils changent d'avis, mais je ne sais pas si nous allons réussir à venir.

— Ce n'est pas grave, *Mā*, dit Srikkanth. Je ne m'attendais pas à ce que vous soyez en mesure de venir. Je sais combien il est difficile d'obtenir un visa avec la conjoncture actuelle.

— Si, c'est grave, insista la mère de Srikkanth. Mais nous avons envoyé une lettre à Ashok *Chacha*. Il habite en Californie. Tu te souviens de lui ? C'est le cousin du beau-frère de *Pitā*, la personne chez qui nous sommes restés quand nous avons déménagé aux États-Unis.

— Je m'en souviens, répondit Srikkanth.

— Lui et sa famille assisteront au mariage. Si nous ne pouvons pas être là, c'est la meilleure option, dit Mme Bhattacharya. Fais en sorte que quelqu'un passe le prendre à l'aéroport et le conduise à la cérémonie, d'accord ?

— Tu n'avais pas besoin de faire ça, dit Srikkanth, extrêmement touché par l'insistance de sa mère à trouver quelqu'un de sa famille pour assister au mariage.

Il savait qu'elle n'approuvait pas totalement son choix, mais elle l'acceptait, sinon elle n'aurait jamais contacté son oncle.

— J'ai bien élevé mes enfants, rétorqua Mme Bhattacharya. On ne se marie qu'une fois dans sa vie. Si je ne peux pas y être, je veux qu'il y ait quelqu'un pour que la famille de ton…

Elle fit une pause, et Srikkanth put presque la voir s'efforcer de prononcer le mot.

— … fiancé ne croit pas que nous t'avons abandonné.

— Ce n'est pas ce qu'ils pensent, *Mā*, lui assura Srikkanth. Ce sont aussi des immigrants. Les parents de Jaime vivent ici, mais ses grands-parents ne pourront pas assister au mariage pour la même raison que vous. Si tu veux bien me donner le numéro de téléphone d'Ashok *Chacha,* je l'appellerai et on discutera des détails ensemble. Je crois que la sœur de Jaime a de la place chez elle. Comme ça, il n'aura pas besoin de louer de voiture.

— Tu es un brave garçon, *betta.* Embrasse le bébé pour moi et ne tarde pas trop à venir nous voir en Inde. Tu nous manques.

— Vous me manquez aussi, *Mā.* On se reparlera bientôt.

— Qu'est-ce que tu racontais à propos de ma sœur ? demanda Jaime en entrant dans la pièce à la fin de la conversation.

— Je parlais avec ma mère, expliqua Srikkanth. Le visa leur a été refusé, mais elle a appelé mon oncle – enfin, ce n'est pas vraiment mon oncle, mais pas loin – pour qu'il vienne au mariage à leur place.

— Un de ces cousins du mari de la cousine du mari ? demanda Jaime en riant, pensant à toutes ces personnes au Mexique que ses parents considéraient comme de la famille malgré leurs liens de parenté très éloignés.

— Le cousin du beau-frère de mon père, pour être exact, acquiesça Srikkanth. Je le connais, ce qui est plus que ce que je peux dire de certaines personnes que mes parents considèrent comme de la famille. Il nous a aidés quand nous avons emménagé aux ÉtatsUnis. Il vit en Californie maintenant, et il n'est plus tout jeune. Je me disais qu'il pourrait peut-être loger chez Beatriz. Il restera à l'hôtel s'il le faut, mais étant donné qu'il sera la seule personne de ma famille à assister au mariage, on s'attend à ce que je lui trouve un endroit où loger s'il ne peut pas rester avec nous.

—Il ne peut pas rester ici, confirma Jaime. D'abord, nous n'avons pas de lit, et ensuite, je ne compte pas te partager avec qui que ce soit la veille de notre mariage. Même pas Sophie, et tu sais que si je ne te partage pas avec elle, je ne te partagerais pas avec ton oncle. Je parlerai à Beatriz dimanche. Je suis sûr qu'elle sera d'accord, mais si ce n'est pas le cas, il pourra rester avec *Mamá* et Alvaro. On commencera à planifier un voyage en Inde quand on reviendra de notre lune de miel. Peut-être l'année prochaine pour Noël ?

—C'est le moment idéal pour y aller, dit Srikkanth. Il ne fera pas trop chaud et la saison des moussons n'aura pas encore commencé. Je t'aime vraiment, tu sais ?

—Alors viens au lit et prouve-le moi.

# XX

LES PREMIÈRES notes du 'Canon en ré majeur' de Pachelbel résonnèrent dans la salle de réception tandis que Srikkanth et Jaime apparaissaient par deux entrées opposées et s'approchaient l'un de l'autre, se réunissant au bout de l'allée entre deux rangées de chaises. Leurs regards se rencontrèrent et se soutinrent tandis que leurs mains se cherchaient par habitude. Srikkanth ne détourna son regard de son futur mari pour le porter sur l'assemblée que lorsqu'ils commencèrent à marcher le long de l'allée. Il vit son oncle et sa famille près du premier rang, les couleurs vives des saris des femmes contrastant avec les teintes plus douces des invitées non-indiennes. Il eut une pensée pour ses parents, souhaitant qu'ils aient pu venir, mais leurs tentatives pour obtenir un visa n'avaient pas abouti. Ils étaient là en pensée, se rappela-t-il, sinon sa mère n'aurait pas contacté Ashok *Chacha* pour lui demander de venir en leur nom.

La famille de Jaime était venue en masse, et Srikkanth sourit en voyant Sophie perchée sur les genoux de son *abuela*. Elle ne parlait pas encore beaucoup, à presque un an, mais elle connaissait sa grand-mère, tendant les bras vers la *Señora* Frias à chaque fois qu'elle la voyait, et Srikkanth était sûr qu'il ne lui faudrait pas longtemps avant de se comporter en véritable *abue*. Elle rebondissait de haut en bas alors qu'ils marchaient dans l'allée, ses bras s'ouvrant sur leur passage pour qu'ils l'amènent. Srikkanth s'arrêta et se pencha pour l'embrasser, son sourire s'élargissant tandis que Jaime faisait de même. Ils la laissèrent cependant avec la mère de Jaime. Bien qu'ils l'aiment énormément, ce moment leur était consacré, à eux et à leur avenir, et pas à Sophie. L'adoption serait finalisée dans un peu moins d'un mois, mais pour l'instant, ils avaient un mariage à célébrer.

En arrivant devant le juge de paix, Srikkanth prit une profonde inspiration et attendit que la cérémonie commence pour entamer le premier jour du reste de sa vie.

— Mes biens chers frères et sœurs, nous sommes aujourd'hui réunis ici pour célébrer l'union de deux cœurs et deux vies qui formeront bientôt une nouvelle vie, une nouvelle famille. Srikkanth et Jaime vous ont demandé d'être les témoins de leur engagement l'un envers l'autre.

Il tourna son attention vers le couple.

— Un mariage représente beaucoup de choses, aussi nombreuses que les personnes qui choisissent d'en créer un. C'est la promesse d'une vie commune, un engagement pour affronter le monde comme une seule entité plutôt que comme deux individus. C'est souvent, comme ça l'est dans votre cas, un engagement pour fonder une famille ensemble. Il s'agit d'un lien juridique qui vous confère des droits et des responsabilités. Plus important, cependant, c'est l'union de deux cœurs, une union à partir de laquelle découlent toutes les autres choses. Vous êtes ici aujourd'hui parce que vous souhaitez rendre officielle et légale une union qui existe déjà. Un mariage ne crée pas une relation, il se contente de la reconnaître. En prononçant vos vœux aujourd'hui, vous mettez des mots sur les promesses silencieuses qui existent déjà entre vous, vous partagez avec vos invités les émotions qui existent déjà entre vous, vous créez une union forte et stable pour renforcer le lien familial et celui de notre communauté. Ce sont les choses que vous acceptez de faire en prononçant vos vœux d'aujourd'hui.

Jaime serra la main de Srikkanth, voulant désespérément toutes ces choses.

— Normalement, c'est le moment où je demande aux couples de se prendre la main, mais puisque vous l'avez déjà fait, je vous demanderai juste de vous faire face pendant que vous prononcez vos vœux.

Ils se tournèrent l'un vers l'autre en joignant également leurs mains libres.

— Jaime, voulez-vous bien prononcer vos vœux ?

Jaime prit une profonde inspiration et commença à prononcer les vœux que Srikkanth et lui avaient décidé de prononcer.

— À partir de ce jour, je te choisis, Srikkanth, pour être mon mari. Pour vivre ensemble et rire ensemble ; pour travailler à tes côtés et rêver dans tes bras ; pour remplir ton cœur et nourrir ton âme ; pour toujours chercher le meilleur en toi ; pour jouer avec toi chaque fois que j'en aurai l'occasion, alors que nous vieillirons ; pour toujours t'aimer de tout mon cœur, jusqu'à la fin de nos jours.

Les yeux de Srikkanth se fermèrent sous la force de l'émotion qui l'envahissait en entendant la déclaration de Jaime. Il savait du plus profond de son être que Jaime l'aimait, mais l'entendre dire de cette façon, comme une promesse d'éternité, ajouta beaucoup plus de force à leurs sentiments.

— Srikkanth ? l'invita le juge de paix.

Srikkanth se racla la gorge et prononça à son tour ses vœux d'une voix rauque.

— À partir de ce jour, je te choisis, Jaime, pour être mon mari.

Sa voix se brisa alors qu'il essayait de poursuivre. Jaime serra ses mains, lui accordant silencieusement un moment pour retrouver son sang-froid et lui donner la force de relever la tête. Il croisa le regard de son mari, et continua.

— Pour vivre ensemble et rire ensemble ; pour travailler à tes côtés et rêver dans tes bras ; pour remplir ton cœur et nourrir ton âme ; pour toujours chercher le meilleur en toi ; pour jouer avec toi chaque fois que j'en aurai l'occasion, alors que nous vieillirons ; pour toujours t'aimer de tout mon cœur, jusqu'à la fin de nos jours.

— L'anneau est l'un des plus anciens symboles d'éternité et d'union, poursuivit le juge de paix. Sans commencement ni fin, c'est l'ensemble parfait, la reconnaissance de l'union idéale que vous créez aujourd'hui. Vous ne serez plus jamais deux personnes, mais un couple. Vous n'aurez plus à mener deux vies, mais une seule. Vous n'aurez plus à marcher seuls, mais ensemble, dépendant de l'amour et du soutien de l'autre dans tous les moments de votre vie. Aujourd'hui, vous allez échanger des anneaux, preuve de votre amour et symbole de votre engagement l'un envers l'autre.

Alvaro se plaça à côté de Jaime, en lui tendant les alliances qu'ils avaient commandées. Plutôt qu'une unique bande en or, le bijoutier avait tressé une bande d'or et d'argent ensemble pour représenter deux vies qui n'en formaient désormais plus qu'une. Jaime tendit la sienne à Srikkanth qui leva la main pour que Jaime puisse la passer à son doigt.

— Prends cet anneau en signe de mon amour et de ma fidélité. Porte-le en reconnaissance de notre engagement l'un envers l'autre.

Il fit lentement glisser l'anneau le long du doigt de Srikkanth.

Quand il fut en place, il donna sa propre alliance à Srikkanth, qui répéta les mots et le geste.

— Félicitations, messieurs. Vous êtes maintenant mariés, déclara le juge de paix. Vous pouvez vous embrasser.

Ils se penchèrent l'un vers l'autre au même moment, leurs lèvres se joignant pour sceller leurs vœux. Ils ne s'attardèrent pas, bien que Jaime fût tenté de le faire. Ils auraient le temps plus tard pour de longs baisers plus intimes. Pour le moment, il se contenta de serrer la main de Srikkanth qu'il tenait encore dans la sienne, sachant que c'était le début de l'éternité.

Quand ils se séparèrent au milieu des tonnerres d'applaudissements, le juge de paix parla une dernière fois.

— J'ai le grand plaisir de vous présenter pour la première fois en tant qu'hommes mariés, Jaime et Srikkanth Bhattacharya-Frias.

Il faudrait bien plus que l'annonce d'un juge de paix pour que le changement de nom soit légal, mais aucun d'eux ne s'en souciait tandis qu'ils se tournaient vers leurs invités. Un mouvement dans le fond de la salle attira l'attention de Srikkanth, et il eut le souffle coupé quand il réalisa ce que le flash de couleur rouge vif voulait dire. Ses yeux se remplirent de larmes alors qu'il regardait, choqué, ses parents. Sa mère était vêtue du sari rouge et or que son père lui avait offert lors de leur mariage trente ans plus tôt.

— Ils sont là, murmura-t-il à Jaime. Mes parents sont ici !

Jaime se tourna pour regarder Srikkanth et suivit son regard jusqu'au couple d'Indiens debout derrière tous les autres invités.

— Alors nous ferions mieux d'aller leur dire bonjour, murmura-t-il, guidant Srikkanth dans l'allée.

Le cœur battant, Srikkanth suivit Jaime au fond de la salle de bal, s'arrêtant à quelques pas de ses parents. Sa mère ne ressentit quant à elle aucune hésitation et embrassa Srikkanth avec ferveur.

— Vous êtes venus, chuchota-t-il à plusieurs reprises. Comment avez-vous fait ?

— Le visa nous est parvenu à la dernière minute, répondit le père de Srikkanth, en tapotant l'épaule de son fils d'une main et celle de sa femme de l'autre. Nous n'avions pas le temps d'appeler. Nous avons pris le premier vol que nous avons trouvé, mais même en faisant au plus vite, nous avons failli ne pas y arriver. Si nous avions raté une correspondance ou si le vol avait été retardé, nous ne serions jamais arrivés à temps, et nous ne voulions pas te décevoir encore plus.

Leur présence était la seule chose qui pouvait le rendre encore plus heureux qu'il ne l'était déjà, chose qu'il leur dirait dès qu'il réussirait à parler malgré la boule dans sa gorge.

— *Mā, Pitā*, je vous présente Jaime.

— Ravi de vous rencontrer, déclara Jaime en joignant ses mains devant lui et en les accueillant comme Srikkanth lui avait dit de le faire avant de le présenter à son oncle.

M. Bhattacharya entoura les mains de Jaime des siennes, s'inclinant dans une salutation traditionnelle, mais la mère de Srikkanth ne voyant pas l'utilité d'être aussi formelle l'enlaça dans la même étreinte chaleureuse qu'elle avait donnée à Srikkanth. Quand elle recula, elle les fixa tous les deux d'un regard dur.

— Ce n'est pas le chemin que j'aurais choisi pour toi, *betta*, je dois l'avouer, mais tu es un adulte et tu as toujours fait preuve de bon jugement. Puisque c'est le chemin que tu as choisi, je m'attends à ce que vous le suiviez tous les deux dans la dignité et la fidélité, comme il sied à tous les membres de cette famille.

— Oui, *Mā*, promit Srikkanth, les larmes qu'il avait réprimé toute la journée se répandant finalement dans la joie et le soulagement devant l'acceptation de ses parents.

— Nous avons pris assez de votre temps. Il nous reste un mois avant de devoir retourner à Hyderabad. Nous parlerons plus tard, déclara le père de Srikkanth. Vous avez d'autres invités dont vous devez vous occuper.

# ÉPILOGUE

*Quatre ans plus tard.*

— BIENVENUE à l'école Nichols Montessori. Je suis Mme Coates. Je serai ton professeur cette année. Quel est ton nom ?

Juste à l'extérieur de la salle – Sophie avait insisté pour y aller toute seule – Srikkanth se mordit la lèvre en essayant d'étouffer son rire.

— Sophie Thanaa Bhattacharya-Frias, déclara fièrement la petite fille. Mais vous pouvez m'appeler Sophie.

— Ravie de te rencontrer, Sophie, dit Mme Coates, sa voix trahissant sa surprise devant l'attitude très adulte de l'enfant. Est-ce que ta maman et ton papa sont venus avec toi ?

— Ma maman est morte quand j'étais un bébé, dit Sophie. Je vis avec mes deux papas. Ils sont dehors. Je voulais d'abord vous rencontrer toute seule.

Incapable cette fois de réprimer son rire, Srikkanth eut pitié de l'enseignante et entra dans la salle de classe.

— Je suis le père de Sophie, Srikkanth Bhattacharya-Frias, ditil en lui tendant la main. Un des deux, en tout cas. Comme vous pouvez le voir, elle est un peu difficile à contrôler.

Mme Coates se mit à rire.

— J'ai une salle de classe remplie d'enfants comme elle, je vous assure. Est-ce que votre conjoint est venu avec vous ?

— Mon mari est dans le bureau en train de remplir la paperasse pour son inscription, répondit Srikkanth, voulant faire comprendre à l'enseignante de Sophie la manière dont Jaime et lui avaient choisi de décrire leur relation. Il sera là dans peu de temps.

Mme Coates hocha la tête.

— Vous n'avez pas à craindre que Sophie soit embêtée ou intimidée. Nous avons beaucoup de familles non-traditionnelles ici. Un grand nombre d'enfants adoptés à l'étranger, des familles mixtes, une variété d'origines ethniques, et cetera.

176

— Sophie n'a pas été adoptée, répondit Srikkanth. Enfin, Jaime l'a adoptée quand nous nous sommes mariés, mais elle est ma fille dans tous les sens du terme.

— Comme je vous l'ai dit, répéta Mme Coates, nous avons beaucoup de familles non-traditionnelles. Je suis sûre que Sophie s'adaptera parfaitement.

Jaime arriva à ce moment-là, s'arrêtant à côté de Srikkanth et passant un bras autour de la taille de son mari. Il tendit son autre main au professeur de Sophie.

— Jaime Bhattacharya-Frias, le papa de Sophie.

— Ravie de vous rencontrer tous les deux, dit Mme Coates. Je suis sûre que cela va être une année excitante pour tout le monde.

Jaime sourit à sa fille qui explorait déjà la classe avec son intrépidité habituelle.

— Elles le sont toutes.

# ARIEL TACHNA

# À VOTRE
# Service

Lorsqu'Anthony Mercer est entré dans le restaurant Au cœur du terroir, il était à la recherche d'un bon repas et d'une soirée agréable passée avec une amie. Il ne s'attendait pas à rencontrer – et encore moins coucher avec – Paul Delescluse, un serveur du restaurant. Après avoir passé une semaine magique ensemble à Paris, Anthony doit retourner à sa vie en Caroline du Nord, tandis que Paul reste en France.

Malgré la distance et l'absence de promesses entre eux – Paul veut du sexe, pas une relation – Paul et Anthony forgent une amitié solide. Puis le travail d'Anthony le ramène à Paris, cette fois pour y rester. Paul est très heureux qu'il soit de retour, mais Anthony a un choix difficile à faire : être une autre des conquêtes de Paul, ou lutter pour obtenir la relation qu'ils pourraient avoir, si seulement Paul voulait bien y croire.

# www.dreamspinner-fr.com

# ALLIANCE DE SANG

## ARIEL TACHNA

Partenariat de Sang, tome 1

Un magicien désespéré et un vampire désabusé et amer peuvent-ils trouver un moyen de construire un partenariat qui pourrait sauver leur monde ?

Beaucoup dans ce monde secoué par la guerre magique voient les vampires comme des prédateurs, des créatures de la nuit valant moins que les humains. Pourtant, avec le conflit qui s'intensifie, la Milice de la Sorcellerie a besoin d'avantages pour inverser le cours de la guerre en sa faveur et les vampires lui donnent un avantage contre les sorciers dans cette bataille meurtrière. Dans une tentative dangereuse pour montrer leur bonne volonté, la Milice de la Sorcellerie demande une rencontre avec les vampires afin de pouvoir plaider leur cause.

Un homme désespéré, Alain Magnier et un vampire amer et sans illusion, Orlando Saint Clair se rencontrent à Paris et le sort du monde dépend de leur bon jugement. Est-ce que les vampires vont envisager de se joindre à la cause et de former une Alliance avec les magiciens pour gagner la guerre ?

**www.dreamspinner-fr.com**

# CONTRAT DE SANG

## ARIEL TACHNA

Suite de *Alliance de sang*
Partenariat de Sang, tome 2

Les sorciers et les vampires ont forgé une Alliance fondée sur le sang et la magie dans l'espoir de renverser la tendance de la guerre contre les sorciers rebelles. Quelques liens sorcier-vampire sont aussi réussis que celui d'Alain Magnier et Orlando de Saint-Clair, mais d'autres le sont beaucoup moins, menant à des disputes, des ressentiments, ou carrément à des combats entre les alliés en dépit de leurs objectifs communs.

Suivant l'exemple de son meilleur ami Alain, Thierry Dumont accepte résolument un partenariat avec le vampire Sébastien Noyer et ce malgré l'inconfort du sorcier à être si proche d'un vampire – et un homme – si peu de temps après le décès de sa femme. Mais ils constatent que leurs désespoirs sont peut-être la clef pour former une Alliance qui fonctionne : Thierry et Sébastien sont presque immédiatement dévoués à la sécurité de l'autre.

Avec cette nouvelle force qui la soutient, les dirigeants de l'Alliance se préparent à annoncer son existence au monde entier dans l'espoir de les rallier contre les sorciers rebelles qui menacent de détruire la vie telle qu'ils la connaissent. Luttant pour trouver sa voie dans la guerre en pleine expansion, l'Alliance découvre que malgré ses avantages, les partenariats ont une incidence sur l'équilibre des pouvoirs magiques élémentaires dans le monde qui peut être une menace encore plus grande que la guerre elle-même.

# www.dreamspinner-fr.com

# CONFLIT DE SANG

## ARIEL TACHNA

Suite de *Contrat de sang*
Partenariat de Sang, tome 3

Alors que les partenariats magiciens-vampires de l'Alliance deviennent plus forts, les sorciers rebelles en subissent les effets. Ils cherchent de plus en plus désespérément à trouver des informations capables de les contrer, ignorant la pression croissante des liens de la magie de sang sur les magiciens et les vampires.

Le conflit se propage. Les querelles des partenariats mal assortis, à la fois sur un plan personnel et professionnel, menacent de déchirer l'Alliance de l'intérieur, malgré les efforts d'Alain Magnier et d'Orlando Saint Clair, de Thierry Dumont et de Sébastien Noyer, et même de Raymond Payet et de Jean Bellaiche, le chef des vampires de Paris qui se bat pour établir un équilibre avec son propre partenaire afin de pouvoir donner l'exemple.

Alors que la guerre fait rage et que les pertes déchirantes augmentent dans les deux camps, les sorciers rebelles continuent à chercher des indices pour comprendre et contrer la force de l'Alliance, alors que les partenaires liés par le sang de l'Alliance font la chasse aux anciens préjugés et partent à la recherche de savoirs oubliés pour trouver un avantage qui pourrait inverser le cours de la guerre une fois pour toutes.

Avec cette nouvelle force à ses côtés, les dirigeants de l'Alliance décident d'annoncer son existence au monde entier, dans l'espoir de rallier des soutiens contre les sorciers rebelles qui menacent de détruire la vie comme ils la connaissent. Luttant pour trouver sa voie dans la guerre qui s'étend, l'Alliance découvre que, malgré ses avantages, les partenariats ont une incidence sur l'équilibre du pouvoir magique dans le monde, ce qui est pourrait être une menace encore plus grande que la guerre elle-même.

# www.dreamspinner-fr.com

# RÉPARATION DE SANG

# ARIEL TACHNA

Suite de *Conflit de sang*
Partenariat de Sang, tome 4

La guerre est à son paroxysme et les deux camps sont sur les nerfs, quand les sorciers rebelles obtiennent une victoire étonnante et capturent Orlando Saint Clair. Accablé par l'inquiétude et le chagrin, Alain, son amant, craint que, même s'ils retrouvent Orlando, le cœur et l'esprit du vampire soient beaucoup trop abîmés pour pouvoir être sauvés.

Comprenant que l'Alliance risque de chanceler, Christophe Lombard, le vampire le plus vieux et le plus puissant de Paris, quitte sa réclusion volontaire pour rejoindre la lutte. L'ancien ami d'Alain, Éric Simonet, celui qui l'a trahi en rejoignant les sorciers rebelles, est confronté à un choix : la vengeance ou la rédemption.

De son côté, Jean, rendu furieux par la capture d'Orlando, fait face à la plus déchirante des décisions de sa non-vie alors que la bataille finale se profile : leurs actions vont-elles conduire à l'écroulement de l'Alliance ou au salut du monde ?

# www.dreamspinner-fr.com

Lorsqu'ARIEL TACHNA avait douze ans, elle a découvert deux choses : la langue française et les romans d'amour. Ces deux amours l'ont définie depuis. Au moment où elle terminait le lycée, elle avait écrit quatre romans que personne ne voudrait lire aujourd'hui, mettant en vedette une jeune femme qui était – vous l'aurez deviné – bilingue. Cette fille était tout ce qu'Ariel voulait être à douze ans et qu'elle n'était pas.

Elle vit maintenant dans la banlieue de Houston avec son mari (qui parle également français), ses enfants (qui comprennent le français, même lorsqu'ils sont trop paresseux pour le parler), et leurs deux chiens (qui refusent obstinément de répondre aux ordres en français).

Vous pouvez retrouver Ariel :
Sur son blog: www.arieltachna.com
Sur Facebook: www.facebook.com/ArielTachna
Par E-mail: arieltachna@gmail.com
Découvrez d'autres titres d'Ariel Tachna

Par Ariel Tachna

À votre service
Ses deux papas

PARTENARIATS DE SANG
Alliance de sang
Contrat de sang
Conflit de sang
Réparation de sang

Publié par Dreamspinner Press
www.dreamspinner-fr.com

www.ingramcontent.com/pod-product-compliance
Lightning Source LLC
Chambersburg PA
CBHW022152240626

47153CB00007B/2619